O Convite

O Convite

VI KEELAND

Um casamento luxuoso. Um padrinho irresistível.
Uma convidada misteriosa. Qual será o fim
desse conto de fadas moderno?

Tradução
Débora Isidoro

Copyright © Vi Keeland, 2020
Copyright © Editora Planeta do Brasil, 2021
Copyright de tradução © Débora Isidoro

Todos os direitos reservados.
Título original: *The invitation: Something Borrowed, Something You*

Preparação: Thais Rimkus
Revisão: Mariana Rimoli e Laura Folgueira
Diagramação: Futura
Capa: adaptada do projeto gráfico original
Fotografia de capa: Tamer Yilmaz (modelo: Nick Bateman)

DADOS INTERNACIONAIS DE CATALOGAÇÃO NA PUBLICAÇÃO (CIP)
ANGÉLICA ILACQUA CRB-8/7057

Keeland, Vi
    O convite / Vi Keeland; tradução de Débora Isidoro. – São Paulo: Planeta, 2021.
    288 p.

    ISBN 978-65-5535-554-3
    Título original: The Invitation: Something Borrowed, Something You

    1. Ficção norte-americana I. Título II. Isidoro, Débora

21-4618   CDD 813

Índice para catálogo sistemático:

1. Ficção norte-americana

 Ao escolher este livro, você está apoiando o manejo responsável das florestas do mundo

2021
Todos os direitos desta edição reservados à
Editora Planeta do Brasil Ltda.
Rua Bela Cintra, 986, 4º andar – Consolação
São Paulo – SP – 01415-002
www.planetadelivros.com.br
faleconosco@editoraplaneta.com.br

Stella

— Não consigo... — Parei no meio da escada de mármore.

Fisher parou alguns degraus à frente, depois desceu até onde eu estava.

— É claro que consegue. Lembra quando a gente estava no sexto ano e você teve que fazer aquela apresentação sobre seu presidente favorito? Você estava surtando. Achou que esqueceria tudo que tinha decorado e ia ficar lá parada com todo mundo olhando para você.

— Sei, e daí?

— Bom, agora não é diferente. E você sobreviveu àquilo, não foi?

Fisher estava doido.

— *Todos* os meus medos viraram realidade naquele dia. Parei na frente da lousa e comecei a suar. Não lembrava uma palavra do que havia preparado. A classe inteira ficou olhando para mim, e você me esculachou.

Fisher concordou balançando a cabeça.

— Exatamente. Seu pior medo se confirmou, mas você sobreviveu. Na verdade, aquele dia acabou se tornando o melhor dia de sua vida.

Balancei a cabeça, perplexa.

— Como assim?

— Foi a primeira vez que estudamos na mesma sala. Pensei que você não passasse de mais uma garota irritante, como todas as outras. Mas, depois da aula, naquele dia, você me detonou por eu ter debochado do seu esforço na apresentação. Aquilo me fez perceber que você *não era* como as outras. E naquele dia eu decidi que seríamos melhores amigos.

Balancei a cabeça.

— Eu não falei com você durante o resto do ano letivo.

Fisher deu de ombros.

— É, mas eu consegui me aproximar no ano seguinte, não foi? E agora você já está mais calma do que estava dois minutos atrás, não é?

Suspirei.

— Acho que sim.

Ele ofereceu o braço coberto pelo smoking.

— Vamos entrar?

Engoli em seco. Por mais apavorada que eu estivesse com o que íamos fazer, também estava ansiosa para ver o interior da biblioteca todo enfeitado para um casamento. Tinha passado horas incontáveis sentada naqueles degraus, pensando nas pessoas que passavam por ali.

Fisher esperava paciente, na mesma posição, enquanto eu refletia por mais um minuto. Finalmente, após mais um suspiro intenso, dei-lhe o braço.

— Se a gente parar na cadeia, você vai ter que arrumar o dinheiro da fiança para nós dois. Eu estou falida.

Ele exibiu um sorriso de astro do cinema.

— Combinado.

Enquanto subíamos o restante da escada até a porta da Biblioteca Pública de Nova York, eu revia todos os detalhes discutidos no Uber a caminho dali. Nossos nomes para aquela noite eram Evelyn Whitley e Maximilian Reynard. Max era do ramo imobiliário – a família dele era dona da Reynard Properties –, e eu tinha concluído o MBA na Wharton e voltado à cidade recentemente. Nós dois morávamos no Upper East Side... Pelo menos essa parte era verdade.

Dois garçons uniformizados e de luvas brancas estavam ao lado da imensa porta de entrada. Um deles segurava uma bandeja com taças de champanhe, e o outro, uma prancheta. Minhas pernas continuavam em movimento, mas o coração queria fugir do peito e correr em sentido contrário.

— Boa noite. — O garçom com a prancheta acenou com a cabeça. — Nomes, por favor?

Fisher nem piscou ao recitar a primeira mentira de uma noite repleta delas.

O homem, que usava um fone de ouvido, consultou a lista e assentiu. Estendeu a mão nos convidando a entrar, e seu parceiro entregou uma taça para cada um de nós.

— Bem-vindos. A cerimônia vai acontecer na rotunda. Os convidados da noiva ficam à esquerda.

— Obrigado — disse Fisher. Assim que nos afastamos, ele se inclinou para mim. — Viu? Foi moleza. — E bebeu um pouco de champanhe. — Ahhh, isso é bom.

Eu não entendia como ele estava tão calmo. Ao mesmo tempo, não sabia como ele me convencera a encarar aquela insanidade. Dois meses antes, voltei para casa do trabalho e encontrei Fisher, que por acaso é meu vizinho, vasculhando minha geladeira em busca de comida – uma ocorrência comum. Enquanto ele comia um frango à milanesa de dois dias antes, eu me sentei à mesa da cozinha e dei uma olhada na correspondência enquanto tomava uma taça de vinho. Estávamos conversando quando abri um envelope grande sem olhar o endereço na frente. Dentro havia o mais impressionante convite de casamento: preto e branco com relevo dourado. Era como uma obra de arte. E o casamento aconteceria na Biblioteca Pública de Nova York, bem perto de meu antigo escritório e em cuja escada icônica eu com frequência me sentava para almoçar. Eu não visitava a biblioteca havia pelo menos um ano, por isso fiquei muito animada com a ideia de ir a um casamento lá.

Só não fazia a menor ideia de quem eram os noivos – algum parente distante de quem havia me esquecido, talvez? Os nomes não eram nem vagamente familiares. Quando virei o envelope, logo entendi por quê. Eu tinha aberto a correspondência da pessoa que antes morava ali comigo. *Ai*. Fazia todo sentido. Não era eu a convidada para o casamento de conto de fadas em um de meus lugares preferidos no mundo.

Depois de duas taças de vinho, porém, Fisher me convenceu de que era *eu* quem deveria ir, não Evelyn. Era o mínimo que a caloteira que antes dividia o apartamento comigo podia fazer por mim, ele disse. Afinal, ela saiu escondida no meio da noite, levando alguns de meus sapatos favoritos, e o cheque que ela deixou para pagar os dois meses de aluguel atrasado tinha voltado. No mínimo, eu tinha o direito de ir a um casamento chique de mil dólares por cabeça, não ela. Deus sabia que nenhum amigo meu jamais se casaria em um lugar como aquele. Quando esvaziamos a segunda garrafa de merlot, Fisher decidiu que iríamos no lugar de Evelyn: entraríamos de penetras no casamento e teríamos uma noite divertida, cortesia da pilantra que um dia dividiu o apartamento comigo. Fisher tinha até preenchido o cartão de resposta, confirmando a presença dos dois convidados e o guardado no bolso para mandar pelo correio no dia seguinte.

Honestamente, esqueci por completo nossos planos de bêbado até duas semanas atrás, quando Fisher apareceu com um smoking que tinha pegado emprestado com um amigo para ir ao casamento. Eu disse a ele que não iria a um evento chique de pessoas que nem conhecia, e ele fez o que sempre fazia: me convenceu de que sua má ideia não era tão ruim assim.

Até aquele momento. Eu estava parada no meio do saguão gigantesco para um casamento que devia ter custado uns duzentos mil dólares e tinha a sensação de que ia literalmente fazer xixi na calça.

— Toma o champanhe — disse Fisher. — Vai ajudar a relaxar um pouco e deixar você mais corada. Está com cara de quem vai contar para a classe por que gosta tanto de John Quincy Adams.

Olhei para Fisher de cara feia, mas ele sorriu, inabalável. Eu tinha certeza de que nada me ajudaria a relaxar. Mesmo assim, bebi tudo que havia na taça.

Fisher pôs a mão no bolso da calça e, casualmente, olhou em volta de cabeça erguida, como se não tivesse nenhum receio.

— Não vejo minha *velha amiga festeira Stella* há muito tempo — disse. — Será que ela vem?

Entreguei-lhe minha taça vazia.

— Cala a boca e pega mais uma, antes que eu saia correndo.

Ele riu.

— É claro, *Evelyn*. Não saia daqui e tente não destruir nosso disfarce antes de conseguirmos ver a linda noiva.

— Linda? Você nem sabe como ela é.

— Todas as noivas são lindas. Por isso algumas usam véu... para ninguém ver que são feias, e tudo continuar mágico no dia especial.

— Que romântico.

Fisher piscou.

— Nem todo mundo é bonito como eu.

Três taças de champanhe me ajudaram a me acalmar o suficiente para me manter sentada durante a cerimônia. E a noiva nem precisava de véu, definitivamente. Olivia Rothschild – ou Olivia Royce, como passaria a se chamar – era linda. Fiquei um pouco emocionada quando o noivo disse seus votos. Pena que o feliz casal não fosse de fato de amigos, porque um dos padrinhos era uma coisa de louco, muito atraente. Eu poderia fantasiar que Livi – era assim que eu a chamava em minha cabeça – me apresentaria ao amigo de seu novo marido. Mas a noite era uma farsa, e eu não era nenhuma Cinderela.

O coquetel aconteceu em uma sala bonita que eu nunca havia visto. Estudei a obra de arte no teto enquanto esperava minha bebida. Fisher tinha dito que precisava ir ao banheiro, mas eu desconfiava de que ele estava conversando com o garçom bonitão que olhava para ele desde que chegáramos.

— Pronto, moça. — O *bartender* empurrou um copo em minha direção.

— Obrigada. — Olhei em volta para ver se alguém estava prestando atenção, antes de enfiar o nariz no copo e dar uma boa cheirada. *Definitivamente, não era o que eu havia pedido.*

— Hum, desculpa. Será que você preparou com gim Beefeater, não Hendrick's?

O *bartender* franziu a testa.

— Duvido.

Cheirei outra vez, agora certa de que ele havia errado no preparo. Uma voz masculina à esquerda me pegou desprevenida:

— Você nem experimentou, mas acha que ele usou o gim errado?

Sorri, educadamente.

— Beefeater é feito com zimbro, casca de laranja, amêndoa amarga e uma mistura de chás, o que proporciona um sabor de alcaçuz. Hendrick's é feito de zimbro, rosa e pepino. Cada um tem um aroma próprio.

— Vai beber puro ou com gelo?

— Nenhum dos dois. É um martíni, leva vermute.

— E você acha que pode determinar pelo cheiro que ele usou o gim errado, mesmo sem provar? — O tom de voz deixava claro que ele duvidava dessa minha capacidade.

— Meu olfato é muito bom.

O homem olhou por cima de meu ombro.

— Hudson, eu aposto cem paus como ela não consegue diferenciar dois gins se pusermos um ao lado do outro.

Uma segunda voz masculina respondeu à direita, um pouco atrás de mim. O som era profundo, mas aveludado e suave – mais ou menos como o gim que o *bartender devia* ter usado no drinque.

— Sobe para duzentos, e eu topo.

Virei para olhar quem acreditava tanto em minhas habilidades e percebi que arregalei os olhos.

Uau. O padrinho bonitão. Eu tinha olhado para ele durante boa parte do casamento. Ele era bonito de longe, mas de perto era de tirar o fôlego, de dar frio na barriga – cabelo escuro, pele bronzeada, queixo esculpido e lábios cheios, deliciosos. O jeito como o cabelo estava penteado – alisado para trás e dividido de lado – me fazia pensar em um astro do cinema antigo. O que eu não tinha conseguido ver da última fileira na plateia da cerimônia era a intensidade dos olhos azuis. E eles agora liam meu rosto como se eu fosse um livro.

Limpei a garganta.

— Vai apostar duzentos dólares em minha capacidade de identificar gim?

O bonitão inclinou o corpo para a frente, e meu olfato ficou ainda mais alerta. *Opa, esse cheiro é melhor que o de qualquer gim*. Não sabia se era a colônia ou algum tipo de sabonete, mas tive que fazer um esforço enorme para não chegar mais perto dele e dar uma boa fungada. Além de ser tremendamente sexy, o homem tinha um cheiro tão bom quanto sua aparência. Essa dupla era minha criptonita.

Havia uma nota de humor na voz dele.

— Está me dizendo que é uma aposta ruim?

Balancei a cabeça e virei para falar com o amigo dele:

— Eu topo participar da brincadeira, mas também quero apostar duzentos.

Quando me virei outra vez para o bonitão à direita, um canto de sua boca se movia ligeiramente.

— Legal. — Ele levantou o queixo e olhou para o amigo. — Diz para o *bartender* servir uma dose de Beefeater e uma de Hendrick's, colocar as duas na frente dela e não contar para nenhum de nós qual é qual.

Um minuto depois, peguei o primeiro copo e cheirei. Honestamente, eu nem precisava cheirar o outro, mas cheirei mesmo assim, só por precaução. *Droga...* devia ter apostado mais. Era muito fácil, como tirar doce de uma criança. Empurrei um copo para a frente e falei para o *bartender*:

— Este é o Hendrick's.

Ele pareceu impressionado.

— Acertou.

— Droga — bufou o cara que começara o jogo. Ele pôs a mão no bolso da frente, tirou um belo maço de notas e puxou quatro de cem dólares. Jogou o dinheiro no balcão e balançou a cabeça. — Vou recuperar tudo até segunda-feira.

O Bonitão sorriu para mim e pegou o dinheiro dele. Depois que peguei o meu, ele se inclinou e cochichou em meu ouvido:

— Bom trabalho.

Caramba. Seu hálito quente provocou um arrepio em minhas costas. Fazia muito tempo que eu não tinha contato com um homem. Infelizmente, meus joelhos ficaram meio fracos. Mas me obriguei a ignorar a reação.

— Obrigada.

Ele esticou o braço além do meu corpo e pegou um dos copos sobre o balcão. Aproximou a dose do nariz, cheirou, devolveu o copo ao balcão e repetiu o procedimento com a outra dose.

— Não sinto nada diferente.

— Isso significa que você tem um olfato normal, só isso.

— Entendi. E o seu é… extraordinário?

Sorri.

— Bom… É, sim.

Ele pareceu achar engraçado, então me deu um copo, pegou o outro e o levantou em um brinde.

— A ser extraordinária — disse.

Normalmente, eu não era muito de *shots*, mas e daí? Bati o copo no dele antes de virar de uma vez. Talvez o álcool me ajudasse a acalmar o nervosismo que esse homem parecia provocar.

Deixei o copo vazio em cima do balcão, ao lado do dele.

— Imagino que façam isso regularmente, já que seu amigo pretende recuperar o dinheiro até segunda-feira…

— A família de Jack e a minha são amigas desde que éramos crianças. Mas esse negócio de apostar começou quando fomos para a mesma faculdade. Torço para a Notre-Dame, ele, para a USC. Nenhum dos dois tinha dinheiro naquela época, então apostávamos um choque de Taser por jogo.

— Um choque de Taser?

— O pai dele era da polícia. Jack tinha um Taser embaixo do banco do carro, o pai tinha dado para ele, por precaução. Mas acho que ele nunca imaginou que o filho ia levar choques de cinquenta mil volts quando o time dele perdesse por causa de uma interceptação no último minuto.

Balancei a cabeça.

— Que coisa doida.

— Com certeza, não foi nossa decisão mais sábia. Pelo menos eu ganhava muito mais que ele. Acho que uma lesão cerebral pode ajudar a explicar as escolhas ruins que ele fez na faculdade.

Dei risada.

— E hoje foi só uma continuação desse padrão, então?

— Mais ou menos isso. — Ele sorriu e estendeu a mão. — Eu me chamo Hudson.

— Muito prazer. St… — Parei a tempo. — Evelyn.

— É apaixonada por gim, Evelyn? Por isso não senti nenhuma diferença no cheiro de um e de outro?

Sorri.

— Eu não diria que sou apaixonada por gim, não. Na verdade, o que mais bebo é vinho. Mas já mencionei o que faço? Sou… perfumista.

— Você faz perfumes?

Confirmei balançando a cabeça.

— Entre outras coisas. Desenvolvi aromas para uma empresa de cosméticos e fragrâncias durante seis anos. Às vezes era um perfume novo, outras vezes era o cheiro de um lenço umedecido para remoção de maquiagem ou um cosmético que precisava de uma fragrância mais agradável.

— Nunca conheci uma perfumista.

Sorri.

— É tão excitante quanto esperava?

Ele riu.

— Para um trabalho como esse, o que é preciso estudar?

— Bom, sou formada em Química. Mas você pode ter todos os cursos que quiser e nem assim vai conseguir fazer o trabalho se não tiver hiperosmia.

— O que é isso?

— Olfato exacerbado.
— Então, você é boa de faro?
Dei risada.
— Exatamente.

Muita gente acha que tem olfato bom, mas não entende quanto esse sentido é aguçado para quem tem hiperosmia. Demonstrar sempre funciona melhor. Além do mais, eu realmente queria saber que colônia ele estava usando. Então, eu me inclinei e dei uma boa conferida em Hudson.

Depois, disse:
— Sabonete Dove.

Ele não parecia muito convencido.
— Sim, mas não é um sabonete incomum.

Sorri.
— Não me deixou terminar. Dove Hidratação Fresca. Tem pepino e chá verde, que também é um ingrediente comum em gins, aliás. E você usa xampu L'Oreal Elvive, como eu. Sinto cheiro de extrato de gardênia-do-taiti, extrato de rosa-mosqueta e um leve toque de óleo de coco. Ah, e seu desodorante é Irish Spring. Acho que você não está usando nenhuma colônia.

Hudson arqueou as sobrancelhas.
— Agora, sim, me impressionou. Nós, padrinhos, passamos a noite em um hotel, e esqueci de pôr a colônia na mala.
— Qual você costuma usar?
— Ah, não posso contar... O que vamos fazer para nos divertir num segundo encontro se não brincarmos de reconhecer cheiros?
— Segundo encontro? Não sabia que teríamos um primeiro.

Hudson sorriu e estendeu a mão.
— A noite é uma criança, Evelyn. Vamos dançar?

Um nó no estômago me avisou que não era uma boa ideia. Fisher e eu devíamos ficar juntos e limitar o contato com outras pessoas para minimizar os riscos de sermos desmascarados. Mas olhei em volta e não vi meu acompanhante em lugar nenhum. Além do mais, aquele homem era magnético. De algum jeito, antes mesmo de minha cabeça oscilar entre sim e não, me vi segurando a mão dele. Ele me levou para a pista de dança e passou um braço em torno de minha cintura, me conduzindo. Não me surpreendeu o fato de ele saber dançar.

— Então, Evelyn do olfato extraordinário, nunca vi você antes. É convidada ou acompanhante? — Ele olhou em volta. — Tem algum cara me fuzilando com o olhar neste momento? Vou ter de buscar o Taser do Jack no carro para me defender de um namorado ciumento?

Dei risada.

— Vim com um amigo, só isso.

— Coitado...

Sorri. Hudson sabia flertar, mas eu conseguia acompanhar o jogo, de algum jeito.

← Fisher está mais interessado no cara que serve champanhe.

Hudson me puxou para um pouco mais perto.

— Agora gosto do seu amigo muito mais que trinta segundos atrás.

Senti um arrepio quando ele baixou a cabeça e roçou o nariz em meu pescoço.

— Você tem um cheiro incrível. Está usando um dos perfumes que faz?

— Estou. Mas este não está à venda. Gosto de ter um cheiro realmente personalizado que faça alguém se lembrar de mim.

— Acho que não precisa do perfume para isso.

Ele me conduzia pela pista de dança com tanta elegância que pensei na possibilidade de ele fazer aulas com algum profissional. Muitos homens da idade dele acreditavam que dançar uma música lenta significava balançar para a frente e para trás e se roçar em você.

— Você dança bem — comentei.

Hudson respondeu com um giro.

— Minha mãe foi profissional de dança de salão. Tive que aprender para ganhar comida.

Dei risada.

— Que legal. Nunca pensou em seguir os passos dela?

— De jeito nenhum. Cresci vendo o sofrimento dela com bursite, lesões por estresse, ligamentos rompidos... não é uma profissão glamorosa como fazem parecer nesses campeonatos de dança na televisão. Em um trabalho como esse, amar a profissão é indispensável.

— Acho que amar o que faz é indispensável em qualquer trabalho.

— É, tem razão.

A música terminou, e o mestre de cerimônias pediu que todos retornassem a seus assentos.

— Onde está sentada? — perguntou Hudson.

Apontei para o lado em que Fisher e eu tínhamos sido acomodados.

— Por ali. Mesa dezesseis.

Ele assentiu.

— Eu a acompanho.

Chegamos à mesa no mesmo instante que Fisher, vindo do outro lado. Ele olhou para Hudson e para mim, e seu rosto formulou a pergunta que ele não fez em voz alta.

— Hum... Esse é meu amigo Fisher. Fisher, esse é Hudson.

Hudson estendeu a mão.

— Muito prazer.

Depois de cumprimentar o silencioso Fisher, que parecia ter esquecido como falar, ele olhou para mim e segurou minha mão de novo.

— Preciso voltar à mesa e me juntar aos padrinhos.

— Ok.

— Dançamos de novo mais tarde?

Sorri.

— Será um prazer.

Hudson se afastou, mas, virando-se de frente para mim, enquanto andava de costas, disse:

— Caso banque a Cinderela comigo e suma, qual é seu sobrenome, Evelyn?

Felizmente, ouvir meu nome falso me fez lembrar que eu não devia dar meu sobrenome verdadeiro, como quase havia feito na primeira vez.

— Whitley.

— Whitley?

Ai, meu Deus. Ele conhecia a Evelyn?

Seus olhos estudaram meu rosto.

— Belo nome. Até mais tarde.

— Ah... É claro, até.

Hudson mal tinha se afastado da mesa quando Fisher se inclinou para mim.

— Meu nome devia ser Maximilian, benzinho.

— Ai, meu Deus, Fisher. A gente precisa ir embora.

— Não. — Ele deu de ombros. — Sem problemas. Inventamos o Maximilian, lembra? Eu sou seu acompanhante. Ninguém sabe o nome da pessoa que Evelyn trouxe. Mas ainda quero bancar o magnata do ramo imobiliário.

— Não, não é isso.

— O que é, então?

— Temos que ir embora porque ele já sabe...

Stella

Fisher tomou um gole de cerveja.

— Você está paranoica. O cara nem imagina. Vi a cara dele quando você disse o sobrenome da Evelyn, e a única coisa que ele notou foi como você é bonita.

Balancei a cabeça.

— Não. Ele fez uma cara estranha. Eu vi.

— Quanto tempo passou conversando com ele?

— Não sei. Quinze minutos, talvez? Ele me convidou para dançar depois que a gente se conheceu no bar.

— Ele é do tipo que fica com vergonha de perguntar se tiver alguma dúvida?

Pensei um pouco. Ele não parecia ser assim. Hudson não fazia o gênero tímido.

— Não, mas...

Fisher apoiou as mãos sobre meus ombros.

— Respira fundo.

— Fisher, é melhor a gente ir embora.

O mestre de cerimônias pediu para todo mundo se sentar, porque o jantar seria servido.

Fisher puxou a cadeira para mim.

— Vamos comer, pelo menos. Se ainda quiser ir depois do jantar, nós vamos. Mas estou dizendo que é só paranoia. O cara não faz nem ideia.

Minha intuição dizia para eu sair naquele momento, mas, quando olhei em volta, notei que éramos os únicos em pé e já tinha gente nos encarando.

Suspirei.

— Tudo bem. Jantamos, depois vamos embora.

Fisher sorriu.

Eu falava baixinho, ciente da presença de outros convidados à mesa, pessoas que ignorávamos de um jeito bem grosseiro.

— Onde você estava, aliás?

— Conversando com Noah.

— Quem é Noah?

— Um garçom gatinho. Ele quer ser ator.

Revirei os olhos.

— É claro que quer. A ideia era ficarmos juntos, sabia?

— Você não parecia solitária. Quem era o Adônis? Você sabe que não gosto quando tem em sua vida algum homem mais bonito que eu.

Suspirei.

— Lindo, né?

Fisher bebeu a cerveja.

— Eu pegaria.

Nós dois rimos.

— Acha mesmo que ele não percebeu nada? Você não disse isso só porque quer ficar mais, não é?

— Não, está tudo bem.

De algum jeito, relaxei um pouco durante o jantar. Talvez fosse mais por causa do garçom, que continuava enchendo meu copo sem pedir autorização, que por achar que Fisher estava certo. Não que eu tivesse deixado de pensar que Hudson sabia que éramos impostores, mas os martínis não permitiam que eu me importasse com isso.

Depois que tiraram os pratos, Fisher me convidou para dançar, e eu pensei: *por que não?* Eu poderia estar tendo uma noite bem pior que essa, dançando com dois bonitões. Fomos para a pista de dança ao som de uma música pop famosa; na seguinte, mais lenta, Fisher me abraçou.

Na metade da canção, estávamos rindo sozinhos quando um homem encostou no ombro de meu par.

— Posso interromper?

Hudson.

Meu coração disparou. Eu não sabia se era a perspectiva de voltar aos braços daquele homem lindo ou a ideia de que podia ter sido descoberta.

Fisher sorriu e deu um passo para trás.

— Cuida bem da minha garota.

— Pode deixar.

Algo em como ele disse isso me deixou pouco à vontade. Mas Hudson me abraçou e começou a dançar como antes.

— Está se divertindo? — perguntou.

— Hum... sim. É um lugar bonito para se casar. Nunca estive aqui.

— Você disse que é convidada da noiva ou do noivo?

Não disse.

— Da noiva.

— E como se conheceram?

Merda. Levantei a cabeça e vi que a boca de Hudson esboçava um sorriso, mas não era um sorriso do tipo divertido. Era mais cínico que qualquer coisa.

— Eu, ah, trabalhava com ela.

— Ah, é? Na Rothschild Investments?

Eu queria fugir de lá. Talvez Hudson sentisse que eu poderia sair correndo, porque, a menos que eu estivesse imaginando, ele me segurou com mais força. Engoli em seco.

— Sim, na Rothschild Investments.

A única coisa que eu sabia sobre o breve emprego de Evelyn era que ela trabalhava como recepcionista e não suportava o chefe. Costumava se referir a ele como *Babaca Bonitão.*

— Fazia o que lá?

Tudo começava a parecer um interrogatório.

— Recepcionista.

— Recepcionista? Mas pensei que fosse perfumista.

Merda. É verdade. Não estava raciocinando direito quando fui honesta sobre minha profissão.

— Eu, hum, estou começando na área, negócio próprio, as coisas demoraram um pouco para acontecer, e eu precisava ter alguma renda.

— E que tipo de negócio está começando?

Pelo menos isso não era mentira.

— O nome é Signature Scent. É uma linha de perfumes customizada, venda por encomenda.

— Como funciona?

— Mandamos vinte pequenas amostras de fragrâncias para a pessoa classificar de um a dez, junto com um questionário detalhado. Com base no tipo de cheiro que ela prefere e nas respostas que dá, criamos um aroma específico. Um algoritmo constrói a fórmula com base nos dados coletados.

Hudson analisou meu rosto. Era como se tentasse decifrar algum tipo de enigma. Quando falou novamente, seu tom era mais suave.

— É uma boa ideia.

Talvez fosse o álcool me dando coragem, mas me senti ofendida com sua reação surpresa.

— Por eu ser loira, você achou que eu não teria nenhuma boa ideia?

Hudson deu um sorriso que podia ser sincero, mas desapareceu rapidamente de seu rosto estoico. Ele me encarou por um longo instante, enquanto eu prendia a respiração, esperando que ele me acusasse de ser uma fraude.

Finalmente, ele disse:

— Pode vir comigo um momento?

— Para onde?

— Tenho que fazer um discurso, queria você perto de mim. Seu rosto bonito pode me dar o incentivo de que preciso.

— Hum, é claro...

Hudson sorriu, mas novamente senti que tinha alguma coisa errada naquele sorriso. Ainda assim, o que ele pedia era inofensivo, por isso, quando ele segurou minha mão e me levou até a frente do salão, tentei me convencer de que era coisa de minha cabeça, fruto do peso em minha consciência.

Ele falou com o mestre de cerimônias, depois fomos para a lateral da pista de dança. Ficamos lado a lado quando a canção terminou e o mestre de cerimônias pediu que todos se sentassem novamente.

— Senhoras e senhores, quero apresentar aqui uma pessoa muito importante para os noivos. Irmão da linda noiva e bom amigo do noivo. Vamos aplaudir um dos padrinhos, Hudson!

Ai, porra. Ele é irmão da noiva!

Babaca Bonitão!

Hudson se inclinou para mim.

— Fica aqui, onde eu consiga ver seu rosto bonito, Evelyn.

Assenti e sorri, apesar de sentir que podia vomitar.

Durante os dez minutos seguintes, Hudson fez um discurso eloquente. Falou sobre como a irmã era um pé no saco quando pequena e como se orgulhava da mulher em que ela havia se transformado. Quando explicou que o pai e a mãe haviam falecido, fiquei um pouco chocada. A admiração dele pela irmã era evidente, e seu discurso era uma mistura equilibrada de seriedade e humor. Enquanto ele falava, deixei escapar um suspiro de alívio por Hudson não ter nenhuma carta escondida na manga. Era uma pena que eu o tivesse conhecido nessas condições e tivesse me apresentado com um nome falso, porque ele parecia ser um ótimo partido.

No fim do discurso, ele ergueu sua taça.

— A Mason e Olivia. Que vocês tenham amor, saúde e riqueza e, acima de tudo, uma longa vida juntos para aproveitar tudo isso.

Os convidados responderam *salud* antes de beber, e pensei que esse era o fim do discurso. Mas não. Em vez de devolver o microfone ao mestre de cerimônias, Hudson olhou diretamente para mim. Aquele sorriso estranho em seu rosto me causou um arrepio - e *não* era um arrepio bom.

— Agora — disse ele —, um presente especial para todos. A querida amiga de minha irmã, *Evelyn*, gostaria de dizer algumas palavras.

Arregalei os olhos.

Ele continuou:

— Ela tem uma ótima história sobre como as duas se conheceram. É realmente divertida, e ela está ansiosa para dividir com vocês.

Hudson caminhou em minha direção com o microfone na mão. Seus olhos brilhavam bem-humorados, mas eu temia que os sapatos brilhantes acabassem sujos de vômito.

Acenei em negação e balancei a cabeça, mas isso só o incentivou a continuar.

Ele falou ao microfone enquanto segurava minha mão:

— Parece que Evelyn está um pouco nervosa. Ela é meio tímida. — Ele me puxou, e dei dois passos relutantes para o meio do salão, antes de parar e me recusar a prosseguir.

Hudson riu e levantou o microfone mais uma vez.

— Parece que ela precisa de incentivo. O que acham, senhoras e senhores? Acho que aplausos podem convencer *Evelyn* a dizer algumas palavras.

Todos começaram a aplaudir. Eu queria que o chão se abrisse e meu corpo tenso caísse em um poço sem fundo. Mas ficava mais claro a cada segundo que o único jeito de sair dessa era enfrentando a situação. Todo mundo olhava para mim, e não tinha como eu sair ilesa. Pensei em correr, mas decidi que era melhor ter só algumas pessoas me perseguindo, não o salão inteiro.

Então, respirei fundo, me encostei na mesa mais próxima e perguntei a um senhor se a bebida dele era alcoólica. Quando ele respondeu que era vodca com gelo, peguei o copo e virei de uma vez. Depois, ajeitei o vestido, endireitei os ombros, levantei o queixo, caminhei na direção de Hudson e, trêmula, peguei o microfone.

Ele sorriu e se inclinou para cochichar em meu ouvido:

— Boa sorte, *Evelyn*.

O ambiente ficou em silêncio, e senti gotas de suor brotando em minha testa e no buço. Um nó do tamanho de uma bola de golfe bloqueava minha garganta, e meus dedos dos pés formigavam. Todos os olhares estavam voltados para mim, e vasculhei minha mente em busca de uma história, *qualquer história*. Consegui uma, mas teria que improvisar um pouco. De qualquer maneira, improviso combinava com a noite, certo?

Limpei a garganta.

— Oi...

Eu segurava o microfone com a mão direita. Notei que tremia e usei a mão esquerda para apoiá-la, tentando mantê-la firme. E respirei fundo.

— Oi. Eu me chamo Evelyn. Olivia e eu nos conhecemos no jardim de infância.

Cometi o engano de olhar para a mesa dos noivos. A noiva estava confusa, me encarando e cochichando com o marido.

É melhor eu ser breve...

— Como Hudson mencionou, eu queria contar como Liv e eu nos conhecemos. Eu tinha acabado de me mudar para a cidade, no meio do ano letivo, e não tinha muitos amigos. Era tímida. Minha pele branca ficava vermelha sempre que eu estava no centro das atenções, por isso eu evitava a todo custo falar na sala de aula. Um dia, bebi uma garrafa inteira de água no intervalo. Eu precisava muito ir ao banheiro quando voltamos à sala, mas o sr. Neu, nosso professor, já tinha começado a aula, e eu não queria interromper. Ele devia ter um metro e oitenta de altura e era muito assustador, então, pensar em levantar a mão e ver todas as crianças olhando para mim quando ele dissesse meu nome me deixou completamente apavorada. Por isso, resolvi me segurar, mas, caramba, aquele homem falava sem parar.

Olhei para a noiva.

— Lembra como o sr. Neu falava sem parar e contava piadas ruins? E ele mesmo ria delas?

A noiva me olhava como se eu fosse completamente maluca. E ela estava certa.

Durante os cinco minutos seguintes, tagarelei sem parar... diante de um salão cheio de gente, contando como corri para o banheiro quando o professor finalmente parou de falar. Mas todas as cabines estavam ocupadas, e eu não conseguia mais me segurar. Detalhei como voltei à sala com a calça molhada, tentando esconder, mas um menino viu e gritou: "Olha! A menina nova fez xixi na calça". Fiquei absolutamente mortificada, com os olhos cheios de lágrimas, até minha nova amiga me salvar. Em um ato de coragem que se tornou um elo entre nós, Olivia fez xixi na calça, depois se levantou e disse a todos que a grama estava molhada lá fora e que tínhamos nos sentado juntas no recreio.

Encerrei a história contando à plateia sorridente como meu maior desejo para o casal era que eles tivessem o mesmo amor e as mesmas risadas que eu havia compartilhado com a noiva durante tantos anos. Ergui uma taça imaginária.

— Um brinde à noiva e ao noivo.

As pessoas começaram a aplaudir, e eu soube que precisava aproveitar esse tempo para sair dali. Hudson ainda estava por perto e, considerei, orgulhoso por eu não ter desmoronado. Seus olhos brilhavam, e ele me encarava quando me aproximei e empurrei o microfone contra seu peito.

Hudson cobriu o microfone e sorriu.

— Foi divertido.

Mostrei meus dentes brancos em um sorriso exagerado e movi o dedo chamando-o para mais perto.

Quando ele se inclinou, cochichei em seu ouvido:

— Você é um babaca.

Hudson gargalhou, e eu me afastei depressa, sem olhar para trás para ver se ele me seguia. Felizmente, Fisher já caminhava em minha direção, e não precisei procurá-lo para sairmos da festa.

Seus olhos pareciam pires.

— Está chapada? O que foi aquilo?

Segurei o braço dele e continuei andando.

— Temos que sair daqui *agora*. Pegou minha bolsa?

— Não.

Merda. Pensei em deixá-la para trás, mas minha carteira de motorista e meu cartão de crédito estavam lá dentro. Por isso virei à esquerda e caminhei diretamente para nossa mesa. Pelo canto do olho, vi Hudson e o noivo conversando com o *maître* e apontando em nossa direção.

— Merda! Temos que ser rápidos. — Corri até a mesa, peguei a bolsa e me virei. Depois de dois passos, eu me virei de novo.

— O que está fazendo? — perguntou Fisher.

Peguei uma garrafa aberta de Dom Pérignon em nossa mesa.

— Vou levar.

Fisher balançou a cabeça e riu enquanto seguíamos para a porta. No caminho, surrupiamos garrafas de champanhe de todas as mesas pelas quais passamos. Convidados confusos não sabiam interpretar a cena, mas andávamos depressa demais para que eles pudessem comentar. Quando chegamos à saída, tínhamos os braços cheios e pelo menos mil dólares em champanhe.

Por sorte, havia alguns táxis parados na frente da biblioteca, no semáforo fechado. Pulamos no primeiro carro vazio, Fisher bateu a porta e nós dois ajoelhamos no banco para olhar pelo vidro de trás. O *maître* e os dois seguranças que verificavam a identidade dos convidados mais cedo estavam na metade da escada de mármore. Hudson estava no alto, encostado casualmente em uma pilar de mármore, bebendo champanhe e assistindo à insanidade de nossa partida. Eu podia ouvir minha circulação sanguínea enquanto olhava para trás e para a frente, para o semáforo fechado e para os homens que se aproximavam de nós. Quando eles desceram na calçada, o sinal ficou verde.

— Vai! Vai! — gritei para o motorista.

Ele pisou no acelerador, e Fisher e eu continuamos olhando pela janela de trás, para os homens cada vez mais distantes. Assim que dobramos à direita, eu virei para a frente e desabei no assento. Não conseguia recuperar o fôlego.

— O que aconteceu, Stella? Você estava lá, dançando com um cara lindo que parecia completamente a fim de você, e de repente eu te vi na frente de todos contando uma história maluca no microfone. Você está bêbada?

— Mesmo que tivesse ficado, agora estaria sóbria.

— O que deu em você?

— Não é o que, é *quem*.

— Não entendi.

— Sabe o bonitão com quem eu estava conversando?

— Sei...

— Então, ele conhecia todo... — O pânico me invadiu quando me dei conta de que não sabia onde estava meu celular. Apavorada, abri a bolsa e comecei a tirar as coisas de dentro. Era evidente que o telefone não estava ali, mas *devia* estar. Virei a bolsa e joguei tudo no colo, me recusando a aceitar a situação.

Nada de telefone.

Nada da porra do telefone!

— O que está procurando? — perguntou Fisher.

— Por favor, diz que meu celular está com você.

Ele balançou a cabeça.

— Por que estaria?

— Porque, se não estiver, deixei o celular em cima da mesa, no casamento...

3
Hudson

— Sr. Rothschild, ligação para o senhor.

Bufei e apertei o botão para receber a chamada.

— Quem é?

— Evelyn Whitley.

Joguei a caneta em cima da mesa, peguei o telefone e me acomodei na cadeira.

— Evelyn, obrigado por retornar minha ligação.

— Imagina. Como vai, Hudson?

Suficientemente frustrado para telefonar para a amiga irritante da minha irmã, para quem eu não queria dar um emprego, mas dei assim mesmo, só para essa mesma amiga irritante pedir demissão há dois meses sem aviso prévio.

— Bem. E você?

— Bem também. Apesar de Louisiana ser um lugar muito mais úmido que Nova York.

Foi para lá que ela fugiu? Eu não estava interessado, e jogar conversa fora com Evelyn não cabia em minha agenda lotada hoje.

— Então, pedi para minha secretária entrar em contato porque... uma mulher esteve no casamento da Olivia fingindo que era você.

— Como assim? Sério? Quem faria isso?

— Era o que eu esperava que você me dissesse.

— Caramba, não faço ideia. Nem sabia que Liv tinha me convidado para o casamento. Não recebi convite nenhum.

— Minha irmã disse que mandou pelo correio mais ou menos na época em que você saiu da cidade. Foi para seu endereço antigo aqui em Manhattan. Alguém ficou encarregado de receber sua correspondência ou mandar para você aí?

— Recebo quase tudo por e-mail. Conta de telefone, fatura de cartão de crédito, tudo. Por isso não me preocupei com a correspondência física. Minha antiga companheira de apartamento ainda mora no mesmo lugar, talvez ela tenha recebido.

— Você dividia apartamento com alguém?

— Sim, com Stella.

— Talvez tenha sido Stella?

Evelyn riu.

— Acho que não. Ela não é do tipo que vai a um casamento sem ser convidada.

— Mesmo assim. Como era sua antiga companheira de apartamento? Digo, fisicamente.

— Sei lá. Loira, acho que um metro e sessenta e cinco de altura, pele clara, curvas bonitas... óculos. Calça trinta e cinco.

A cor do cabelo, as curvas e a cor de pele eram as mesmas, e a mulher podia estar de lentes de contato. Mas quem dá o número dos sapatos como parte de uma descrição física?

— Por acaso, essa sua antiga companheira tem o hábito de cheirar coisas?

— Sim! Stella desenvolve perfumes para a Estée Lauder. Ou melhor, desenvolvia, porque ela se demitiu. Só moramos juntas por um ano, mais ou menos, mas ela vivia cheirando tudo, uma coisa meio esquisita, na minha opinião. Ela também tinha mania de contar longas histórias quando eu só fazia uma pergunta simples e distribuía chocolate para as pessoas. Mas como sabe dessa mania dela de cheirar... *ai, meu Deus!* Stella foi ao casamento se passando por mim?

— Parece que pode ter ido, sim.

Evelyn riu.

— Nunca imaginei que ela fosse capaz desse tipo de coisa.

Pelo pouco tempo que passei com Stella, dava para perceber que ela era capaz de surpreender. Muita gente teria saído correndo quando sugeri que pegasse o microfone. Ela, não. Ela tremia muito, mas se controlou e encarou o desafio. Eu não sabia o que era mais sexy: sua aparência, o jeito como não recuou quando a desafiei ou como me confrontou dizendo que eu era um babaca antes de ir embora.

O casamento acontecera há oito dias, e eu ainda não tinha conseguido tirar esse inferno de mulher da cabeça.

— Qual é o sobrenome da Stella? — perguntei.

— Bardot. Como aquela atriz de cinema dos velhos tempos.

— Por acaso você tem o telefone dela?

— Tenho. Está na agenda do celular. Posso mandar para você quando desligarmos, se quiser.

— Sim. Seria bem útil.

— Ok.

— Obrigado pela informação, Evelyn.

— Quer que eu ligue para ela? Que diga que ela tem que pagar pelo convite ou alguma coisa assim?

— Não precisa. Na verdade, prefiro que não mencione essa conversa se falar com ela.

— É claro. Como quiser.

— Tchau, Evelyn.

Depois que desliguei, cocei o queixo e fiquei olhando pela janela, para a vista da cidade.

Stella Bardot... o que fazer, o que fazer com você...?

Abri a gaveta da mesa e peguei o iPhone que a empresa de *catering* me enviara no dia seguinte à festa. Disseram que estava na mesa dezesseis. Pedi para minha secretária entrar em contato com todos os que haviam estado naquela mesa, menos a mulher misteriosa. Ninguém perdeu um telefone. Portanto, só podia ser dela. A única questão era: o que eu faria com ele?

★ ★ ★

Helena, minha secretária, abriu a porta da sala de reuniões.

— Sr. Rothschild, lamento interromper, mas tem alguém aqui pedindo para vê-lo. Não está na agenda, mas ela diz que foi convidada.

Estendi as mãos mostrando as pessoas em volta da mesa.

— Estou no meio de uma reunião. Não tenho nenhum compromisso agendado.

Ela deu de ombros.

— Foi o que eu pensei. Vou informar que o senhor está ocupado.

— Quem é?

— O nome dela é Stella Bardot.

Ora, ora, ora... Cinderela finalmente veio buscar o sapatinho de cristal, é? Fazia seis dias desde que eu mandara uma mensagem para ela, e já havia formado a opinião de que a srta. Bardot não era tão corajosa. Tinha o antigo endereço de Evelyn nos registros da empresa, por isso eu poderia ter sido legal e simplesmente mandado o iPhone para ela. Mas que graça teria? Em vez disso, mandei meu cartão com um bilhete escrito no verso.

"Se quiser o que deixou para trás, venha buscar."

— Pode dizer à srta. Bardot que estou ocupado, mas que a recebo assim que terminar aqui, se ela puder esperar.

— Sim, é claro. Agora mesmo. — Helena fechou a porta da sala de reuniões.

A reunião durou mais quarenta minutos, mas eu poderia tê-la encerrado em dois, porque saber o que me esperava no saguão acabou com minha concentração. Finalmente voltei a meu escritório com as pastas da reunião.

— Quer que eu traga a srta. Bardot agora? — perguntou Helena quando passei pela mesa dela.

— Só preciso de cinco minutos, depois pode levá-la, por favor.

Eu não tinha ideia do que ia dizer quando a srta. Penetra entrasse na sala. Contudo, não era eu quem tinha que dar explicações. Portanto, decidi deixar a situação fluir e ver como as coisas aconteciam.

O que foi bom, porque, no minuto em que ela passou pela porta do escritório, esqueci até meu nome.

Evelyn – ou melhor, Stella – era ainda mais bonita que na minha memória. No casamento ela usara o cabelo preso, mas agora estava solto e ondulado, ondas loiras que emolduravam seu rosto de porcelana. Os óculos eram grandes, de armação grossa, e davam a ela um ar de bibliotecária sexy, e o vestido simples, azul-marinho e leve, usado com sapatilhas, davam a impressão de que ela era ainda menor do que eu tinha percebido no casamento.

Mantendo a expressão tão impassível quanto podia, levantei e apontei as cadeiras na frente da mesa.

— Sente-se, por favor.

Ela mordeu o lábio inferior, mas entrou na sala.

— Pode fechar a porta ao sair, Helena, por favor? — pedi à secretária.

— É claro — assentiu.

Stella e eu nos encaramos por uns instantes antes de ela plantar o traseiro em uma das cadeiras do outro lado da mesa.

— Não esperava que viesse buscar o sapatinho de cristal, Cinderela.

Ela cruzou as pernas e descansou as mãos sobre o joelho.

— Pode acreditar que, se tivesse alternativa, eu não estaria aqui.

Arqueei a sobrancelha.

— Devo me sentir ofendido? Eu estava ansioso por essa visita.

Ela comprimiu os lábios.

— Aposto que sim. Que tipo de humilhação devo esperar hoje? Vai chamar todos os empregados para rirem e apontarem para mim?

Quase sorri.

— Não tinha pensado nisso. Mas se você curte...

Ela suspirou.

— Olha só, peço desculpas pelo que fiz. Já escrevi uma carta para a noiva pedindo desculpas e mandei um presentinho para o endereço do remetente no convite. Não queria prejudicar ninguém. Quando o convite chegou, abri acidentalmente, e, depois de algumas taças de vinho, meu amigo Fisher e eu tivemos a ideia de comparecer. Eu estava furiosa com a pessoa que dividia o apartamento comigo... a pessoa para quem o convite foi enviado. Ela se mudou no meio da noite sem me avisar, e várias roupas e sapatos meus sumiram junto com ela. E, justamente naquele dia, o cheque que ela deixou para pagar os dois meses de aluguel que devia tinha voltado. Para completar, aquele foi meu último dia no emprego, e eu precisava realmente da metade dela no aluguel. — Stella parou por um momento, como se precisasse recuperar o fôlego. — Sei que nada disso justifica o que fiz. Casamento é um evento sagrado e íntimo para famílias e amigos, mas quero que saiba que foi a primeira vez que fiz uma coisa assim. — Ela balançou a cabeça. — Além do mais, acho que nem teria ido se a cerimônia fosse em outro lugar, mas amo aquela biblioteca. Trabalhei a um quarteirão de lá durante os últimos seis anos e almocei naquela escada incontáveis vezes. Queria muito ir a um evento naquele prédio.

Cocei o queixo e examinei sua expressão. Parecia sincera.

— Por que demorou tanto para buscar seu telefone?

— De verdade?

— Não, prefiro que invente uma história, como fez no casamento. Porque aquela acabou tão bem...

Ela revirou os olhos e soltou um longo suspiro.

— Eu não pretendia vir. Já tinha até comprado um iPhone novo. Mas meu aluguel venceu há alguns dias, e estou sem um tostão, porque investi tudo o que tinha para lançar meu novo negócio, que agora teve que ser adiado. Tenho catorze dias para devolver o aparelho caríssimo... e esse prazo acaba hoje. Não posso gastar mil dólares em um celular novo, especialmente agora que não tenho mais com quem dividir o aluguel. Preciso devolver o celular ou telefonar para o meu pai e pedir dinheiro emprestado. Entre vir aqui e enfrentar as consequências de ter feito uma bobagem ou ligar para o meu pai... Bom, estou aqui.

Minha irmã nem se incomodou tanto com o que acontecera no casamento. É claro, ficou confusa sobre quem era aquela mulher contando uma história sobre a infância delas, mas, depois que expliquei que tinha desmascarado a moça fingindo ser convidada, Olivia ficou brava comigo por ter exposto a mulher em vez de acompanhá-la discretamente até a saída. Para ser honesto, até eu me senti meio mal quando vi Stella pálida e tremendo com o microfone na mão. Mas estava furioso por ela ter mentido para mim. No fundo, sabia que era uma reação automática, porque uma mulher mentindo na minha cara despertava lembranças bem ruins. E pior: minha irmã decidiu se casar no mesmo lugar onde meu casamento havia sido realizado sete anos antes. Então, é possível que eu tenha descontado em Stella algo que nem era culpa dela.

Abri a gaveta, peguei o celular e o empurrei sobre a mesa na direção dela.

— Obrigada — disse Stella. Ela o pegou e destravou a tela. O celular acendeu, e ela franziu a testa. — Continua com bateria. Você carregou?

— Sim. Estava descarregado quando a empresa de *catering* o devolveu no dia seguinte ao casamento.

Ela balançou a cabeça como se entendesse, mas percebi que eu não tinha respondido à pergunta.

— Você tentou... descobrir minha senha?

Consegui ficar sério, embora tivesse feito exatamente isso. Ela não precisava saber que passei mais de uma hora experimentando várias combinações para destravar aquela porcaria, curioso para saber quem era a mulher que tinha fugido do casamento. Por isso me esquivei de uma resposta direta e adotei um tom severo.

— Eu precisaria ligar o aparelho para saber se tinha senha, não?

Stella balançou a cabeça e guardou o celular na bolsa.

— Ah, sim. É claro. É verdade.

Ficamos nos olhando por alguns segundos, até o silêncio se tornar incômodo.

— Ok, então... — Ela se levantou. — Tenho que ir.

Por mais que fosse estranho, eu não estava preparado para deixá-la ir embora. Tinha uma centena de perguntas para fazer, como por que ela não queria ligar para o pai ou por que o lançamento do negócio seria adiado. Mas só a imitei e fiquei em pé também.

Ela estendeu a mão por cima da mesa.

— Obrigada por guardar meu telefone e, mais uma vez, me desculpe pelo que fiz.

Segurei aquela mão pequenina por mais tempo que o necessário. Mas, se notou, ela não disse nada.

Depois que a soltei, Stella se virou para sair, mas me olhou outra vez. Abriu a bolsa para procurar alguma coisa, que pegou e me ofereceu.

— Gosta de chocolate?

Fiquei confuso, mas balancei a cabeça assentindo.

— Gosto.

— Sempre tenho uma barra de Hershey's na bolsa para emergências. Tem anandamida, um neurotransmissor que fortalece a sensação de felicidade. — Ela deu de ombros. — Às vezes dou chocolate para as pessoas que parecem precisar, mas o mais comum é que eu mesma coma. Amo chocolate. Mandei um presente para sua irmã me desculpando, mas não mandei nada para você. No momento, só tenho isso como símbolo de paz.

A mulher estava me dando uma barra de chocolate para se desculpar por ter invadido um evento de setecentos dólares o prato? Eu tinha que reconhecer, ela era única.

Levantei as mãos.

— Tudo bem. Está tudo certo. Pode ficar com o chocolate.

Ela manteve o braço estendido.

— Vou me sentir melhor se você aceitar.

Consegui engolir o riso e peguei a barra.

— Tudo bem. Obrigado.

Stella pendurou a bolsa no ombro e caminhou para a porta. Eu a segui para abri-la, mas de novo ela parou de repente. Desta vez, em vez de chocolate, ela se inclinou em minha direção e respirou fundo.

— Retrouvailles — disse.

Eu falava um pouco de francês e sabia que significava "reunião" ou alguma coisa parecida.

Ao ver minha expressão confusa, ela sorriu.

— É a colônia que está usando, não é? O nome é Retrouvailles.

— Ah... sim, acho que é.

— Tem bom gosto. Gosto *caro*. Mas bom. Eu que criei essa fragrância.

— Sério?

Ela assentiu, e seu sorriso ficou mais largo.

— Cai bem em você. As fragrâncias diferem de uma pessoa para outra.

Droga, o sorriso dela era lindo. E, ao percebê-lo, acabei olhando para aquela boca.

Merda. Senti vontade de morder.

— Você aplica a colônia no ponto da pulsação? — Ela apontou para a depressão na base do pescoço. — Mais ou menos por aqui?

Praticamente salivei ao olhar para o pescoço delicado.

— Acho que sim.

— Por isso dura tanto. Perfumes e colônias são reativados pelo calor do corpo. Muitos homens aplicam a fragrância nas laterais do pescoço, mas a base é uma das áreas mais quentes, porque o sangue é bombeado perto da pele. É por isso que as mulheres passam perfume nos pulsos e atrás das orelhas.

— Está usando algum? — perguntei.

Ela franziu a testa.

— Perfume?

Balancei a cabeça para confirmar.

— Sim, e também foi desenvolvido por mim.

Mantive os olhos cravados nos dela enquanto me inclinava lentamente para a frente. Ela não se moveu quando quase encostei o nariz no dela, depois baixei a cabeça de um lado, aproximei o nariz da orelha dela e respirei fundo.

O cheiro era incrível.

Relutante, levantei a cabeça.

— Suas criações também ficam bem em você.

Ela sorriu de novo, mas o brilho diferente nos olhos era prova de que também estava meio abalada.

— Obrigada. Obrigada por tudo, Hudson.

Mais uma vez, ela se virou para sair do escritório; então, quando passou pela porta, um pânico bizarro me invadiu.

— Stella, espera…

Ela parou e olhou para trás.

Antes que pudesse me conter, falei uma tremenda bobagem.

— Quer sair para jantar qualquer dia?

— Já teve notícias do Príncipe Encantado?

Fisher abriu minha geladeira e pegou um pote com o jantar da noite anterior, embora fossem sete da manhã.

Balancei a cabeça e tentei disfarçar a decepção.

— Acho que é melhor assim.

— Quanto tempo faz? Uma semana?

— Oito dias. Não que eu esteja contando. — *Não faço outra coisa além de contar.*

Ele me olhou da cabeça aos pés e de volta.

— Por que está vestida tão cedo?

— Fui ver o sol nascer, acabei de voltar.

— Sabia que dá para colocar papéis de parede com imagens lindas de nascer e pôr do sol no laptop e dormir até mais tarde?

Fisher tirou a tampa e espetou o garfo em um pedaço de frango empanado como se fosse um pirulito. Ele mordeu um pedaço.

— Não é a mesma coisa, mas obrigada. Hummm... quer que eu esquente isso para você? Quer um prato e uma faca? Ou melhor ainda, quer uns ovos de café da manhã?

— Não precisa. — Ele deu de ombros e mordeu mais um pedaço. — Por que não liga para ele?

Olhei para meu melhor amigo.

— Não posso ligar para ele.

— Por que não?

— Porque ele deve ter mudado de ideia. Esqueceu como a gente se conheceu? Fiquei chocada até por ele ter pedido meu número. Talvez tenha sido um lapso temporário de sanidade, e ele pensou melhor depois que saí de lá. Além do mais, tenho um encontro amanhã...

— Com quem?

— Ben.

— O cara que conheceu on-line? Já faz umas semanas, não?

— Sim. A gente marcou de sair há alguns dias, mas eu cancelei.

— Por quê?

— Não sei. Tinha muita coisa para fazer.

Fisher fez uma careta.

— Sei. Me engana que eu gosto. Estava esperando o Príncipe Encantado ligar e queria deixar a agenda livre.

— Eu não estava esperando Hudson ligar.

— Deu uma olhada nas mensagens do celular nesta semana? Mais de uma vez, pelo menos?

— Não — respondi, depressa *demais* e completamente na defensiva.

É claro que tinha olhado, várias vezes por dia, na verdade. Mas sabia como Fisher funcionava. Ele era implacável. Era isso que fazia dele um advogado tão bom. Se encontrava um fiozinho solto, ele puxava e puxava, até desmanchar o suéter inteiro. Por isso, eu não entregaria a ele esse fio em uma bandeja de prata.

Ele me analisou.

— Não está me convencendo.

Revirei os olhos.

— Sabe, é possível sair com mais de uma pessoa...

Felizmente, a conversa foi interrompida pelo telefone fixo, minha linha comercial.

— Quem será que está ligando para a Signature Scent no sábado? Talvez seja um vendedor em Cingapura. Lá ainda é sexta, não é?

Fisher riu.

— Não, lá é domingo.

— Ah.

Encontrei o telefone na sala, em cima de uma caixa de amostras. Segurei o fone com o ombro e peguei a caixa também.

— Alô?

— Oi, é Stella Bardot?

De volta à cozinha, abri a caixa e tirei de lá alguns frasquinhos.

— Sim. Quem é?

— Meu nome é Olivia Royce.

O frasco escorregou de minha mão. Caiu no chão fazendo um barulho alto, mas não quebrou, felizmente. Levantei a mão para segurar o telefone, até então equilibrado no ombro.

— Olivia Royce?

— Sim. Espero que não esteja incomodando. Não encontrei um site, mas quando pesquisei o nome de sua empresa no Google, vi esse número e decidi arriscar.

— Imagina... não incomoda de jeito nenhum. É claro que não.

— Recebi sua mensagem e o presente. Quando contei a meu irmão, ele disse que você está lançando uma empresa de fragrâncias que produz perfumes personalizados. Adoraria fazer uma encomenda para as madrinhas do casamento, mas não consegui encontrar o serviço on-line.

— Ah, o site ainda não está no ar.

— Droga. Posso encomendar diretamente com você, então?

— Sim, é claro.

— Oba! Ótimo. Tenho pensado muito no que dar a cada madrinha. Quero alguma coisa personalizada e especial. Isso é perfeito. Adorei o meu, aliás. Muito obrigada.

Eu não conseguia me recuperar do choque. Olivia tinha telefonado para fazer um pedido, não para me repreender por ter invadido sua festa de casamento? Talvez ela não tivesse percebido que eu era aquela pessoa? Impossível, já que eu tinha mandado um bilhete de desculpas junto com o presente, e ela andara conversando com Hudson sobre mim.

— Obrigada. Eu, ah, posso mandar alguns kits e tratar os pedidos como prioritários, assim que elas me disserem do que gostam.

— Ah, não. Queria que fosse surpresa. Sei muito sobre elas... Talvez eu possa contar o que elas costumam usar, falar um pouco sobre cada uma, e aí você pensa em alguma coisa?

Eu não tinha certeza de que teria a mesma eficiência, mas não podia negar um pedido dela.

— É claro, acho que pode ser assim.

— Que tal segunda-feira, meio-dia e meia?

Franzi a testa.

— Ah... meio-dia e meia, ótimo.

— Ok. Café Luce, na rua 53. Pode ser? Fica muito longe para você? Mora em Manhattan?

Arregalei os olhos. Ela queria me encontrar pessoalmente? Pensei que quisesse me encaixar na agenda para mandar um e-mail ou telefonar.

— Sim, moro. E o Café Luce é ótimo.

— Perfeito! Combinado, então. Obrigada, Stella. Vai ser ótimo conhecer você.

Dez segundos depois, a ligação chegou ao fim. Fiquei olhando para o telefone. Fisher me observava desde o início da conversa.

— Quem era? — perguntou.

— Olivia Royce.

— E ela é...?

— A noiva do casamento que invadimos.

★ ★ ★

No dia seguinte, cheguei à cafeteria vinte minutos antes da hora combinada. Ben queria me buscar em casa, mas prefiro encontrar desconhecidos em lugares públicos, assim tenho o controle de quando posso ir embora. Comprei um *latte* descafeinado e sentei no sofá de um lado do balcão. Lá sempre tinha jornais e revistas para as pessoas folhearem enquanto bebiam seus cafés caros, então peguei o *The New York Times* e comecei a folhear o caderno de domingo. Na metade, parei ao ver uma foto. Depois de piscar algumas vezes para ter certeza de que não estava alucinando, puxei o jornal para mais perto para ler a nota:

> Olivia Paisley Rothschild e Mason Brighton Royce se casaram no dia 13 de julho na Biblioteca Pública de Nova York, em Manhattan. O reverendo Arthur Finch, sacerdote episcopal, realizou a cerimônia.
> A sra. Royce, 28 anos, a quem o noivo chama de Livi, é vice-presidente de marketing. Ela se formou na Universidade da Pensilvânia e tem MBA pela Columbia.
> É filha de Charlotte Bianchi Rothschild e Cooper E. Rothschild, ambos falecidos, e nascida na cidade de Nova York. A festa de casamento foi oferecida pelo irmão dela, Hudson Rothschild.
> O sr. Royce, que também tem 28 anos, fundou a própria empresa de TI e é especialista em segurança e compliance. Formado pela Universidade de Boston, é mestre em tecnologia da informação pela NYU.

Eu não conseguia acreditar que tinha encontrado por acaso o anúncio do casamento deles. Quais eram as chances? Não lia o caderno de domingo do *The New York Times* havia anos, o que me fazia sentir que a coincidência era bizarra. Fisher sempre dizia que pensamentos positivos atraem coisas positivas. Talvez seja essa a explicação. Na última semana e meia, eu certamente tinha pensado muito sobre certo homem que pediu meu número, mas nunca me ligou.

No começo da semana, estava vendo televisão, dando uma olhada nos canais, e caí em *Dancing with the Stars*. Eu nunca assistia a esse programa, mas, por alguma razão, continuei vendo. Quando os casais apresentaram um número de música lenta, lembrei como me senti nos braços de Hudson no casamento da irmã dele. Isso me fez pensar em como ele tinha ritmo, o que me fez imaginar outras coisas que podiam ser muito favorecidas pelo ritmo dele. Então, na sexta à noite, quando Fisher apareceu em casa depois do trabalho, ele me deu uma garrafa de gim Hendrick's. E aquilo me fez lembrar do arrepio que senti quando Hudson cochichou em meu ouvido: "A noite é uma criança, Evelyn. Vamos dançar?".

Nunca, nem em um milhão de anos, eu poderia imaginar que ele me convidaria para sair quando eu apareci com o rabo entre as pernas no escritório dele para recuperar meu celular. Mas ele me convidou, então deixei minha imaginação livre para voar. Até adiei o segundo encontro com Ben. No entanto, depois de passar uma semana esperando o telefone tocar, percebi que era burrice evitar um cara perfeitamente legal – um cara que tinha ligado para mim várias vezes – só porque outro cara podia me procurar.

Ben chegou alguns minutos antes da hora combinada. Olhei para a foto do casamento pela última vez antes de fechar o jornal. Estava decidida a não estragar aquele encontro pensando em outro homem.

— Oi. — Ben me cumprimentou com um selinho.

Era só nosso segundo beijo, já que o primeiro acontecera no fim do último encontro. Foi legal. Não teve formigamento, não senti arrepio, mas estávamos no meio de uma cafeteria, o que eu esperava? Quando recuou, Ben me deu uma caixa de chocolate Godiva, que eu nem tinha notado em suas mãos.

— Eu ia trazer flores, mas pensei que seria chato carregá-las a noite toda. Isso cabe na bolsa.

Sorri.

— Que gentileza. Muito obrigada.

— Fiz reserva em uma churrascaria. Depois, se quiser, tem um clube de comédia ao lado do restaurante, e hoje é noite de microfone aberto.

— Parece ótimo.

— Vamos?

— Vamos.

Peguei meu copo vazio e joguei na lata de lixo a caminho da saída. Quando estendi a mão para abrir a porta, Ben se apressou.

— Por favor, deixa comigo.

— Obrigada.

Já fora, olhei para a esquerda, depois para a direita.

— Para onde vamos?

— O restaurante fica a alguns quarteirões daqui. Na Hudson.

— Rua Hudson?

— Sim. Acha que é muito longe para ir a pé, de salto alto? Podemos chamar um Uber.

— Não, não. Tudo bem. — *Mas sério... rua Hudson?*

Começamos a andar.

— Ainda não conheço esse lugar — disse Ben. — Mas as avaliações são incríveis, então espero que seja bom.

— Como é o nome?

— Hudson's.

Tive que engolir o riso. *Hudson's na rua Hudson?* E eu tinha decidido não estragar a noite pensando em outra pessoa...

5

Stella

Cheguei ao restaurante na segunda-feira com alguns minutos de atraso, embora tenha saído de casa bem cedo. O metrô que eu usava para ir ao centro da cidade era expresso e passou direto pela minha estação.

Quando entrei, Olivia já estava à mesa. Ela era tão diferente sem o vestido de noiva que quase não a reconheci. Mas acenou e sorriu como se fôssemos velhas amigas.

Eu tinha na cabeça aquela ideia maluca de que ela não queria comprar meu perfume, mas me atrair até ali para falar pessoalmente o que pensava de mim, ou pior, me mandar para a cadeia. Seu sorriso acolhedor diminuiu bem minha paranoia.

— Oi. — Deixei a caixa em uma cadeira vazia e puxei a outra cadeira, na frente dela. — Desculpa, me atrasei porque o metrô passou direto pela estação.

— Não tem problema. — Ela estendeu a mão e inclinou a cesta de pão em minha direção, mostrando que estava vazia. — Como pode ver, ocupei bem o tempo. Passei seis meses antes do casamento sem comer nenhum carboidrato. Agora, nas últimas semanas, recuperei o tempo perdido. — Ela soltou a cesta e estendeu a mão para mim. — Olivia Rothschild, aliás. Não, mentira. Olivia Royce. Ainda não me acostumei com essa mudança.

Sorri, apesar do nervosismo.

— Stella Bardot. — Certa de que a melhor coisa a fazer era deixar tudo bem claro, respirei fundo. — Olha, Olivia, eu peço desculpas pelo que fiz. Normalmente, não sou o tipo de pessoa que vai a um casamento sem ser convidada.

Ela inclinou a cabeça.

— Não? Que pena. A gente ia se dar muito bem. Eu entrei de penetra em um baile de formatura uma vez.

— Sério?

Olivia deu risada.

— Sim. E peguei um cara que estava com outra menina e voltei para casa com a boca inchada.

Meus ombros relaxaram.

— Meu Deus. Você não tem ideia do alívio que sinto por saber que não está brava.

Ela acenou como se não fosse importante.

— Não. Nem pensa mais nisso. Fiquei muito impressionada com a história que contou. Alguém realmente fez xixi na calça por você?

Sorri com tristeza. A lembrança verdadeira agora era um pouco amarga, considerando que eu nem falava mais com minha irmã.

— Na verdade, fui eu quem fiz isso, e foi na pré-escola. Minha irmã era um ano mais nova e teve um acidente durante o ensaio da apresentação de Natal. Um menino apontou o traseiro molhado dela e debochou. Eu não podia deixar que ela enfrentasse aquilo sozinha.

— Legal. Meu irmão é mais velho. Ele sempre foi superprotetor comigo. Mas não sei se teria ido tão longe a ponto de fazer xixi na calça para livrar minha cara. — Ela tomou um gole de sua bebida. — Pensando bem, acho que teria. Só não reconheceria que tinha sido para me proteger. Diria que fez xixi na calça e que eu o imitei, provavelmente.

Nós rimos.

— Hudson me contou como você foi parar no casamento. Não me surpreendi quando falou sobre o que Evelyn fez com você, fugir no meio da noite e deixar o aluguel atrasado. Ela sempre foi irresponsável. No primeiro ano da faculdade, viajamos juntas no recesso de primavera. Ela conheceu um cara dez anos mais velho que nós e que só falava francês. No segundo dia de viagem, acordei e encontrei um bilhete dela dizendo que tinha ido para a França conhecer a família do cara, porque estava apaixonada. Ela me deixou sozinha em Cancun. A vadia levou meu sapato favorito.

— Meu Deus! Ela também levou o *meu* quando foi embora!

Rimos de novo, e Olivia continuou:

— Ela também roubou alguma coisa de Lexi, a ex-mulher do meu irmão. As duas brigaram e pararam de se falar. Convenci meu irmão a dar um emprego a Evelyn, e depois de alguns meses ela simplesmente desapareceu. Ele nunca vai sair do meu pé por causa disso. O cara é capaz de guardar ressentimento para sempre.

— Hudson não parece tão compreensivo quanto você.

— E não é. Ele é superprotetor. Quando eu tinha dezesseis anos e arrumei meu primeiro namorado, Hudson ficava sentado na escada esperando eu voltar para casa à noite. É claro, isso me obrigava a trocar a pegação de despedida por um beijinho no rosto. Tenho pena da Charlie. Ela provavelmente não vai ter permissão para namorar antes dos quarenta anos.

— Charlie?

— A filha do Hudson.

Assenti. Não sabia por que, mas não esperava que ele tivesse filhos. Na verdade, eu não sabia nada sobre ele, exceto que era bonitão, muito cheiroso, sabia dançar e não tinha me ligado desde que pedira meu telefone, *dez dias* atrás.

— Quantos anos ela tem?

— Vai fazer seis, mas parece que tem dezesseis. — Olivia riu. — Ele está ferrado.

O garçom chegou para anotar o pedido, mas eu ainda nem tinha olhado o cardápio. Olivia pediu uma salada de pera e balsâmico com frango. Parecia bom, e eu pedi a mesma coisa.

— Então... — Ela cheirou o pulso. — Como conseguiu fazer o melhor perfume que já cheirei na vida? Estou completamente obcecada por ele.

Sorri.

— Obrigada. Segui as dicas que pesquei no casamento. Você tinha gardênias nos arranjos de mesa e no buquê, e essa informação foi meu ponto de partida. Ouvi uma das mulheres na mesa em que eu estava dizer que você ia para Bora Bora na lua de mel. Então, deduzi que gostava de praia e acrescentei um toque de calone, que dá uma sugestão de brisa do mar. Notei que seu vestido era tradicional, mas com uma faixa de seda vermelha na cintura, e imaginei que devia ser um pouco ousada.

— Incrível. Até o frasco é perfeito.

— Eu me apaixonei pelo design, mas essa embalagem não está à venda. É importada da Itália, e eu não conseguiria importar com meu orçamento de empresa iniciante.

— Que pena. É linda.

— Espero acrescentar essa embalagem à linha daqui a algum tempo.

Passei a hora seguinte explicando como a Signature Scent funcionava. Mostrei as amostras a Olivia, que cheirou os vinte frasquinhos e os classificou, depois fiz todas as perguntas que estariam no site como parte do processo de encomenda. Ela me fez muitas perguntas, aparentemente interessada no lado comercial do negócio. Fiz anotações sobre cada pessoa a presentear, e ela escolheu as respectivas embalagens.

— Quando vai ser o lançamento oficial da Signature Scent? — perguntou ela quando terminamos.

— Ainda não tenho certeza.

— Como assim? Pelo jeito, já tem tudo pronto.

— Tenho. Tudo planejado, pelo menos. Mas tive algumas dificuldades financeiras. É uma longa história, eu tinha um sócio, mas precisei comprar a parte dele. Usei boa parte do capital para comprar matéria-prima e acabei com o restante comprando a parte do meu sócio. Consegui tocar o negócio, porque tinha uma linha de crédito comercial para manter o lançamento. Entrei com o pedido de empréstimo quase um ano antes do prazo, caso eu ficasse sem capital. Quando fui sacar o valor pela primeira vez, porém, o banco avisou que eu precisava fazer uma atualização anual para manter a linha de crédito aberta. Eu não sabia disso. Tinha acabado de sair do emprego na Estée Lauder e, quando informei essa mudança, eles negaram o crédito. Se tivesse feito a atualização alguns dias antes, tudo teria dado certo.

— Ai, que droga.

— É. E nenhum banco empresta dinheiro para quem está desempregado. Tentei uma linha de crédito no SBA. É praticamente minha última esperança.

O garçom chegou com a conta. Estendi a mão para pegá-la, embora ultimamente odiasse a ideia de gastar dinheiro. Era o mínimo que eu podia fazer pela mulher cujo casamento eu tinha invadido.

Mas Olivia foi mais rápida.

— Eu pago. Eu que a convidei.

— Não, de jeito nenhum. Já te devo uma refeição.

Ela balançou a mão como se isso não fosse importante, pegou a carteira e colocou o cartão de crédito na capinha de couro.

— Não. Faço questão.

Antes que eu continuasse argumentando, ela entregou a capinha de couro ao garçom, que se afastou para processar o pagamento.

Suspirei, me sentindo fracassada.

— Obrigada.

— Imagina.

Saímos juntas. Eu tinha que resolver algumas coisas fora de Manhattan, e ela ia voltar ao trabalho, no centro da cidade. Então nos despedimos. Olivia me abraçou como se fôssemos as velhas amigas que retratei no casamento dela.

— Sua encomenda fica pronta na semana que vem — avisei. — Posso mandar entregar para você ou a cada uma das pessoas, se preferir.

Ela sorriu.

— Liga para mim quando estiver tudo pronto, e a gente decide.

— Ok. Combinado.

★ ★ ★

Uma semana depois, eu estava rodeada por caixas de papelão.

— Esta é a última. — Fisher colocou a caixa sobre uma pilha de um metro e meio. Depois levantou a camiseta e usou a bainha para limpar o suor da testa. — Acho bom fazer logo o manicotti recheado para me compensar por todo o trabalho de hoje.

— Prometo. Não sabia quanta coisa eu tinha deixado naquele espaço de armazenamento. Duzentas caixas!

No esforço para cortar custos, recrutei Fisher para me ajudar a tirar tudo do caro espaço alugado e trazer para meu apartamento. Como morava sozinha, tinha espaço.

Fisher levou a mão às costas, na altura da cintura.

— Quase esqueci. Peguei a correspondência na última vez que entrei. Esse pacote que você recebeu está desmontando. Parece que o carteiro amassou para enfiar na caixa.

Tudo estava úmido de suor. Torci o nariz.

— Que coisa nojenta. Põe ali para mim, por favor.

Fisher jogou a pilha em cima da mesa da cozinha, e os envelopes se espalharam. O logo no canto de um deles chamou minha atenção. *SBA*. Peguei o envelope e o examinei.

— Ai, meu Deus. Envelope pequeno não é bom sinal.

— De onde é?

— Small Business Administration. Eu esperava uma resposta sobre o pedido de empréstimo em duas ou três semanas. Não faz nem duas.

— Que bom. Eles devem ter gostado tanto da empresa que não quiseram esperar para aprovar.

Balancei a cabeça.

— Quando você faz uma solicitação e a resposta chega em um envelope fino, nunca é bom. É como encontrar na caixa um envelope branco e comum da faculdade para a qual você se candidatou, em vez do grande envelope pardo que tem todo aquele material de boas-vindas. Se tivessem me aprovado, o envelope seria grosso.

Fisher revirou os olhos.

— Hoje muita coisa é feita on-line. Para de ser negativa e abre esse negócio. Aposto que tem um login e uma senha para você assinar on-line toda a documentação necessária.

Soltei o ar bem devagar.

— Não estou com bom pressentimento, Fisher. O que vou fazer se recusarem meu pedido? Já tentei em três bancos. Ninguém aprova empréstimo para uma pessoa desempregada. Fui uma idiota quando me demiti pensando que poderia viver disso. Minha vaga na Estée Lauder já foi preenchida, e agora a maioria dos empregos bons para químicos perfumistas é fora do país. O que vou fazer? Como vou pagar o aluguel?

Fisher pôs as mãos em meus ombros.

— Respira fundo. Você ainda nem sabe o que tem no envelope. Pode ser uma carta agradecendo a solicitação ou informando um atraso no processamento.

Eu estava nervosa demais para abrir, por isso entreguei o envelope ao meu amigo.

— Abre você. Não consigo.

Fisher balançou a cabeça, mas rasgou a borda do envelope. Fiquei olhando sem nem respirar, enquanto ele lia as primeiras linhas. A expressão dele me dizia tudo o que eu precisava saber.

Fechei os olhos.

— Ai, Deus...

— Sinto muito, Stella. Eles dizem que você não tem tempo de empresa nem fluxo de caixa suficiente. Mas como poderia, se eles não emprestam o dinheiro para ajudar a movimentar a empresa?

Suspirei.

— É, eu sei. Os outros bancos deram a mesma resposta, basicamente.

— Não pode começar bem pequena, crescer e fazer a solicitação de novo?

Queria que fosse fácil assim.

— Não tenho embalagem nem quantidade suficiente das amostras necessárias para mandar para as pessoas fazerem pedidos.

Fisher passou a mão no cabelo.

— Merda. Eu tenho uns nove mil no banco, estou guardando para possíveis emergências. Pode usar. Não precisa nem devolver.

— Obrigada, Fisher, amei a oferta. De verdade. Mas não posso aceitar seu dinheiro.

— Não seja ridícula. Você é minha família, e é isso que os parentes fazem.

Não queria ofender meu amigo, mas o montante de nove mil não chegava nem perto do que eu precisava para começar.

— Eu vou pensar em alguma coisa. Mas obrigada pela oferta generosa. Não sabe quanto significa para mim você ter pensado nisso.

— Sabe de que precisamos?

— De quê?

— Dom. Vou pegar uma daquelas garrafas de champanhe caro que trouxemos do casamento.

— Isto é motivo para uma comemoração? Vamos comemorar a resposta negativa para meu pedido de empréstimo ou o fato de meu apartamento ter virado um depósito?

Fisher beijou minha testa.

— Vamos comemorar porque vai dar certo. Lembre-se de que, se não pensar positivo, coisas positivas não acontecem. Já volto.

Enquanto ele desaparecia no apartamento ao lado, olhei em volta. Minha sala de estar era um desastre completo, o que parecia apropriado agora, já que minha vida ganhava essa mesma característica. Há um ano, eu estava noiva, tinha um ótimo emprego com renda anual de seis dígitos, economias que pessoas de vinte e sete anos não acumulavam antes dos quarenta e o sonho de um negócio novo e empolgante. Agora meu ex-noivo estava com outra pessoa, eu estava desempregada e falida, e meu novo negócio parecia mais uma corda em meu pescoço.

Olhei para a carta em cima da mesa por um minuto, depois a amassei e arremessei na direção da lata de lixo da cozinha. Errei, é claro. Atordoada, dei uma olhada no restante da correspondência, que era propaganda, basicamente, e decidi abrir o pacote amassado. Imaginava que fossem mais amostras que eu havia encomendado antes de o banco encerrar minha linha de crédito – produto que agora eu nunca conseguiria comprar. Quando abri a caixa, no entanto, não encontrei amostras de ingrediente para perfume. Não, era um diário que comprei no eBay e acabei esquecendo, já que ganhara o leilão havia quase três meses. O transporte internacional demorava uma eternidade, e o diário tinha vindo da Itália.

Normalmente, quando um novo diário chegava, eu mal podia esperar para ler o primeiro capítulo. Mas esse era só um lembrete de que eu havia gastado duzentos e quarenta e sete dólares. Eu o deixei sobre a mesinha de canto na sala de estar e decidi tomar banho antes que Fisher voltasse com o champanhe.

Dez minutos mais tarde, quando saí do banheiro, encontrei meu melhor amigo esparramado no sofá, bebendo champanhe e folheando o novo diário.

— Ah... você sabe que essa mulher não escreveu em inglês, certo?

— Fisher me deu uma taça de champanhe.

Peguei e desabei na poltrona na frente dele.

— É italiano. E é um homem. O que significa que paguei caro demais e ainda vou ter que mandar traduzir.

Diários de homens sempre custavam mais caro nos sites de leilão, porque eram muito raros. Da última vez que comprei um francês, paguei trezentos dólares, mais cento e cinquenta para o tradutor.

Bebi o champanhe.

— Vai ficar juntando poeira por um bom tempo. Gastar dinheiro com tradução não está na lista de prioridades do próximo mês... Comer é mais importante.

Fisher balançou a cabeça e jogou o diário velho e surrado em cima da mesinha.

— Pensei que tinha desistido de ler essas coisas depois do que aconteceu no ano passado, quando ficou envolvida demais com um deles.

Suspirei.

— Tive uma recaída.

— Você é estranha, minha bela Stella. Sabia?

— Disse o homem que coleciona adesivos que tira de bananas e cola na parte interna da porta do armário de casacos.

O celular começou a tocar em meu bolso, então o peguei e conferi o nome na tela.

— Ah, veja só... É a mulher de quem roubamos o champanhe.

— Diz para ela mandar mais.

Dei risada e deslizei o dedo na tela para atender.

— Alô?

— Oi, Stella. Olivia.

— Oi, Olivia. Obrigada por retornar. Queria avisar que já estou com os perfumes para as madrinhas do casamento.

— Estou ansiosa para ver. Ou cheirar. Ou ver e cheirar. Enfim...

Sorri.

— Espero que suas amigas gostem.

— Falei com algumas pessoas sobre o que você faz, e tem muita gente interessada em encomendar essências. Já sabe quando o site vai estar no ar?

Franzi a testa.

— Sem previsão, infelizmente.

— Ah, não. O que aconteceu?

— O SBA recusou meu pedido de empréstimo. Recebi a carta hoje.

— Idiotas. Sinto muito.

— Obrigada.

— O que vai fazer?

— Não sei.

— Já pensou em ter um sócio? Alguém que injete capital em troca de uma porcentagem da empresa.

Eu tinha pensado nisso, mas não conhecia ninguém com muito dinheiro.

— Talvez. Vou pensar. Hoje vou beber para esquecer. Amanhã começo a elaborar um novo plano.

— Boa. Faz bem.

— Obrigada. Então, para onde mando os perfumes?

— Podemos nos encontrar amanhã, se estiver livre. Minha dama de honra viaja em dois dias, vai passar alguns meses em Londres a trabalho. Vou jantar com ela amanhã à noite e queria entregar o presente, se não for muito incômodo para você.

— Não, incômodo nenhum.

— Ótimo! Tenho uma reunião de manhã. Posso mandar uma mensagem quando terminar, e a gente combina um horário? Encontro você onde estiver.

— É claro, tudo bem. Até amanhã, então.

Assim que desliguei, Fisher disse:

— Só você para fazer amizade com a mulher cujo casamento invadimos.

Dei de ombros.

— Olivia é ótima, na verdade. Vou entregar todos os perfumes que fiz para madrinhas e não vou cobrar nada. Vai ser um pedido de desculpas, e é o mínimo que posso fazer.

— Veja se ela tem mais festas para a gente possa invadir. — Ele levantou a garrafa de champanhe antes de encher sua taça. — Depois disso, não vamos conseguir voltar para as bebidas baratas. — Ele bebeu metade da taça e soltou um *aaah* exagerado. — Aliás, ainda não teve notícias do Príncipe Encantado, não é? Ou teria me contado.

Fiquei séria.

— Não. Quando almocei com Olivia, ela não comentou nada sobre ele ter me convidado para sair. Eu também não toquei no assunto. Mas ela me disse que ele costuma guardar ressentimento.

— Azar o dele.

Não falei nada, mas sentia que o azar era meu também. Alguma coisa em Hudson tinha me impressionado muito, e fiquei animada com a ideia de sair com ele. Na verdade, não conseguia me lembrar da última vez que fiquei ansiosa assim com o telefonema de um homem. Por isso, quando ele não ligou, isso me incomodou um pouco mais do que deveria. *Mas tudo bem*. Ben era... legal.

Durante as duas horas seguintes, Fisher e eu esvaziamos aquela garrafa e mais uma de vinho que estava aberta na geladeira. Pelo menos uma coisa tinha dado certo essa semana: consegui beber tudo que queria. Quando bocejei, meu amigo entendeu a dica.

— Tudo bem, vou embora. Não precisa fingir que boceja para se livrar de mim.

— Eu não fingi.

— Claro que não.

Ele se levantou e levou as duas taças e as duas garrafas vazias para a cozinha. Quando voltou, eu estava pensando em dormir na poltrona confortável em que estava largada.

Fisher se abaixou e beijou minha testa.

— Amo você. Amanhã é outro dia.

Considerando que eu provavelmente acordaria com dor de cabeça, não estava otimista. Mas odiava ser chata.

— Obrigada mais uma vez por tudo, Fisher. Também te amo.

Ele pegou o diário que ainda estava em cima da mesinha.

— Vou levar e mandar traduzir como presente de aniversário para o mês que vem.

— Meu aniversário ainda demora, o seu que é no mês que vem. Está fazendo o que fez no ano passado?

— Sim, todos os presentes para você, porque você é meu melhor presente. Além do mais, fazer você feliz me faz feliz, bela Stella. Só não deixa o diário dominar sua vida.

6

Stella

Quinze anos antes

Peguei um livro de capa de couro marrom e cheirei. *Meu Deus, eu amo esse cheiro.* Ele me faz lembrar Spencer Knox, que carregava uma bola de futebol para todos os lados, sempre a jogava para cima e pegava enquanto falava. Toda vez que a bola batia em suas mãos, o cheiro do couro me fazia sorrir.

A mulher que comandava a venda de garagem era idosa e usava uma coisa cor de laranja engraçada em torno da barriga. O cabelo grisalho e arrepiado se projetava em direções diferentes, como se ela tivesse enfiado o dedo na tomada em vez de acender o abajur que havia sobre uma mesa dobrável.

Eu me aproximei dela.

— Com licença. Quanto custa isto aqui?

Ela olhou para o que eu tinha nas mãos.

— Cinquenta centavos. Mas paguei dez dólares por ele há quinze anos, na venda de garagem de alguém. Isso é o que acontece quando você compra porcarias de que não precisa. Acaba se livrando delas como fez a pessoa de quem as comprou. Você tem um diário?

Eu não tinha notado a palavra "diário" gravada na capa, até ela apontar. Balancei a cabeça.

— Não, nunca tive.

Uma mulher magra vestida com um suéter e com o cabelo preso em um rabo de cavalo se aproximou com uma cafeteira na caixa.

— Dou cinco dólares por isto.

A idosa comprimiu os lábios.

— Não sabe ler? A etiqueta diz que custa vinte.

— Só pago cinco.

— Bom, então pode levar essa sua bunda magrela até a mesa de onde a tirou e colocar lá de volta.

A mulher de suéter se espantou.

— Que grosseria.

A idosa resmungou alguma coisa sobre a mulher ir passear no *country club* e olhou para mim novamente.

— Então, vai querer o diário ou não? Tenho que prestar atenção nos clientes. Tem gente que acha que o preço das coisas em uma venda de garagem não é suficientemente baixo e decide tentar um desconto de cinco dedos.

Eu estava pensando que devia oferecer vinte e cinco centavos, já que ela começou em cinquenta. Minha mãe sempre dizia que é preciso negociar nessas situações. Mas a mulher não parecia ser do tipo que negociava. Além do mais, eu tinha os cinquenta centavos, e ela pagara dez dólares, e eu estava um pouco assustada com suas reações. Por isso enfiei a mão no bolso e peguei duas moedas de vinte e cinco centavos.

— Vou levar.

Alguns dias mais tarde, fui para meu quarto depois do jantar, tranquei a porta e mergulhei no diário. Não queria que minha irmã entrasse e descobrisse que eu estava escrevendo coisas da minha cabeça. Ela tentaria ler quando eu não estivesse em casa, com certeza, *ainda mais* se soubesse que tipo de coisa ocupava minha mente ultimamente.

Dois dias antes, Spencer me pedira em namoro. Eu tinha o maior *crush* nele desde o quinto ano. É claro que aceitei, embora meus pais tivessem dito para minha irmã que ela não podia namorar antes do ensino médio e eu estivesse só no sétimo ano. Antes de Spencer se tornar meu namorado, nunca fiquei nervosa perto de meninos. Mas agora eu surtava cada vez que a gente conversava. Eu sabia o porquê: ele tinha saído com Kelly Reed antes de mim, e eles ficaram.

Eu nunca tinha beijado um garoto e estava com medo de fazer tudo errado quando chegasse a hora. Então, achei que esse podia ser um bom registro para abrir meu diário novo. Colocar os medos no papel podia me ajudar a lidar com tudo.

Deitada de bruços na cama, eu balançava os pés erguidos e mordia a ponta do lápis, tentando começar. *Escrevo "querido diário" ou isso é cafona?*

— Stella? — A voz do meu pai e o barulho da maçaneta me assustaram. Pulei da cama, e o diário caiu aberto no chão.

— Hum, quem é?

— Seu pai. Que outro homem bate na porta de seu quarto? E, aliás, por que ela está trancada?

— É porque... estou me arrumando para dormir.

— Ah, tudo bem. Só vim dar boa-noite.

— Boa noite, pai!

— Boa noite, pirralhinha.

Ouvi os passos dele se afastando e peguei o diário do chão. Amassou um pouco, e eu tentei alisar. Mas, quando virei aquele volume, descobri palavras escritas em algumas páginas. Em muitas delas. Confusa, li algumas linhas e voltei algumas páginas. Meus olhos se arregalaram quando li o cabeçalho de uma delas.

"Querido diário"

Ai, meu Deus!

Virei mais algumas páginas. Duas ou três estavam cobertas de palavras, mas depois encontrei o mesmo cabeçalho.

"Querido diário"

Páginas e páginas escritas. Como não notei? Eu podia jurar que abrira o diário na casa da idosa. Mas, quando o folheei, entendi por que não tinha visto toda aquela tinta azul. As primeiras cinco ou seis páginas estavam vazias.

Mas de quem teria sido? A mulher disse que o tinha comprado em um bazar como o dela, anos antes. Ela também não notou as palavras escritas?

Talvez eu devesse voltar e devolver o caderno.

Ou entregar para minha mãe e perguntar o que ela achava que eu devia fazer.

Mas...

Talvez eu devesse ler um pouco primeiro, ver se era possível ter uma ideia de quem era o dono do diário.

Não precisava ler tudo.

Só um registro pequeno.

Pronto, decidido.

Comecei na primeira página para ter certeza de que não perderia o começo e fui virando as que estavam vazias até ver as duas palavras simples na primeira linha.

"Querido diário..."

Só um pequeno registro.

Não podia fazer mal nenhum.

Eu não fazia ideia, naquele momento, de como aquelas palavras voltariam para me assombrar.

7

Stella

— Alô?

— Oi, Stella. É Olivia.

Passei o telefone para a outra orelha para terminar de colocar os brincos.

— Como vai, Olivia?

— Bem. Mas meu dia está um pouco mais cheio do que eu imaginava. Acha que consegue vir ao escritório com os perfumes? Não sei onde você mora, mas, se vir para o centro for complicado demais, posso mandar um carro.

Meu apartamento ficava no Upper East Side, então ir ao centro era bem inconveniente. Mas eu devia essa à Olívia e não ia reclamar.

— Sem problemas. Tenho mesmo algumas coisas para resolver por aí.

— Ah, ótimo. Obrigada. Por volta das duas, ok?

— Sim, perfeito.

— Tudo bem. Até mais tarde.

Tive a impressão de que ela ia desligar.

— Espera... preciso do endereço.

— Ah, desculpa. Pensei que tivesse.

Por que eu teria? Ela achava que eu tinha investigado sua vida antes de aparecer no casamento? Eita, logo quando eu começava a superar a vergonha...

— Não tenho.

— Número quinze da Broad Street, décimo quarto andar.

Fechei o porta-joias. *Broad Street?* O escritório de Hudson também era lá.

— Você trabalha no mesmo prédio que seu irmão?

— Ah, pensei que soubesse. Hudson e eu trabalhamos juntos. Nosso pai era dono da Rothschild Investments.

Eu não sabia. E não devia fazer diferença nenhuma, mas estaria mentindo se dissesse que a possibilidade de encontrar Hudson não fazia meu coração disparar.

Quando fiquei quieta por um minuto, Olivia teve a impressão errada.

— É um pé no saco chegar aqui, não é? Vou mandar um carro te buscar.

— Não, não... tudo bem. Vejo você às duas.

— Tem certeza?

— Absoluta. Obrigada.

Desliguei e olhei para o espelho sobre a cômoda. Eu tinha saído do banho e prendido o cabelo molhado em um rabo de cavalo. De repente percebi que talvez estivesse com disposição para soltar e secar o cabelo.

★ ★ ★

— Ei! — Levantei-me da cadeira na recepção, e Olivia me abraçou. — Desculpa ter feito você esperar. Minha manhã foi horrível.

Queria ter os olhos brilhantes e a voz animada como ela no meio de um dia ruim.

— Tudo bem. Não esperei muito.

Ela me convidou a acompanhá-la a seu escritório.

— Vem comigo. Ou tem que ir embora já? Queria conversar um pouco. E pedi duas saladas, caso esteja com fome.

Eu ainda não conseguia lidar com isso. A mulher cujo casamento invadi queria ser minha amiga.

— É claro. Ótimo! Obrigada.

Segui Olivia e viramos à esquerda, depois à direita. Eu sabia que a última porta no fim do corredor era do escritório de Hudson, onde fui buscar meu celular. À medida que nos aproximávamos, minha boca ficou seca. A porta da sala dele estava aberta, e tentei dar uma espiada lá dentro sem ser vista. Mas a decepção me invadiu quando passamos por lá e vi que não havia ninguém. Talvez fosse melhor assim. Já tinha perdido tempo demais com um homem que não me procurou.

O escritório de Olivia ficava logo depois da sala do irmão dela, ao dobrar o corredor. Era grande e elegante, mas não era uma sala de canto com janelas panorâmicas voltadas para a cidade, como a de Hudson. Não me entenda mal, eu adoraria trabalhar até mesmo dentro de um closet nesse prédio. Mas achava interessante que a sala dele o fizesse parecer mais importante na hierarquia da empresa, depois de Olivia ter dito que eles trabalhavam juntos, não que ela trabalhava *para* o irmão.

— Não tomei café. Podemos comer antes de olhar os perfumes? Estou maluca de curiosidade, mas sou diabética, não é bom pular refeições.

— É claro.

Olivia e eu nos sentamos frente a frente. Desenrolei o guardanapo de tecido que envolvia os talheres e o coloquei sobre as pernas.

— Está com uma cara ótima.

— Espero que goste. Pedi uma salada mista com os mesmos ingredientes que faziam parte do seu almoço na última vez que nos vimos. Só por precaução.

Ela era muito atenciosa.

Começamos a comer.

— E aí, notícias melhores sobre a Signature Scent? — perguntou.

Forcei um sorriso, tentando não demonstrar minha decepção.

— Não. O lançamento vai demorar mais do que eu esperava, agora que o SBA negou o empréstimo.

Ela ficou séria.

— Que pena. Eu imaginei que poderia não ser aprovado quando conversamos naquele almoço, mas não quis falar nada para não parecer pessimista. Já trabalhei com eles e sei que não são tão interessados em novas empresas quanto dizem ser.

— É, eles praticamente disseram para eu crescer e voltar quando for maior e tiver um bom histórico de vendas.

— O que você acharia de... um investimento privado? Fazemos esse tipo de negócio aqui. A Rothschild Investments é uma empresa de administração de propriedade. Oferecemos serviços típicos de gerenciamento financeiro, como administração de portfólios de investimentos, mas também temos uma carteira de investidores que alocam capital em troca de uma porcentagem de uma empresa nova ou em expansão.

— Eu venderia um pedaço da empresa para um grupo de pessoas diferentes?

Ela assentiu.

— Sim, mais ou menos isso. Mas você preserva o controle como sócia majoritária. E, como os investidores têm um interesse direto no sucesso, eles não se limitam a entregar o cheque. Também ajudam na operação, usando seu poder de compra, por exemplo, além de outros recursos. Nossa divisão de capital de risco tem uma equipe inteira que se responsabiliza apenas por apoiar o negócio em que investiram.

— Hum... E eu me qualificaria para uma coisa desse tipo? Gastei todas as minhas economias e não tenho mais renda fixa. Para ser bem honesta, vou ter que arrumar um emprego em breve se não começar a vender parte do estoque que comprei.

— Trabalhar com capital de risco é diferente de trabalhar com um banco. A base não é a renda do proprietário, é o potencial do negócio. Posso marcar uma entrevista se quiser avaliar essa opção.

— Posso pensar um pouco antes de dar uma resposta...? É muita generosidade sua considerar minha empresa. Só quero ter certeza de que é a decisão certa para mim.

— É claro. Com certeza.

Olivia e eu terminamos de almoçar, conversando como velhas amigas. Mais tarde, mostrei a ela todos os perfumes que tinha feito para as madrinhas do casamento, e ela gritou de alegria ao conferir cada um deles. Sua empolgação era contagiosa, e, quando me preparei para sair, me senti mais confiante que nas últimas semanas – pelo menos, desde que o banco me negara o crédito.

— Obrigada pelo almoço, Olivia.

— Imagina. Foi divertido.

— E volto a falar com você assim que decidir sobre essa possibilidade de investimento privado. Só por curiosidade, se eu tentasse esse caminho, qual seria o primeiro passo?

— Você se reuniria com a equipe de investimento de risco e contaria tudo sobre sua empresa, faria uma apresentação aqui no escritório e responderia às perguntas deles.

— Ok. Obrigada.

Olivia me acompanhou até a recepção, e nós nos despedimos com um abraço.

— Quando decidir, me avisa. Acho que consigo encaixar você na agenda da semana que vem. Acho que Hudson vai viajar, mas só na quinta-feira.

— Hudson?

— É, ele é o chefe da equipe de investimento de capital de risco. Eu não tinha mencionado?

Não, definitivamente, não tinha.

★ ★ ★

— Fiz uma pesquisa e só ouvi excelentes referências sobre a Rothschild Investments — comentou Fisher.

Servi vinho em uma taça e me sentei na frente dele à mesa da cozinha. Ele tinha vindo direto do trabalho e ainda estava de terno, com aquele ar profissional.

Fazia dois dias que eu encontrara Olivia, mas ainda não havia conseguido decidir sobre a possibilidade de vender parte da minha empresa a um grupo de investimentos. A firma de advocacia para a qual Fisher trabalhava tinha uma divisão corporativa que prestava serviços em muitos casos de IPO e financiamento, embora Fisher trabalhasse no ramo de entretenimento. Depois de me explicar a realidade de trabalhar com um investidor desse tipo, ele havia acionado seus contatos para conseguir referências sobre a empresa da família de Olivia.

— O Príncipe Encantado tem fama de durão — disse.

Bebi um pouco de vinho.

— Bom, acho que Evelyn tinha algum motivo para chamar o cara de Babaca Bonitão.

— Mas ele também tem um histórico impressionante de sucesso em relação às empresas em que investe. Você devia considerar essa ideia com carinho.

Suspirei.

— Não sei.

— Qual é a dúvida?

— Vender parte da empresa antes de ela começar a funcionar.

Fisher assentiu.

— Eu entendo. De verdade. Mas, em termos reais, qual é a alternativa? Você vai voltar a trabalhar em tempo integral e vai levar anos para economizar o dinheiro de que precisa para o lançamento que planejou. E você mesma disse que boa parte do estoque não vai durar tanto assim.

— Posso economizar por menos tempo e fazer um lançamento menor.

— Mas teria que trabalhar em período integral e cuidar de um negócio que precisa de toda a sua atenção.

Meus ombros caíram.

— Eu sei.

— Você ia pedir um empréstimo no banco, e, tecnicamente, eles seriam donos do seu rabo até você terminar de pagar tudo. Falei com o sócio encarregado da divisão de negócios na firma. Ele disse que investidores de risco não querem ser donos da empresa em que investem eternamente. Eles entram para ter um bom retorno, depois saem, passam para a próxima. Precisam de liquidez ou acabam só com um monte de empresas e sem capital imediato para o próximo grande negócio que aparecer. Em geral, o investidor de risco tem um plano de saída em um prazo de sete ou oito anos. E é possível negociar um primeiro direito de recusa, de forma que, quando chegar a hora de eles venderem, você tenha prioridade para comprar essa parte de volta.

— Sério?

Fisher assentiu.

— Um empréstimo bancário levaria esse tempo ou até mais para ser quitado.

Ele estava certo. Os motivos para não seguir por esse caminho encolhiam rapidamente. Mas eu ainda não conseguia imaginar que o homem que tinha me exposto por ter entrado de penetra no casamento da irmã dele ia querer ser meu sócio.

Bebi meu vinho e continuei pensando. Basicamente, um investidor de risco era minha única opção. É claro, descobri que havia milhares deles quando fiz minha pesquisa. Podia tentar com outra companhia. A Rothschild Investments não era a única na cidade com boas referências, certamente. Ao mesmo tempo, eles tinham Olivia, que parecia quase tão animada e empolgada quanto eu com minha empresa. Isso era uma grande vantagem. E tinha Hudson. A essa altura, ele entrava na coluna do ônus. Mas era como aquele velho ditado: melhor o diabo conhecido que o diabo que não… Sei lá, algo assim.

Respirei fundo e encarei Fisher, do outro lado da mesa.

— O que você faria?

Meu celular estava no centro da mesa. Ele o pegou e colocou na minha frente.

— Eu telefonaria logo, antes que sua nova amiga mude de ideia.

8

Hudson

— Que porra é essa, Olivia?

— Calma. Calma. Foi por isso que não contei antes. Você sempre reage de um jeito exagerado.

Joguei a pasta em que trabalhava num canto da mesa.

— Estou exagerando? Uma mulher abre a correspondência de outra pessoa e vai ao seu casamento de penetra, um casamento que me custou uma pequena fortuna, diga-se de passagem, e você quer que a gente invista nessa maluca? Sério, é mais fácil você ter uns parafusos soltos que eu estar exagerando.

Não contei que tinha convidado a maluca para sair. Felizmente, a srta. Penetra também não tinha mencionado esse detalhe nas conversas com minha irmã, pelo jeito.

Balancei a cabeça, ainda digerindo a informação de que minha irmã tinha convidado Stella para apresentar sua empresa à equipe de investimentos.

— Não, Olivia. Não mesmo.

— Meu Deus, Hudson. Eu lembro quando você não era uma pessoa perfeita. Se não me falha a memória, papai teve que pagar fiança quando você foi preso por arrombamento e invasão.

— Eu tinha dezessete anos, estava bêbado e achei que aquela fosse nossa casa...

Minha irmã deu de ombros.

— E quando explodiu um banheiro químico em um canteiro de obras? Só não foi preso naquela vez porque papai comprou três banheiros novos para o empreiteiro.

— Eu também estava no ensino médio. Era 4 de Julho, e foi o Jack que acendeu o M-80, não eu.

— Sabe qual é seu problema?

Encostei na cadeira e suspirei.

— Não, mas tenho certeza de que você vai me explicar.

— Você não é mais divertido. Há cinco anos, teria dado risada se alguém invadisse um casamento em que você estivesse. Agora é tenso e amargo. O divórcio acabou com seu senso de humor!

Senti minha mandíbula se contrair. Uma mulher com que saí algumas vezes recentemente me disse que eu sorria pouco. Fui educado e não respondi que era ela que não tinha muita graça, mas o comentário me incomodou. Na semana anterior, Charlie tinha feito um desenho da família na escola. Todos estavam sorrindo. Ela, minha ex-mulher, a babá, até a droga do cachorro, menos eu. Eu estava carrancudo.

Balancei a cabeça e peguei a caneta.

— Sai daqui, Olivia.

— Ela vem fazer a apresentação às duas da tarde. A equipe pode votar com ou sem você.

Apontei a porta.

— Pode fechar quando sair.

* * *

— Evelyn. — Acenei com a cabeça ao entrar na sala de reuniões. Stella franziu a testa, e minha irmã fez uma cara feia para mim.

— Que foi? — Dei de ombros.

— Você sabe muito bem o nome dela.

Fiz uma careta e olhei para Stella.

— Ah, é verdade. Evelyn é seu alter ego que comete crimes. Aparentemente, Stella é uma empresária em ascensão que ainda não conheço. Você troca de roupa em uma cabine de telefone ou algo do tipo?

Como eles ainda não tinham começado, eu me acomodei em meu lugar de sempre, na cabeceira da mesa. Estava curioso para ver como Stella lidaria com meus ataques. Ela me surpreendeu se levantando e estendendo a mão para me cumprimentar.

— Olá, sr. Rothschild. Meu nome é Stella Bardot. Prazer em conhecê-lo. Agradeço a oportunidade de apresentar minha empresa.

Apertei a mão dela e olhei dentro de seus olhos.

— Mal posso esperar.

Depois de ter dito a mim mesmo que não perderia tempo com essa reunião, fui à recepção pouco antes das duas horas. A intenção era deixar a correspondência na caixa de saída, mas, quando passei no corredor da sala de reuniões, senti um perfume e soube que Stella já tinha chegado. Ela cheirava ainda melhor que em minha memória. O cheiro trouxe outras lembranças que eu preferia não reviver, como o sorriso fenomenal, a personalidade arrojada e como eu não conseguia desviar o olhar da veia levemente saltada na base de seu pescoço quando ela ria. A mulher me fazia sentir um vampiro, tamanha a vontade que eu tinha de chupar aquele pescoço.

Voltei a meu escritório e tentei ignorar o que sabia que aconteceria na sala de reuniões. Mas desisti dez minutos depois, sabendo que não conseguiria trabalhar. Além do mais, eu nunca perdia uma reunião de apresentação, e era melhor ficar de olho na minha irmã. Alguém tinha que impedir aquele coração generoso de entregar até a pia da cozinha.

Stella voltou a se sentar. Pelo jeito como se mexia na cadeira e girava o anel, deduzi que estava nervosa. Mas se esforçava para fingir que não, o que eu respeitava. A equipe de investimentos de risco era composta de três analistas sênior, o diretor de marketing, Olivia e eu. E geralmente era eu que liderava a equipe e fazia todas as perguntas.

Do outro lado da mesa, minha irmã atraiu meu olhar e fez uma cara que eu sabia ser um aviso para eu me comportar.

— Podemos começar? — perguntei. Olhei para a minha esquerda e acenei rapidamente com a cabeça para Stella. — O palco é todo seu, srta. Bardot.

Ela respirou fundo, quase do mesmo jeito que fez quando pegou o microfone na frente de todo mundo no casamento de minha irmã, a mesma imagem da qual me lembrei tantas vezes nas últimas semanas durante o banho...

Aqueles lindos olhos verdes, os lábios cheios, rosados, o rosto inocente... Stella Bardot era bonita. Não havia dúvida quanto a isso. Mas era o jeito como ela enfrentava um desafio, avançando até a parte do "vai se ferrar" no fim, que me fazia querer morder sua pele de marfim.

Hoje seu cabelo estava preso em um coque, e ela usava aqueles óculos de armação grossa e escura. Minha vontade era colocá-la em cima de uma pilha de livros, soltar seu cabelo e jogar os óculos longe.

Muito maduro, Rothschild. Pensamentos adultos. E profissionais.

Felizmente, ao menos uma pessoa na sala parecia ter a cabeça no lugar.

Stella pigarreou.

— Trouxe amostras, uma demo do site, alguns detalhes de meus investimentos até agora e um relatório do inventário. Acho melhor começarmos pelas amostras.

Assenti uma vez, mas não disse nada.

Durante meia hora, ouvi a apresentação. Surpreendentemente, para uma mulher que agia por impulso, o planejamento era bem pensado. O site era profissional, com bom branding e navegação simples. Na maioria das vezes, quando recebíamos o proprietário de um novo negócio, tudo era bem *bonito*, mas não pensavam na importância do remarketing. Mas Stella era diferente. Ela falava sobre métricas e repercussão de anúncios, demonstrando que estava pensando em longo prazo. O valor do capital investido também era impressionante, embora me fizesse questionar onde ela havia conseguido tanto dinheiro.

— A empresa tem dívidas ou outros investidores? — perguntei.

— Não. Nenhuma dívida. Tive um sócio que investiu algum dinheiro, mas comprei a parte dele no ano passado.

— E os duzentos e vinte e cinco mil que investiu até agora… Esse dinheiro…?

— Minhas economias.

Acho que o ceticismo ficou evidente em meu rosto, porque ela acrescentou:

— Eu ganhava cento e dez mil por ano como química sênior em meu último emprego. Levei seis anos para economizar essa quantia e transformei o pequeno escritório do meu apartamento em um quarto para dividir o aluguel. E guardei quase metade de minha renda líquida todos os anos.

Novamente impressionado, assenti. Metade das pessoas que apresentavam projetos contava com a colaboração da mamãe e do papai ou tinha muito dinheiro antes mesmo de aprender a andar. Eu precisava reconhecer a perseverança dela para chegar tão longe. Mas não daria esse reconhecimento em voz alta.

Quando Stella chegou à parte da demonstração, percebi que minha irmã já conhecia tudo. Ela agia basicamente como sócia, ajudando Stella a vender o produto. Elas pareciam se dar muito bem, e uma continuava de onde a outra tinha parado. Olivia acrescentava comentários sobre como todas as amigas tinham amado suas criações. Em dado momento, as duas riam, e me peguei observando Stella, prestando atenção à veia em seu pescoço. Não conseguia desviar o olhar daquela coisa. Olivia me olhou de um jeito engraçado.

— Então, o que acham? — perguntou Olivia quando a apresentação acabou. — Não é um produto incrível?

Um forte murmúrio percorreu a sala, cada membro da equipe assentia e fazia algum elogio. O gerente de marketing falou sobre a lucratividade da indústria de perfumes e sobre o elevado volume de vendas de produtos de beleza em geral. Eu fiquei quieto, até minha irmã olhar para mim.

— Hudson? O que acha?

— O conceito é bem interessante. Mas não sei se comprei a ideia de que classificar algumas amostras de aromas e responder a uma pesquisa on-line garante a criação de um produto de que o consumidor goste.

— Bom, eu amei o meu — disse Olivia. — E minhas sete madrinhas ficaram malucas com os delas.

Stella olhou para mim.

— Não quer fazer um teste? Talvez tenha em sua vida uma mulher que possa experimentar.

Minha irmã sufocou uma risadinha.

— Ele pode pedir para a diarista ou para a filha de seis anos.

Olhei para ela de cara feia.

— Na verdade, ele mesmo pode testar — disse Stella.

— Não sou muito de usar perfume, mas obrigado.

— Não falei que precisava usar. Você sabe de que cheiros gosta e não gosta, certo? Se vai a uma loja de perfumes, você cheira algumas amostras até encontrar um que o agrade. A Signature Scent só pula os passos desnecessários. Se cumprir as etapas do processo, o perfume que vou criar tem que ser atraente o bastante para você pensar que compraria essa fragrância para uma mulher. — Ela deu de ombros. — Homens gostam de perfume tanto quanto mulheres. Só não usam.

Por mais que eu pensasse que havia sido uma boa apresentação e que tínhamos ali um bom produto e um marketing único, ainda não estava certo de que queria ser sócio dela. Alguma coisa não encaixava, mesmo sem considerar a maluquice do casamento ou o fato de ela ser a estrela de minhas duchas pateticamente frequentes nos últimos tempos. E eu não sabia identificar o que era. Mas minha irmã me enlouqueceria se eu não tivesse uma razão profissional legítima para negar o investimento, então talvez esse teste pudesse ser minha saída.

Levantei-me e abotoei o paletó.

— Certo. Você me dá um kit, e vamos ver como isso se desenrola.

Olivia aplaudiu como se o acordo já estivesse fechado, e com o olhar eu a preveni de alimentar muitas esperanças. Ela, é claro, ignorou.

— Tenho uma reunião — menti.

Stella se levantou. Ela apontou para todo o material sobre a mesa.

— Vou montar essa caixa de amostras antes de ir embora, e deixo para você uma cópia do questionário que vai fazer parte do site.

— Certo.

Eu já estava saindo quando Stella me chamou.

— Sr. Rothschild?

Virei e a vi novamente com a mão estendida.

— Obrigada por seu tempo. Sou muito grata por aceitar minha sugestão, especialmente depois de como as coisas começaram entre nós.

Olhei para a mão dela, então para o rosto, antes de apertá-la.

— Boa sorte, *Evelyn*.

9

Stella

Eu não conseguia superar a carta em minhas mãos.

Dez dias haviam se passado desde minha apresentação na Rothschild Investments. Como prometido, deixei as amostras para Hudson. No dia seguinte, Olivia me ligou para dizer que tinha insistido para ele responder a todas as perguntas e me mandou uma mensagem com a classificação e a pesquisa completa. Quando o pacote chegou, fiquei surpresa ao ver que ele incluía uma tonelada de lindos gráficos que Olivia tinha encomendado ao departamento de marketing. Ela até criara algumas frases de impacto que ficariam perfeitas do lado de fora das embalagens que eu precisaria mandar fazer.

Liguei para agradecer, e passamos quase duas horas ao telefone falando sobre todas as ideias. Também voltamos a conversar meia dúzia de vezes depois disso. A empolgação dela empolgação era palpável, mas, depois das últimas decepções que tive com financiamento, eu estava tentando não alimentar muitas esperanças – embora Olivia dificultasse esse processo.

Quando conversamos dois dias antes, ela me disse que tinha recebido o perfume que criei para Hudson. Ele estava viajando a negócios, então ela deixou o perfume na cadeira dele com um bilhete, de forma que ele o encontrasse assim que voltasse. O pai do marido dela teria que passar por uma cirurgia de emergência no coração, e Olivia passaria uma semana na Califórnia, mas disse que queria me encontrar na volta.

Eu havia sido induzida a pensar que a Rothschild Investments era negócio fechado, por isso ainda estava chocada com a carta que acabara de ler pela segunda vez.

"Cara srta. Bardot,
Agradecemos seu interesse em trabalhar com a Rothschild Investments. Embora seu produto seja impressionante, lamentamos não ser possível fazer uma proposta neste momento. Desejamos sorte em suas futuras empreitadas.
A seu dispor,
Hudson Rothschild"

Decepção era pouco para descrever o que seu sentia. *De novo.*

Ainda chocada, reli a carta de novo. Não queria telefonar para Olivia e perguntar o que havia acontecido, não enquanto ela cuidava da saúde do sogro. Além do mais, a única assinatura na carta era de Hudson, e, se eu tivesse que esperar uma semana até ela voltar, subiria pelas paredes. Por isso decidi telefonar para ele. Precisava saber ao menos o que os fez mudar de ideia, porque eu sabia que não havia sido o perfume que eu tinha criado para ele.

Meus dedos tremiam quando digitei os números no celular. A recepcionista animada atendeu no primeiro toque.

— Rothschild Investments, boa tarde. Como posso ajudar?

— Oi. Eu gostaria de falar com Hudson Rothschild, por favor.

— Um minuto, vou ver se ele está disponível.

Esperei por um minuto, até ouvir uma voz que reconheci. Era Helena, secretária dele. Eu a encontrara nas duas ocasiões em que estive no escritório. Ela foi supersimpática e adorou a ideia da Signature Scent.

— Oi, Helena. É Stella Bardot. Posso falar com Hudson?

— Oi, Stella. Ele acabou de sair de uma reunião. Acho que tem uma brecha na agenda, mas preciso ver se realmente está disponível.

Ela voltou à linha trinta segundos depois, e sua voz não soava mais tão animada.

— Ah... desculpa, Stella. Ele está na outra linha. Posso pedir para ele retornar sua ligação?

Algo me dizia que ele não estava em outra linha, só não queria me atender. Mas eu estava perturbada; ou seja, podia ser só paranoia.

— Sim, é claro.

Deixei meu número comercial e esperei pacientemente. Mas ele não ligou. Na tarde seguinte, liguei de novo e falei com Helena. Dessa vez, quando ela disse que Hudson não estava disponível, a frustração me fez bufar.

— Pode dizer a ele que só preciso de dois minutos? Tenho certeza de que ele é muito ocupado, mas não vou demorar.

— É claro, eu aviso. Está tudo bem?

— Não. — Suspirei. — Recebi a carta que ele mandou informando que a empresa não vai investir na Signature Scent e queria que ele me dissesse o porquê. A carta não explica, e quero ouvir essa resposta dele.

— Ah, sinto muito. Eu não sabia.

Essa era uma informação interessante. Era de esperar que ela, a secretária, tivesse digitado a carta.

— Não quero ser chata. Só preciso de alguns minutos do tempo dele.

— Vou passar o recado. E lamento que não tenha dado certo, Stella. Eu também estava muito animada.

— Obrigada, Helena.

Naquele dia, tentei me manter ocupada, mas conferi o celular umas dez vezes ou mais. Às seis da tarde, eu já tinha praticamente perdido a esperança, até meu telefone tocar quando eu estava fora, correndo. Limpei as mãos no short e atendi.

— Alô? — disse, ofegante.

— Oi, Stella. É Helena.

— Oi, Helena.

— Lamento que Hudson não tenha retornado sua ligação. Ele esteve, hum, ocupado hoje. Eu dei o recado, e ele me pediu para dizer que decidiu não investir em sua empresa porque não gostou da amostra que recebeu. Acho que ficou inseguro quanto ao produto.

— Ah, entendo.

Isso era uma tremenda palhaçada. Mandei para ele exatamente a mesma fragrância que usei no casamento de Olivia. E ele elogiou meu cheiro *duas vezes* naquela noite. Há algumas semanas, eu estava preparada para desistir e me conformar com o adiantamento dos planos por um bom tempo. Mas agora não podia simplesmente aceitar a derrota. Todas as conversas que tive com Olivia sobre o planejamento me encheram de entusiasmo, e desta vez eu não desistiria de tudo. Precisava de uma última tentativa, já que sabia que ele estava mentindo sobre o motivo da recusa.

— Acha que eu conseguiria uma hora pra falar com Hudson pessoalmente?

Helena baixou a voz. Tive a impressão de que ela protegia o bocal com a mão para ninguém ouvir.

— Não quero me meter em confusão, mas vou ser bem honesta: acho que, se eu perguntar, ele vai negar.

Suspirei.

— Ok, obrigada, Helena. Já entendi.

— Mas… trabalho para Hudson há muito tempo. Ele mais late que morde. Se você aparecer de surpresa, talvez ele não tenha escolha… E ele respeita quem briga por aquilo que deseja.

Sorri com tristeza.

— Obrigada, Helena. Muito obrigada pelo conselho. Vou pensar nisso.

★ ★ ★

Na manhã seguinte, cheguei à Rothschild Investments às oito em ponto.

— Oi. Hudson Rothschild está?

A recepcionista sorriu.

— Sim. Tem hora marcada?

Respirei fundo.

— Não, mas só preciso de dois minutos. Será que posso falar com ele?

— Vou verificar. Qual é seu nome e qual é o assunto?

— Stella Bardot, e o assunto é a Signature Scent.

Ela pegou o telefone, e ouvi seu lado da conversa.

— Oi, sr. Rothschild. Stella Bardot está aqui para falar sobre a Signature Scent. Ela não tem hora marcada…

Definitivamente, ela foi interrompida. Ouvi a voz firme do outro lado, embora não distinguisse o que era dito. No entanto, quando a moça ficou séria, entendi que não era um bom sinal.

— Hummm... ok... quer que eu diga isso a ela? — Uma pausa, depois ela olhou para mim. — Ok, obrigada.

Ela apertou um botão e sorriu para mim de um jeito desanimador.

— O sr. Rothschild disse que, "se não tiver nada melhor para fazer, pode se sentar e aguardar". Se ele tiver uns dois minutos de folga em algum momento do dia ocupado, ele a recebe. — Mais um sorriso. — Sinto muito.

— Tudo bem. O mensageiro não tem culpa.

Ela apontou a sala de espera.

— Aceita um café?

— Não, obrigada.

— De nada. Meu nome é Ruby. Se mudar de ideia, é só me avisar.

— Obrigada, Ruby.

Sentei-me no sofá e peguei o celular para conferir meus e-mails. O instinto me dizia que eu passaria um bom tempo sentada ali. Tinha a sensação de que Hudson queria me fazer esperar.

E eu não estava errada.

Três horas depois, a recepcionista saiu da mesa dela e caminhou em minha direção.

— Só vim avisar que liguei para perguntar se ele tinha esquecido você.

— E como foi a experiência?

Ela riu e olhou para trás para ter certeza de que ninguém ouvia a conversa.

— Ele ficou meio irritado.

— Posso imaginar. Mas tudo bem. — Apontei para a mesa de centro à frente. — Pelo menos vocês têm revistas ótimas.

Às cinco da tarde, eu imaginava que ele me faria segui-lo quando saísse do escritório, só para ser bem babaca. Embora eu tivesse pensado em ir embora depois das primeiras duas horas hoje de manhã, agora tinha investido tempo demais e não desistiria de jeito nenhum. Enfiei os fones de ouvido, me acomodei no sofá e escolhi música clássica para relaxar. Hudson não me faria desistir... nem que isso me matasse. Às cinco e meia, a recepcionista se aproximou de mim outra vez.

Ela estava séria.

— Estou me preparando para ir embora, por isso liguei de novo para o sr. Rothschild. Ele me pediu para avisar que, no fim, não teve dois minutos livres.

Que canalha. Tinha sido o plano desde o início, me fazer perder o dia todo. Bem, para a sorte dele, não tenho emprego nem para onde ir. Então, em vez de me aborrecer, decidi entrar no jogo. Levantei-me e pendurei a bolsa no ombro.

— Pode avisar o sr. Rothschild que volto amanhã? Talvez ele tenha dois minutos.

A recepcionista arqueou as sobrancelhas, mas sorriu.

— É claro.

No dia seguinte, cheguei mais preparada. Levei o laptop, uns lanchinhos, carregador de celular e a lista de tarefas. No fim da manhã, Hudson não teve dois minutos de folga para falar comigo, mas pelo menos eu tinha eliminado vários itens da lista e esvaziado minha caixa de e-mails, duas coisas que estavam bem atrasadas.

À tarde, atualizei meu currículo e subi mais de mil fotos do celular para um site de armazenamento on-line e organizei todas elas. Depois, passei uma hora e meia on-line planejando férias que não tinha como pagar, escolhendo hotéis de luxo e um barco à vela privado e capitaneado para me levar às ilhas gregas. Novamente às cinco e meia da tarde, a recepcionista se aproximou.

— Boa notícia. Acho…

— Ah, é?

— Acabei de ligar para avisar que estou indo embora e que você continua aqui. — Ela deu de ombros. — Ele não me pediu para mandá-la embora.

Dei risada, porque agora tinha perdido o juízo de vez, era óbvio.

— Continuo esperando, então?

Ela apontou a porta de vidro.

— Em algum momento ele vai ter que sair…

Assenti.

— Tudo bem. Boa noite, Ruby.

— Para você também, Stella. Espero não ver você aqui amanhã de novo.

Sorri.

— Também espero.

Às seis e quarenta e cinco, eu tinha visto a maior parte dos funcionários da Rothschild Investments ir embora, e uma equipe de limpeza começou a passar aspirador ali na recepção. Eu tinha interrompido o planejamento das férias dos sonhos para conversar com Fisher por mensagem. Quando a conversa acabou, abri novamente o laptop e voltei ao modo planejamento de férias. Mykonos era a única ilha em que eu ainda não havia encontrado o hotel ideal. Enquanto via as fotos do cenário perfeito, tentando decidir se queria ficar no norte ou no sul da ilha, acho que me distraí demais.

De repente, uma voz profunda quase me matou de susto, e eu pulei da cadeira. Meu computador caiu no chão, e levei a mão ao peito.

— Você quase me matou.

Hudson balançou a cabeça.

— Eu devia ter ido embora, e você nem teria notado. — Ele se abaixou e pegou meu laptop, que, felizmente, continuava ligado e inteiro. Olhando para a tela, comentou: — Vai passar as férias na Grécia? Belo plano de negócios. Divertir-se no... — Ele olhou de novo. — Royal Myconian. Parece caro.

Tirei o laptop das mãos dele.

— Estou *sonhando* com um planejamento de férias, não me organizando de verdade para isso.

Embora ele não sorrisse, eu poderia jurar que um canto de sua boca tremeu. Hudson levantou a manga do terno, revelando um relógio grande, pesado. Apesar da vontade de socar o filho da mãe arrogante por ter me deixado ali sentada durante dois dias, não consegui não notar como o relógio era sexy no pulso másculo. Balancei a cabeça e sufoquei esse sentimento.

— Dois minutos — disse Hudson, cruzando os braços. — Vai.

Durante os cento e vinte segundos seguintes, falei sem parar explicando que queria saber o verdadeiro motivo para a recusa do investimento, porque não podia ser o cheiro que eu havia criado. Disse até que era o mesmo aroma que ele disse *duas vezes* ter gostado – uma vez no casamento de Olivia, outra no escritório dele quando fui buscar meu celular. Depois, por alguma razão insana, comecei a dar detalhes sobre as amostras que ele classificou e as substâncias que usei... e meu discurso se transformou em uma aula de ciência. Acho que não respirei nem usei pontuação durante os dois minutos que passei falando em velocidade acelerada.

Quando por fim fiquei quieta, Hudson me encarava.

— Terminou?

— Acho que sim.

Ele assentiu uma vez.

— Então, boa noite. — Depois se virou e se afastou.

Pisquei algumas vezes, certa de que ele não podia simplesmente ter ido embora. Mas, quando ele abriu a porta, ficou claro que era isso que o babaca estava fazendo. Então, eu gritei:

— Aonde vai? Passei dois dias esperando para ter essa conversa.

Com a mão na maçaneta, sem olhar para trás, ele respondeu:

— Você pediu dois minutos. Eu lhe dei. O pessoal da limpeza vai trancar a porta assim que você sair.

★ ★ ★

Nenhuma noite pedia tanto um vinho como essa.

Fisher trabalhou até tarde, mas tinha sido o feliz recipiente de meu discurso furioso mais cedo, quando saí da Rothschild Investments a caminho da estação de metrô. Portanto, ele sabia o que esperar quando entrou em meu apartamento.

— Querida, cheguei!

Fisher segurava uma garrafa de merlot numa das mãos e, na outra, uma flor que certamente tinha arrancado do canteiro do prédio. Ainda estava com a raiz e terra na haste.

Forcei um sorriso.

— Oi.

— Que bico enorme. — Fisher beijou minha testa e apontou para a flor. — O que acha? Vaso vermelho ou transparente?

Suspirei de um jeito exageradamente dramático.

— Acho que essa coisa precisa mais de terra que de vaso.

Fisher bateu em meu nariz com a ponta do dedo.

— O vermelho, então. — Ele se dirigiu ao armário e pegou um vaso adequado para um buquê gigantesco, não para uma flor triste, encheu com água da pia da cozinha e a acomodou lá dentro. — Acho que devia ligar para Olivia.

Bebi o vinho que já estava em minha taça.

— Não quero incomodá-la. E para quê? Ela me disse que Hudson estava no comando da divisão. Além do mais, ela já foi generosa o bastante. Não quero que ela se sinta mal por isso.

— Não acredito. Esse babaca pediu seu telefone e nunca ligou, depois deixou você plantada lá por dois dias. Ele deve sentir tesão em te fazer esperar. E eu que pensei que vocês dois iam acabar se pegando.

— Eu e Hudson? Ficou maluco? O homem me odeia, é evidente.

Fisher puxou o nó da gravata quando se aproximou do sofá, onde eu continuava arrasada.

— Vi vocês dois juntos no casamento. Até quando ele a sacaneou com aquele discurso, tinha um brilho nos olhos dele. Era química de verdade.

Terminei meu vinho.

— Alguns tipos de química acabam em explosão. Vai por mim, eu sei o do que estou falando.

— Mas por que convidar você para sair e não telefonar?

Balancei a cabeça.

— Para se vingar. Assim como me deixar sentada no saguão.

Fisher e eu passamos uma hora tomando vinho. Como era o melhor amigo de todos os melhores amigos, ele me deixou repetir tudo que eu já contara por telefone mais cedo. Sem reclamar.

Mas o longo dia sentada e o excesso de álcool acabaram me derrubando, e, quando bocejei pela segunda vez, ele se levantou para ir embora.

— Vou deixar você descansar. Tem dois dias. Hoje foi para ficar furiosa e beber. Amanhã é para ficar deprimida. Na quinta-feira, você se ajeita de novo e decide para onde ir. Vamos fazer isso dar certo.

Eu não queria ser ainda mais depressiva e dizer que não tinha para onde ir, exceto para a fila do desemprego, talvez. Fisher tinha boas intenções.

— Obrigada por me ouvir.

— Quando quiser, princesa. — Ele se inclinou e beijou minha testa antes de caminhar para a porta. Quando pegou o paletó na cozinha, disse: — Quase esqueci... tinha correspondência na caixa. Quer que eu deixe aí no sofá?

— Não. Amanhã eu olho.

Ele deixou os envelopes sobre o balcão da cozinha.

— Descansa, bela Stella.

— Boa noite, Fisher.

Depois que ele fechou a porta, me obriguei a me levantar e andei pelo apartamento lotado de caixas apagando as luzes. Na cozinha, um envelope grosso e pardo na base da pilha de correspondência chamou minha atenção.

Conheço esse logo... mas não pode ser.

Como estava sem óculos, peguei o envelope para ver mais de perto.

Sim, o círculo com o R entrelaçado era exatamente o que eu pensei que fosse. Que diabos a Rothschild Investments teria mandado para mim? Mais uma carta do tipo "vai se ferrar"? Dessa vez com uma conta discriminando a comida e a bebida que consumi no casamento de Olivia, além de uma fatura pelo precioso tempo de Hudson?

Eu tinha sido torturada o bastante por aquele dia e provavelmente devia ver aquilo no dia seguinte. Mas deixar as coisas como estavam nunca foi meu ponto forte. Portanto, abri o envelope. Lá dentro havia uma carta com o mesmo cabeçalho daquela que recebi dias atrás. Junto havia mais folhas – aparentemente, documentos. Termo de aceitação, acordo de direitos do investidor, acordo de compra de ações...

Que diabo era isso?

Peguei os óculos e voltei à carta no topo da pilha de papéis.

"Cara srta. Bardot,

Depois de cuidadosa reconsideração, a Rothschild Investments tem o prazer de fazer uma oferta de investimento em sua empresa, a Signature Scent Ltda. A estrutura, os valores e os termos propostos se encontram no termo de aceitação. Por gentileza, confira o material com os detalhes de nossa proposta. Como a oferta afeta os direitos de voto e sua participação acionária em sua empresa, sugerimos que submeta toda a documentação à análise de seu advogado antes de assiná-la. Temos o prazer de convidá-la a fazer parte da família Rothschild Investments e estamos ansiosos para levar seu produto inovador ao mercado.

Atenciosamente,
Hudson Rothschild"

Era alguma brincadeira? O que eu dissera durante os dois minutos que ele havia me concedido mais cedo o fizera mudar de ideia e ele mandou essa correspondência por portador? Mas como um portador teria acesso a minha caixa de correspondência, que ficava trancada?

Ainda com a sensação de ser algum engano, reli a carta de apresentação antes de olhar os documentos. Parecia ser uma proposta autêntica. De fato, eu não entendia a maior parte da ladainha legal, mas a Rothschild Investments queria investir na Signature Scent em troca de 40% da empresa. A primeira linha falava em reconsideração, não consideração. Eu não conseguia acreditar. Tinha mesmo conseguido fazer o homem mudar de ideia? Nos minguados dois minutos que ele me concedera antes de sair?

Fiquei na cozinha de queixo caído, até ver a data da carta... Não era daquele dia. *Foi escrita três dias antes.* Peguei o envelope que tinha jogado em cima da mesa e examinei o selo. Sim, postada havia três dias.

O que significava...

Hudson mandou a proposta *antes* de me deixar passar dois dias sentada na recepção de seu escritório.

Como assim?

10

Stella

Que diferença uma semana pode fazer.

Em vez de ficar sentada no saguão da Rothschild Investments, esperando a oportunidade de ver o rei do castelo, fui levada a conhecer o escritório e tratada como "nossa mais nova sócia da Rothschild".

A virada de cento e oitenta graus ainda me deixava tonta, mas eu não perderia mais tempo com isso. Tinha um produto para lançar em poucos meses.

Olivia telefonara para mim na manhã seguinte à chegada do pacote com a proposta. Ela ainda estava na Califórnia cuidando do sogro, mas disse que queria saber se eu estava satisfeita com os termos da oferta. Com delicadeza, falei sobre a carta de recusa que tinha recebido, e ela se desculpou, disse que foi um mal-entendido. Mas, por alguma razão, eu não acreditava nisso. A intuição me dizia que a coisa ia além do envio de uma correspondência errada. Mas ela estava animada para seguir em frente, e eu decidi acompanhá-la e me concentrar no que estava por vir, em vez de olhar para trás.

— Stella, essa é Marta. Ela é gerente da contabilidade — disse Olivia. — Só para você saber, Marta bebe café puro e prefere a variedade queniana da cafeteria no fim do quarteirão, não Starbucks. E, pode acreditar em mim, vai chegar o dia em que você vai ter que vir atrás dela com um café na mão e o rabinho entre as pernas, porque vai precisar que ela aprove alguma coisa que não está no orçamento.

Marta riu e estendeu a mão.

— Muito prazer, Stella. E se seu produto é tão incrível quanto Olivia diz, você não vai ter que implorar. — Ela piscou. — É só trazer perfume.

Sorri, mas, por precaução, registrei a informação sobre o café preferido de Marta quando Olivia e eu nos afastamos para ir ao departamento seguinte.

Depois que alguém na firma de Fisher revisou todos os documentos para mim, assinei nas linhas pontilhadas e, há dois dias, Olivia e eu almoçamos juntas para discutir a logística básica. Ela era diretora de marketing, mas a Rothschild Investments também forneceria apoio em outras áreas, de desenvolvimento na web a contabilidade, tudo parte da nova sociedade com minha empresa. Tudo isso representaria uma economia de muito dinheiro que eu não tinha.

Mas o primeiro passo foi decidir onde seria meu novo escritório. Olivia disse que muitos sócios se instalavam comercialmente no prédio da Rothschild Investments, já que utilizavam boa parte da equipe e dos serviços da companhia. Considerando que meu escritório anterior era meu sofá, cercado por pilhas de caixas que iam até o teto, achei que seria mais profissional receber as pessoas ali, pelo menos até eu poder pagar por um lugar só meu.

No fim da visita de apresentação, Olivia me levou a uma sala vazia e me deu uma chave.

— Este é seu novo endereço. O banheiro feminino fica no fim do corredor. Pedi para minha secretária providenciar os materiais básicos, mas, se precisar de mais alguma coisa, é só falar com ela. Tenho uma reunião às onze, preciso correr. Quer almoçar por volta da uma e meia?

— Sim, seria ótimo — assenti.

Depois que Olivia desapareceu, eu me sentei atrás daquela mesa grande e moderna e tentei digerir aquele começo de dia. Não só a Signature Scent tinha mais capital que o necessário para o lançamento como tinha equipe, sistema e escritório em um endereço elegante em Manhattan, coisas que, sem essa sociedade, não passariam de um sonho. Era surreal. Cada pessoa que eu havia conhecido naquela manhã parecia sinceramente feliz com nossa sociedade e empolgada para trabalhar. Tudo era quase bom demais para ser verdade. O que me fez lembrar que ali havia pelo menos uma pessoa que não estava eufórica com minha presença.

Quando passei pelo escritório de Hudson durante a visita, a porta estava fechada, mas eu sabia que ele estava lá dentro, ou tinha saído recentemente, porque senti o cheiro de sua colônia. Ele e eu estávamos adiando uma discussão havia muito tempo, por isso, depois de ir ao banheiro feminino, fui à sala dele. Desta vez, a porta estava aberta. Minha pulsação acelerou quando me aproximei. Ele estava em pé de costas para a porta, pegando algo em uma prateleira, quando bati.

— Deixa em cima da mesa — falou, sem se virar.

Presumi que esperava outra pessoa.

— Oi, Hudson. Sou eu, Stella. Queria saber se podemos conversar por um momento.

Ele se virou e olhou para mim. Meu Deus, seus olhos ficaram mais azuis desde a última vez que o vi? Imediatamente comecei a girar o anel que usava no indicador, coisa que fazia quando estava nervosa. Mas me contive. Não podia deixar Hudson me intimidar.

Então, apesar de tremer por dentro, levantei o queixo e entrei.

— Não vai demorar.

Hudson cruzou os braços e se apoiou no móvel atrás dele, em vez de sentar-se atrás da mesa.

— Tudo bem, entre. Você já me interrompeu mesmo.

Era evidente que ele estava sendo sarcástico, mas agarrei a oportunidade. Respirei fundo e fechei a porta. Hudson ficou quieto, mas seus olhos acompanhavam cada passo que eu dava na direção de sua mesa igualmente intimidante.

— Posso me sentar?

Ele deu de ombros.

— Claro, por que não?

Sentei-me em uma das duas cadeiras e esperei que ele também se acomodasse. Ele não se moveu.

— Não vai se sentar?

Os olhos dele cintilaram.

— Não. Estou bem em pé.

Levei um momento para organizar os pensamentos, e o cheiro da colônia de Hudson pairava no ar. Ele precisava ser tão cheiroso? Isso me distraía. Quando percebi que estava segurando o anel de novo, eu me apoiei nos braços da cadeira para ocupar as mãos.

— Olivia disse que a carta de recusa que recebi foi um mal-entendido. Isso é verdade?

Hudson olhou para minhas mãos apertando os braços da cadeira antes de me encarar.

— Faz diferença? Você está aqui.

— É importante para mim. Tenho minha empresa há cinco anos e pus meu coração e minha alma nela. A Rothschild Investments agora é dona de parte dela, e prefiro esclarecer todas as questões pendentes, sejam quais forem, para que tudo corra da melhor maneira possível.

Hudson esfregou o lábio inferior com o polegar, enquanto parecia considerar minhas palavras. No fim, disse:

— Não.

Franzi a testa.

— Não o quê? Não quer esclarecer as coisas?

— Você perguntou se a primeira carta foi um mal-entendido. Não foi.

Eu já desconfiava, mas ouvir a confirmação era doloroso.

— E o que o fez mudar de ideia?

— Minha irmã. Ela é um pé no saco quando decide alguma coisa.

Isso, sim, me fez sorrir. Eu adorava Olivia.

— Você não queria se associar à minha empresa por causa do produto ou por minha causa?

Hudson estudou meu rosto antes de responder.

— Por sua causa.

Estranhei a resposta, mas gostei da honestidade. E, como ele tratava o assunto com sinceridade, decidi continuar.

— A data na carta da proposta era do dia anterior ao primeiro dia que perdi horas sentada no saguão esperando você. Mas me deixou passar dois dias sentada lá. Por quê?

Um canto de sua boca tremeu.

— Você pediu dois minutos. Eu estava ocupado.

— Podia ter dito à recepcionista que tinha mudado de ideia e que a proposta já havia sido enviada pelo correio.

Dessa vez, ele não conteve um sorriso.

— É, podia.

Estreitei os olhos ao encará-lo, o que o fez rir.

— Se essa é sua cara ameaçadora, melhor se esforçar mais.

O sorriso dele era perigoso, me deixava meio sem fôlego. Mas endireitei as costas na cadeira.

— Vamos ter algum problema trabalhando juntos? Olivia contou que você se envolve diretamente nas start-ups.

Hudson me analisou outra vez.

— Não se você trabalhar duro.

— Eu sempre trabalho duro.

— Vamos ver.

O interfone sobre a mesa vibrou, e a voz da recepcionista seguiu o som baixo.

— Sr. Rothschild?

Ele desviou o olhar do meu para responder.

— Sim?

— Seu compromisso das onze e meia está aqui.

— Diz ao Dan que vou recebê-lo em um minuto.

— Ok.

Ela desligou, e Hudson inclinou a cabeça.

— Mais alguma coisa?

— Não, acho que era só isso.

Quando me levantei e virei para sair, ele falou:

— Na verdade, tenho mais uma coisa a dizer.

— Diga.

Ele cruzou os braços.

— Como Olivia mencionou, eu me envolvo diretamente nos lançamentos das empresas em que investimos. Portanto, sugiro que dê seu número verdadeiro de celular a Helena quando sair, caso eu tenha que falar com você.

— Como assim... meu número verdadeiro?! Eu passei no dia em que vim buscar meu celular.

Ele comprimiu os lábios.

— O número que você me deu é da Vinny's Pizza.

— O quê? É claro que não.

— É, sim. Eu liguei.

— Você deve ter anotado errado. Eu dei o número certo.

— Você que salvou para mim.

Tentei me lembrar daquela tarde. Ele não tinha anotado meu número? Então, lembrei. Ele me pediu o número, e logo depois a secretária o chamou. Enquanto eles conversavam, ele tirou o celular do bolso e me deu. *Meu Deus!*

— Posso ver seu celular? — pedi.

Hudson ficou em silêncio por um minuto. Depois pegou o telefone em cima da mesa. Senti que ele me observava enquanto eu digitava meu nome nos contatos e conferia o número. Arregalei os olhos. O último dígito era nove, e eu tinha digitado o seis, que ficava logo acima no teclado.

Olhei para ele.

— Digitei errado.

Seu rosto permaneceu impassível.

— Eu sei.

— Mas não foi proposital.

Ele não disse nada.

Meu cérebro parecia funcionar em câmera lenta enquanto eu processava o que isso significava.

— Então... você não me ligou porque pensou que eu tivesse dado o número errado de propósito? Mas sua irmã ligou para mim. Ela conseguiu meu número comercial.

— Não tenho o costume de perseguir mulheres que me dão o telefone errado quando as convido para sair.

— Eu nunca faria isso.

Nós nos encaramos. Era como se as peças do quebra-cabeça finalmente se encaixassem.

— Por isso você se divertiu me deixando plantada no saguão do prédio por dois dias inteiros... Pensou que eu tivesse te sacaneado e decidiu me sacanear de volta. — Balancei a cabeça. — Mas ainda não entendo por que mudou de ideia sobre investir na empresa.

Hudson coçou o queixo, um gesto que ele parecia repetir com frequência.

— Minha irmã sente muita segurança em relação à sua empresa. Ela tem tido momentos difíceis no trabalho desde que nosso pai morreu. Se eu considerasse só as questões comerciais, é claro que teria me interessado por seu projeto em outras circunstâncias. Achei que não seria justo decidir com base no fora que você me deu e desapontar Olivia.

— Mas não foi um fora. Fiquei decepcionada quando você não telefonou.

Hudson olhou meus pés. Tive a sensação de que ele não sabia o que fazer com essa nova informação. O interfone vibrou de novo em cima da mesa.

— Sim, Helena.

— Esme na linha um.

Ele suspirou.

— Vou atender. Pede só um minuto.

— Ok. E vou levar Dan à sala de reuniões e servir um café para ele. Aviso que você vai demorar mais uns instantes.

— Obrigado, Helena.

Hudson finalmente me encarou, mas foi erguendo o olhar devagar a partir dos meus sapatos. Quando os olhos dele encontraram os meus, meu corpo todo formigava. A sugestão de um sorriso diabólico em seu rosto não melhorou as coisas.

81

— Então, estava dizendo... que ficou decepcionada quando não telefonei?

Engoli em seco, me sentindo meio como um animal surpreendido pelos faróis de um carro.

— Hummm...

O esboço de sorriso se transformou em um sorriso completo.

— Esme é minha avó, preciso atender. Continuamos essa conversa depois?

Assenti devagar.

— Hummm... sim... é claro.

Virei e me dirigi à porta. Mas, antes que pudesse abri-la, a voz de Hudson me deteve:

— Stella?

— Sim?

— Dei o perfume que você fez para mim para minha avó. Ela ia gostar mais.

Sorri.

— Não tem problema.

★ ★ ★

Naquela noite, alguém da equipe de limpeza bateu na porta de meu escritório para saber se podia entrar e esvaziar a lata de lixo.

— Ah, é claro.

Eu devia ter percebido que já era hora de eles começarem a trabalhar, mas estava envolvida com minha lista de fornecedores e dos produtos comprei de quem e em que termos. Definitivamente, seria um trabalho imenso transferir todo o conhecimento de onde eu o mantinha atualmente, minha cabeça, para os diferentes sistemas oferecidos pela Rothschild Investments. Mas eu sabia que, no fim, seria melhor assim. Peguei meu celular e me assustei quando vi que já eram seis e meia. Tinha olhado as horas depois que Olivia passou para se despedir – e faltava pouco para as cinco da tarde. E eu tinha a sensação de que isso acontecera havia cinco minutos.

Uma senhora sorridente despejou o conteúdo da lata de lixo em uma lata maior no corredor e voltou carregando um aspirador.

— Você se incomoda? Não demora mais que cinco minutos.

— Ah, de jeito nenhum. Preciso mesmo esticar as pernas e ir ao banheiro. — Fechei o laptop e saí da sala para ir ao banheiro. Quando me aproximei dos banheiros, vi Hudson encostado na parede ao lado da porta, olhando o celular.

— Esperando para assustar quem sair do banheiro? — brinquei.

Ele franziu a testa e apontou para a porta.

— Vai entrar?

— Eu ia. — Franzi a testa também. — Algum motivo para não fazer isso?

Ele se afastou da parede e passou a mão na cabeça.

— Minha filha está lá dentro... Charlie. Ela se distrai no banheiro, diz que gosta da "cútisca".

— Cútisca?

— Acústica. Já expliquei, mas ela diz que fica melhor do jeito dela.

Dei risada.

— Quer que eu a apresse?

Ele olhou o relógio.

— Tenho uma ligação importante com um investidor internacional às seis e meia.

— Pode ir. Eu espero e a acompanho até sua sala.

— Tem certeza?

— É claro. Sem problemas.

Hudson ainda hesitava.

Revirei os olhos.

— Entrei de penetra em um casamento uma vez, mas prometo que não vou perder a menina.

Ele respirou fundo.

— Tudo bem, obrigado.

Entrei no banheiro bastante curiosa. Charlie não estava perto das pias, mas uma coisa ficou clara imediatamente: por que ela se importava com a "cútisca". A vozinha doce estava cantando... Era "Jolene", aquela velha canção da Dolly Parton? Sim, era. E Charlie parecia saber a letra inteira.

Por baixo da porta da primeira cabine, vi as perninhas balançando. Fiquei ali, quieta, ouvindo com um sorriso largo. Ela cantava bem. A voz era amena – pelo tamanho das pernas, compatível com o corpo. Mas ela era afinada e tinha um vibrato que não era comum a uma garotinha.

Quando a canção terminou, não quis ficar ali parada e assustar a criança, por isso bati com delicadeza na porta do reservado.

— Charlie?

— Oi?

— Oi. Meu nome é Stella. Seu pai me pediu para levá-la até a sala dele quando você terminar aqui. Vou usar o banheiro, então não saia sem mim.

— Ok.

Entrei na cabine vizinha à dela.

No meio do meu xixi, Charlie disse:

— Stella?

— Oi?

— Você gosta da Dolly?

Segurei a risada.

— Gosto.

— De qual música gosta mais?

— Hum… Não sei se é muito conhecida, mas minha vó mora no Tennessee, e sempre me lembro dela quando escuto "My Tennessee Mountain Home". É minha favorita.

— Essa não conheço. Mas a favorita do meu pai é "It's All Wrong, But It's All Right". Ele não me deixar cantar, diz que a letra é muito adulta para mim. Mas decorei assim mesmo. Quer ouvir?

Eu queria, ainda mais agora, depois de ela ter dito que o pai não a deixava cantar essa. Mas me contive antes de responder que sim. A última coisa de que precisava era Hudson pensando que eu tinha corrompido a filha dele.

— Hum… adoraria, mas acho melhor não contrariarmos seu pai.

O som da descarga foi a resposta dela, por isso me apressei e terminei logo, para ela não sair do banheiro sem mim.

Charlie estava lavando as mãos quando apareci. Ela era linda, tinha cabelos claros e encaracolados que não pareciam ser fáceis de domar, nariz arrebitado e grandes olhos castanhos. Vestia roxo da cabeça aos pés, meia-calça, tênis, saia e camiseta. Algo me disse que Charlie escolhia as próprias roupas.

— Você é Stella? — perguntou ela.

De novo, tive que segurar a risada. Éramos as únicas pessoas no banheiro.

— Sou. E você deve ser Charlie.

Ela assentiu e me olhou pelo espelho.

— Você é bonita.

— Ah, obrigada. Você também é.

Ela sorriu.

Parei na frente da pia, ao lado dela, para lavar as mãos.

— Você faz aulas de canto, Charlie? Sua voz é impressionante.

Ela assentiu.

— Tenho aula aos sábados de manhã, às nove e meia. Meu pai me pega e vai me levar, porque minha mãe precisa do sono da beleza.

Sorri. Essa garotinha era hilária, e nem tinha noção disso.

— Ah, que bom.

— Também faço karatê. Minha mãe queria que eu fizesse balé, mas eu não quis. Meu pai me matriculou no karatê sem contar para ela, e ela não ficou muito contente.

Dei risada.

— Imagino.

— Você trabalha com meu pai?

— Sim.

— Quer jantar com a gente? Vamos pegar o metrô.

— Ah, obrigada, mas ainda tenho trabalho para fazer.

Ela deu de ombros.

— Quem sabe na próxima.

Eu não conseguia deixar de sorrir de tudo que saía da boca daquela menininha.

— Quem sabe.

Enxugamos as mãos, depois fomos até o escritório do pai dela. Hudson ainda estava ao telefone, e eu perguntei se ela gostaria de conhecer minha sala. Ela respondeu que sim com a cabeça, e gesticulei para avisar Hudson que a levaria até meu escritório.

Charlie se sentou em uma cadeira de visitante, com os pés balançando no ar.

— Você não tem fotos?

— Hoje é meu primeiro dia. Ainda não tive tempo de decorar.

Ela olhou em volta.

— Devia pintar sua sala de roxo.

Eu ri.

— Acho que seu pai não ia gostar muito.

— Ele deixa eu pintar meu quarto de roxo. — Charlie inspirou profundamente algumas vezes. — Seu escritório tem um cheiro bom.

— Obrigada. Eu sou perfumista. Faço perfumes.

— Você *faz* perfumes?

— Sim. Legal, não é?

Ela assentiu rapidamente.

— Como você faz isso?

— Bom, é muita ciência, na verdade. Mas o que seu pai e eu estamos fazendo é criar um perfume com base em quanto uma pessoa gosta de vários cheiros diferentes. Quer experimentar algumas amostras?

— Quero!

Eu tinha levado alguns kits para o escritório. Peguei um da gaveta e me sentei ao lado dela, na outra cadeira de visitante. Abri a caixa, segurei um dos recipientes e ofereci a ela. Era calone, substância que informava se a pessoa tinha preferência por cheiros do tipo brisa do mar.

— O que esse cheiro te lembra?

Os olhos dela se iluminaram.

— Hum... sorvete de banana com chocolate.

Estranhei e peguei o frasco para cheirar, embora tivesse sentido o cheiro de mar assim que removi a tampa.

— Acha que parece cheiro de sorvete?

— Não, mas meu pai me levou para a praia na semana passada, depois tomamos sorvete no calçadão. Eu pedi banana split, porque é meu favorito. Isso tem cheiro de praia, mas agora a praia me faz pensar naquele sorvete gostoso.

Eu tinha perguntado o que o cheiro a fazia lembrar, não do que era o cheiro. Ou seja, a resposta dela estava certa. Peguei a banana que tinha passado o dia todo em cima de minha mesa.

— Já vi que gosta de banana. Quer dividir?

— Não, obrigada. — Ela balançou as pernas. — Meu pai escreve nas bananas quando prepara o lanche da escola. Às vezes nas laranjas e nas tangerinas também. Mas nunca nas maçãs, porque essas a gente não descasca.

— Ele escreve nas frutas?

Ela fez que sim.

— O que ele escreve?

— Coisas engraçadas. Tipo "Laranja, está contente porque hoje é sexta-feira?". Às vezes ele escreve uma piada. No Halloween, ele escreveu: "Qual é a fruta preferida de um fantasma? Uma bu-na-na". Entendeu?

Achei interessante. Não imaginei que Hudson fizesse esse tipo de brincadeira.

— Posso cheirar outros?

— É claro. — Abri outro frasco. O de óleo de sândalo indiano.

Ela torceu o nariz.

— Tem cheiro de dor de barriga.

Eu não tinha ideia do que isso significava. Aproximei a essência do nariz para tentar entender.

— Sério? Esse cheiro faz você sentir dor de barriga?

Ela riu.

— Não. Sorvete me dá dor de barriga. Isso tem o cheiro da sorveteria na esquina da rua da casa do meu pai. Não vamos mais lá porque o sorvete podia estar estragado.

Ah, bom, agora fazia sentido. Sândalo era muito popular em colônias masculinas. Charlie tinha jeito para isso. E também parecia gostar de sorvete.

— Sabe… Essa é a segunda resposta em que você menciona sorvete. Estou percebendo um padrão.

Uma voz intensa atrás de mim perguntou:

— Já percebeu, é?

Virei e vi Hudson encostado no batente da porta. Pelo jeito, ele estava ali ouvindo a conversa fazia algum tempo.

— Charlie tem um olfato ótimo.

Hudson assentiu.

— Ela também ouve as coisas a dois quilômetros de distância, *principalmente* a porta do freezer. Se eu puxar a porta, ela chega correndo, certa de que tem sorvete na história.

Charlie torceu o nariz de novo.

— Ele gosta de sorvete de morango.

— E você não, pelo jeito? — perguntei.

Ela negou com um movimento de cabeça.

— É nojento. Todo empelotado.

— Vou ter que ficar do lado de seu pai nessa. Morango é um dos meus favoritos.

Hudson sorriu, e percebi que esse podia ser o primeiro sorriso sincero que eu via em seu rosto bonito desde a noite do casamento.

— Vamos, Charlie? — Ele olhou para mim. — Nós vamos jantar.

— Eu sei. Vão pegar o metrô.

Hudson sorriu.

— Metrô, Dolly Parton e sorvete. Ela não é difícil de agradar... ainda.

— Tem também frutas com inscrição e roxo. Charlie sugeriu que pintasse minha sala de roxo. Falei para ela que vou pensar a respeito.

Hudson sorriu.

— Não duvido.

Charlie me surpreendeu pulando da cadeira para me dar um abraço.

— Obrigada por me mostrar suas coisas cheirosas.

— De nada, meu bem. Bom jantar.

Ela atravessou a sala saltitando e segurou a mão do pai.

— Vamos, papai!

Ele balançou a cabeça como se fosse um incômodo receber ordens dela, mas notei que aquela era, provavelmente, a única pessoa do mundo cuja autoridade ele acatava.

Hudson acenou para mim com a cabeça e disse:

— Não fique até muito tarde.

— Não vou ficar.

Eles se afastaram, e ouvi a voz de Charlie no corredor:

— Stella vai jantar com a gente na próxima vez.

— Charlie, já conversamos sobre convidar pessoas que você acabou de conhecer para fazer coisas.

— Ela não tem um cheiro bom?

Houve uma pausa, e pensei que eles haviam se afastado o suficiente para eu não conseguir mais ouvir. Mas Hudson murmurou:

— É, Stella é cheirosa.

— E é bonita também, não é?

De novo aquela pausa. Cheguei mais perto da porta para não perder a resposta.

— Sim, ela é bonita, mas não é assim que se decide quem convidar para jantar, Charlie. Ela e eu trabalhamos juntos.

— Mas no mês passado, quando a mamãe me deixou na sua casa no sábado de manhã, tinha uma mulher lá, e ela era bonita e cheirosa. Você disse que tinha negócios com ela e que ela voltou de manhã porque tinha esquecido o guarda-chuva. Perguntei se ela podia almoçar com a gente, e você disse que em outra hora. Mas ela nunca foi.

Caramba. Cobri a boca com a mão. Charlie era um terremoto, e eu estava curiosa para saber como Hudson sairia dessa. Infelizmente, antes de ele responder, ouvi a porta do fim do corredor abrir e fechar, e fim do espetáculo.

Suspirei e voltei à mesa, onde logo ficou evidente que eu não conseguia mais me concentrar. O dia fora agitado. Eu tinha conhecido muitas pessoas na Rothschild Investments, feito meia dúzia de reuniões diferentes, administrado novos sistemas de contabilidade, estoque, pedidos e um site com interface completamente nova, de alta velocidade. Era incrível. Mas nada era mais empolgante que quatro palavras ditas por Hudson mais cedo:

Continuamos essa conversa depois?

11

Stella

Na manhã seguinte eu estava um pouco ansiosa demais.

Olivia me disse para encontrá-la no escritório às oito da manhã para começarmos a trabalhar com a equipe no plano de marketing da Signature Scent. Mas o sol mal havia nascido quando cheguei ao prédio da Rothschild Investments. Como era muito cedo, desci a rua até uma deli pensando em comer um muffin e tomar um café. Aparentemente, não fui a única a pensar nisso e a acordar cedo. Havia uma fila formada por uns dez homens e mulheres em trajes formais, todos com o nariz enfiado no celular.

Quando finalmente cheguei ao caixa, um garoto que parecia ter idade para estar no colégio, não trabalhando, anotou meu pedido.

— O que vai querer? — Enquanto falava, ele pegou o celular. Achei que talvez mandasse o pedido para alguém na cozinha por mensagem.

— Um café fraco adoçado e um daqueles muffins com cobertura de crumble, por favor.

Ele levantou um dedo e digitou alguma coisa no celular. Quando terminou, digitou alguma coisa no caixa.

— Um café fraco adoçado e um muffin de blueberry. São seis e setenta e cinco. Seu nome?

— Bom, meu nome é Stella, mas o muffin é com crumble, não blueberry.

O garoto franziu a testa como se eu estivesse incomodando. Ele apertou mais botões no caixa, então seu celular vibrou, e ele voltou a olhar para a tela. Peguei uma nota de dez na carteira e a estendi, mas ele ignorou. Quando dois minutos passaram sem que ele tirasse os olhos do celular, eu me ergui na ponta dos pés para ver o que ele estava fazendo.

Trocando mensagens.

O garoto não estava transmitindo meu pedido pelo celular, mas conversando com uma tal Kiara.

Balancei a mão tentando chamar atenção.

— Hum… aqui está.

Ele levantou um dedo.

Inacreditável.

No fim, tirou o dinheiro da minha mão e me deu o troco. Em seguida pegou um copo alto para café, abriu uma caneta marcador e escreveu um nome no copo. Simone.

Fechei a cara.

— É meu?

Ele bufou.

— Tem seu nome, não tem?

Em vez de discutir, sorri.

— É claro. Tenha um ótimo dia.

— Próximo!

Achei que esse era seu jeito de me pedir para sair da fila a fim de que pudesse atender ao próximo cliente.

Algumas pessoas esperavam na outra ponta do balcão, e fui até lá fazer o que todo mundo estava fazendo: conferir o celular. Fisher tinha mandado uma mensagem minutos antes.

Fisher: Boa sorte com o trabalho de marketing hoje. Sei que essa é sua parte favorita!
Stella: Obrigada! Estou nervosa, mas animada.

Então, ele me mandou a foto de um homem do mais novo site de relacionamento em que tinha se inscrito. O cara vestia só uma cueca boxer cinza justa. O sorriso era bonito, como o cabelo. No entanto, quando analisei o restante, arregalei os olhos. E entendi por que ele mandou a foto. Tinha uma mensagem abaixo:

Fisher: Você falou para eu parar de escolher homem pelo abdome e procurar um sorriso sincero. Essa coisa está sorrindo, com toda certeza. ;)
Stella: Isso não pode ser real...

Aproximei o celular dos olhos e dei zoom no volume. De jeito nenhum, não era possível. O cara devia ter enfiado uma banana em algum lugar. Não, esquece, devia ser uma abobrinha. Acho que nem existe pênis desse tamanho. Eu mesma nunca vi.

Uma voz profunda atrás de mim me assustou.

— Eu em geral começo a manhã conferindo o *Wall Street Journal*...

Dei um pulo, e meu celular caiu no chão. Abaixei para pegá-lo e fiz uma cara bem feia.

— Meu Deus, por que tem que me assustar desse jeito?

Hudson riu.

— Como eu não ia interromper se você estava vendo pornografia?

— Não estava vendo nada pornô. — Senti meu rosto esquentar. — Meu amigo mandou a foto de um cara de um site de relacionamentos.

Ele parecia cético.

— Sei.

Constrangida, tentei levantar o celular para mostrar a ele que dizia a verdade, mas percebi que o zoom ainda focava o pau do sujeito.

— Não, sério...

Hudson levantou as mãos pra bloquear a visão.

— Eu acredito na sua palavra. Obrigado. E fico feliz por ver que você e seu amigo se concentrem nas qualidades importantes de um homem.

Balancei a cabeça. *Que beleza.* Eu continuava passando boas impressões a esse homem. Suspirei derrotada.

— *Simone!* — gritou o barista.

Eu ouvi, mas a ficha não caiu.

— *Simone!*

Droga... era eu! Fui até o balcão e peguei meu café e o muffin. Hudson balançava a cabeça quando voltei para perto dele.

— Que foi? — perguntei.

— Novo codinome?

— O garoto que anotou meu pedido não prestou atenção quando falei meu nome.

Hudson manteve um ar cético.

— Sei.

— É sério.

Ele deu de ombros.

— Que motivo tenho para não acreditar em você?

Revirei os olhos.

— *Hudson!* — gritou o barista.

Ele fez uma careta debochada.

— Parece que *meu* nome ele entendeu bem. — Depois de pegar o café, apontou para a porta. — Está indo para o escritório?

— Sim.

Saímos e seguimos lado a lado.

— Sua filha é adorável — comentei. — Ontem ela me fez rir sem nem se esforçar para isso.

Hudson balançou a cabeça, concordando.

— Obrigado. Ela tem seis, quase vinte e seis, e nenhum filtro.

— E canta bem.

— Vamos ver se adivinho… Dolly no banheiro?

Dei risada.

— "Jolene." Isso é comum?

— O vaso sanitário e a banheira são seus palcos preferidos.

— Ah. Deve ser por causa da cútisca.

Hudson sorriu sem reservas.

— Exatamente.

Uma sem-teto estava sentada na frente do prédio ao lado do nosso. Ela cuidava de um carrinho de supermercado cheio de latas e garrafas e transferia moedas de um copo plástico para um porta-moedas de papel. Quando chegamos ao edifício, Hudson abriu a porta para mim.

— Pode… — Abri a bolsa. — Pode esperar um segundo?

Deixei Hudson segurando a porta aberta e voltei até a mulher. Estendi a mão com o que podia oferecer e disse:

— Também estou meio quebrada, mas quero que fique com isso.

Ela sorriu.

— Obrigada.

Quando voltei para perto de Hudson, ele estava sério.

— Deu dinheiro a ela?

Balancei a cabeça.

— Dei uma barra de Hershey's.

Ele me olhou de um jeito curioso, mas balançou a cabeça como se entendesse, antes de apertar o botão do elevador.

— Quer dizer que é fã de música country? — perguntei. — Foi assim que sua filha aprendeu a gostar de Dolly?

— Não. E também não foi com minha ex-mulher nem com alguém que a gente conheça. Ela ouviu uma música no carro uma vez e gostou. Começou a cantar em casa os trechos que lembrava, depois pediu para a professora de canto ensinar a música inteira. Agora é a única artista que ela canta. Charlie sabe de cor uma dúzia de músicas da Dolly.

— Que incrível.

— No Halloween do ano passado, enquanto todas as outras menininhas queriam ser princesas da Disney, ela pediu para a mãe enfiar meias em sua camiseta e comprar uma peruca platinada.

— Uau, platinada e com enchimento. Como se ela já tivesse treze anos.

Hudson suspirou contrariado.

— Não quero nem pensar nisso.

Entramos no elevador para subir aos escritórios. Assim que as portas se fecharam, um cheiro conhecido dominou meu olfato. Instintivamente, me inclinei para ele e respirei mais fundo.

Hudson levantou a sobrancelha.

— O que está fazendo?

— Você tem um cheiro que não é colônia, nem sabonete, nem xampu. Estou tentando identificar o que é. — *Snif. Snif.* — Eu sei. Só não consigo nomear.

— Tenho a impressão de que você é o tipo de pessoa que tem uma necessidade incessante de saber a resposta para um problema. Vai ficar maluca se não descobrir?

Respirei fundo de novo.

— Pois é, vou.

O elevador parou no décimo quarto andar. Hudson estendeu a mão me instruindo a sair primeiro, depois destrancou a porta para a área dos escritórios. Assim que entramos, ele deu a volta no balcão da recepção, ainda vazio, e acionou diversos interruptores para acender as luzes.

Aguardei.

— E então... que cheiro é esse? Algum creme, talvez?

Hudson riu.

— Não. — Virou e começou a andar com passos largos.

— Espera... aonde você vai?

Ele falou sem olhar para trás.

— Para minha sala, trabalhar. Você devia fazer a mesma coisa.

— Mas você não me disse que cheiro é esse.

Ouvi Hudson rir enquanto seguia.

— Tenha um bom dia, Simone.

★ ★ ★

Olivia e eu passamos a manhã analisando os planos iniciais de publicidade, mas o gerente de marketing queria ver como as coisas funcionavam na vida real. Então, eu os levei ao laboratório que produziria os perfumes e apresentei amostras para demonstrar o processo pelo qual cada pedido passaria. Adorei como estavam empolgados para saber mais sobre o produto.

Depois que terminamos, Olivia tinha uma reunião e o gerente de marketing encontraria um amigo para almoçar. Passei mais um tempo no laboratório antes de pegar o metrô de volta ao escritório.

A porta da sala de Hudson estava aberta quando passei, e eu bati.

Ele levantou os olhos de uma pilha de papéis, e eu mostrei uma caixa.

— Mais daquele perfume de que sua avó gostou.

Hudson jogou a caneta em cima da mesa.

— Obrigado. Vai ficar até tarde hoje de novo?

Fiz que sim.

— Tenho muito o que fazer. Sua equipe está com pressa e já me deu uma tonelada de material para revisar.

— Dei uma olhada no estoque e nos fornecedores e pensei em discutirmos algumas ideias.

— É claro. Ótimo. Quando quer conversar?

Ele apontou os papéis em cima da mesa.

— Preciso de um tempinho para terminar aqui. Por volta das seis?

— Perfeito.

— Stella? — Hudson me chamou quando eu já ia sair.

— Sim?

Ele apontou a caixa em minha mão.

— Você se esqueceu de me dar o perfume.

Eu sorri.

— Ah. Não, não esqueci. Só dou quando você me contar que cheiro era aquele hoje de manhã.

Ele fez que sim com a cabeça e sorriu.

— Leva o perfume para a sala de reuniões às seis.

Pouco depois das cinco horas, a secretária de Hudson ligou para perguntar se eu gostava de comida chinesa. Aparentemente, Hudson e eu teríamos um jantar de trabalho. Eu estava muito curiosa em relação ao tempo que passaria sozinha com ele. Seria minha chance de corrigir a primeira impressão – e a segunda e a terceira – e mostrar a ele que eu não era leviana.

Às seis em ponto, fui para a sala de reuniões levando uma pasta enorme de documentos, um caderno e o perfume que tinha feito.

Hudson já estava lá com papéis espalhados e embalagens de comida chinesa no meio da mesa, além de pratos e afins.

— Pediu frango com alho, é?

Hudson assentiu.

— Como você faz isso? Nem abri a embalagem.

Sorri.

— Papelão não tem cheiro de alho.

Hudson estava sentado à cabeceira da mesa, e eu escolhi uma cadeira à esquerda dele.

— Além do mais, eu estava entre frango com alho e o que eu escolhi, por isso estava com frango com alho na cabeça.

— O que você pediu?

— Camarão com brócolis.

— Podemos dividir, se quiser.

— Tudo bem. Vamos comer antes ou depois?

— Antes, sem dúvida nenhuma — respondeu ele. — Não almocei, estou morrendo de fome.

Hudson e eu nos servimos. Ele apontou a caixa de perfume com o queixo e disse:

— Óleo para luva de beisebol. Agora me dá isso aí, espertinha.

Sorri.

— Você joga beisebol às seis da manhã?

— Não, mas Charlie quer entrar para um time infantil de softbol. Ela quis a única luva roxa que tinham na loja. Claro que é uma porcaria. Estou tentando amaciar a luva com óleo, vamos ver se ela consegue ao menos abrir aquela coisa com a mãozinha.

— Ah. — Empurrei a caixa de perfume na direção dele. — Lanolina. Não sei como não identifiquei.

— Talvez deva se contentar com gim.

Hudson piscou, e senti um frio na barriga. Meu Deus, eu era patética. Por que uma piscadinha de Ben não me deixava toda quente e agitada? Saímos duas vezes e... nada ainda.

Pus um camarão na boca.

— Posso perguntar uma coisa?

— Você desistiria se eu dissesse que não?

Sorri.

— Provavelmente, não.

Ele riu.

— Não me surpreende que você e minha irmã se deem tão bem. Qual é a pergunta?

— Quando exatamente percebeu que eu não era quem dizia ser no casamento da Olivia?

— Quando falou que seu sobrenome era Whitley. Evelyn Whitley e minha irmã eram amigas desde o colégio. Ela também foi bem próxima de minha ex-esposa durante algum tempo. As três frequentavam o mesmo círculo social. Acho que até podem existir duas mulheres chamadas Evelyn Whitley, mas, quando você falou que trabalhava na Rothschild Investments, minhas suspeitas se confirmaram.

Mordi o lábio inferior.

— Antes disso, então... quando dançamos pela primeira vez, você não sabia?

Hudson balançou a cabeça.

— Nem imaginava.

— E me tirou para dançar?

Um esboço de sorriso moveu um canto de sua boca.

— Sim.

Meu coração acelerou.

— Por quê?

— Por que convidei você para dançar?

Confirmei movendo a cabeça.

Os olhos de Hudson desceram até meus lábios e pausaram lá por alguns segundos.

— Porque achei você interessante.

— Ah... ok.

Ele se inclinou em minha direção e baixou a voz:

— E bonita. Interessante e um arraso.

Meu rosto ficou vermelho.

— Obrigada.

Hudson continuava me encarando. Eu praticamente arranquei os elogios do homem, mas meu rosto continuava vermelho.

Ele batucou com os dedos na mesa.

— Mais alguma coisa?

— Não.

— Tem certeza?

Fiz que sim com a cabeça, mas, depois de um minuto pensando em tudo, mudei de ideia.

— Na verdade...

— Mais uma pergunta?

— Quando vim pegar meu celular, você me convidou para jantar, mas tive uma sensação estranha de que estava bravo com você mesmo por isso.

Ele inclinou a cabeça.

— Você é bastante observadora.

Pensei um pouco sobre fazer ou não a pergunta seguinte. Mas queria *muito* saber a resposta.

— Teríamos saído, se eu não tivesse errado ao salvar meu número?

O canto da boca de Hudson se moveu de novo.

— Eu liguei, não liguei?

— Ah... sim. Bom, agora já foi, de qualquer maneira. Estamos trabalhando juntos e não seria bom complicar as coisas.

Os olhos de Hudson buscaram meus lábios de novo.

— Então, se eu a convidasse de novo agora, você diria não... por causa dessa complicação, e tal?

Cada parte de mim queria sair com aquele homem... exceto o cérebro, que tinha investido cinco anos em minha empresa. Eu simplesmente não podia fazer isso.

Fiquei séria.

— Quase não consegui seguir em frente com a Signature Scent por causa da confusão que criei com meu antigo sócio.

— Durante a apresentação, você disse que teve um sócio, mas comprou a parte dele.

— É, não deu certo.

Hudson parecia esperar mais explicações.

Suspirei e disse:

— O sócio era meu noivo. Quando virou meu *ex*-noivo, comprei a parte dele.

Hudson assentiu.

— Ele também é químico perfumista?

Sufoquei uma risadinha.

— De jeito nenhum. Aiden é poeta. Bom, é o que ele diz às pessoas. Mas ele trabalha dando aulas de inglês em uma faculdade comunitária.

— Poeta? Não parece ser um parceiro comercial muito útil.

— Pois é. Ele não ajudou no desenvolvimento, mas contribuiu com o investimento inicial.

— O que aconteceu primeiro? O fim da sociedade ou do relacionamento? — Hudson pegou um camarão e comeu.

— Hum… acho que o que aconteceu primeiro foi ele transar com alguém que não era eu.

Hudson engasgou.

— *Merda*. Você está bem? — perguntei.

Ele estendeu a mão e falou, com a voz meio sufocada:

— Estou. — Pegou a garrafa de água e bebeu para empurrar a comida. — Só preciso de um minuto.

Assim que os olhos pararam de lacrimejar e ele voltou a respirar, Hudson balançou a cabeça.

— Seu noivo pulou a cerca?

Sorri com tristeza.

— É, mas foi melhor… para a empresa, pelo menos.

— Como assim?

— Bom, duvido que tivesse chegado tão longe se Aiden e eu não tivéssemos terminado.

— Por quê? Não foi a compra da parte dele que criou as dificuldades financeiras?

— Foi. Aiden tinha contribuído com cento e vinte e cinco mil dólares desde o início. Tive que usar o dinheiro que guardei pensando no estoque inicial para comprar a parte dele. Mas não sei se teria chegado a lançar a empresa, mesmo que ainda tivesse todo esse dinheiro. Aiden e eu éramos novos quando começamos a namorar. Naquela época, ele me incentivava muito, e passamos a juntar dinheiro para o projeto em uma conta conjunta. No início não era muito, mas, com o passar dos anos, acumulamos uma boa quantia. Àquela altura, Aiden já tinha se interessado em investir em imóveis. Provavelmente, o fato de ele não pensar em comprar uma casa para *nós*, apesar de todos os anos de namoro e de ainda não morarmos juntos, devia ter servido de alerta. Mas ele disse que investir em imóveis era menos arriscado que meu projeto. Sugeriu que a gente comprasse uma propriedade, *depois* economizasse para a Signature Scent.

Hudson franziu a testa.

— Estou começando a achar que seu ex era um cretino.

Sorri.

— Sim. E eu sempre deixava ele me enrolar. Alguns meses antes de terminarmos, começamos a procurar imóvel para alugar. Meu sonho não era o sonho dele, e eu estava quase desistindo do meu e aceitando o dele. Eu tinha um bom emprego, e ele fazia eu me sentir egoísta por querer ainda mais. — Fiz uma pausa. — O término foi horrível por muitas razões, mas a coisa boa que saiu disso foi que decidi pegar meu futuro de volta.

Hudson me olhou por um momento. Depois concordou.

— Que bom para você.

— É. Acho que sim.

— Mas acho que teve mais de uma coisa boa nesse rompimento.

Fiquei curiosa.

— O quê?

— Você não vai se casar com um babaca.

Dei risada.

— É, tem isso também. Acho.

Meu celular começou a tocar em cima da mesa, e vi o nome de Ben na tela. Peguei o aparelho e recusei a chamada, antes que Hudson pudesse ver quem estava ligando.

— Se precisar atender...

— Não, tudo bem. Eu ligo para ele mais tarde.

Ele esperou alguns segundos e, quando não falei mais nada, inclinou a cabeça para o lado.

— Ben é o cara que estava com você no casamento?

— Não. Aquele é o Fisher.

— Isso. Fisher.

Mais uma vez, um silêncio incômodo se prolongou até ele arquear a sobrancelha.

— Irmão?

— Não. Não tenho irmãos. Só uma irmã.

Quando novamente não dei explicação, Hudson riu.

— Vai me fazer perguntar, não vai?

Sorri com ar inocente.

— É... novo.

Hudson olhou em meus olhos por alguns instantes, antes de limpar a garganta.

— Vamos começar? Posso explicar o que quero discutir enquanto você termina de comer.

Hudson parecia disposto a acionar uma chave e mudar para o tom profissional, mas minha mente agora estava uma bagunça. Ele começou a falar em números e datas, e, embora eu assentisse e fingisse acompanhar tudo, era como se as informações entrassem por um ouvido e saíssem pelo outro. Nem percebi que ele havia me perguntado alguma coisa, até levantar a cabeça e descobrir que Hudson estava olhando para mim, esperando a resposta.

— Desculpa. O que você perguntou?

Ele estreitou os olhos.

— Prestou atenção em algo do que eu disse?

Espetei o garfo em um camarão e o enfiei na boca, apontando os lábios para indicar que não podia responder. A intenção era bancar a engraçadinha e evitar a pergunta, mas isso só atraiu o olhar de Hudson para meus lábios. Ele parecia faminto, mas não por comida chinesa.

Caramba. De novo o frio na barriga – e, quando ele passou a língua pelos lábios, o frio se moveu mais para baixo.

Terminei de mastigar e engoli, depois pigarreei.

— Será que pode repetir?

Aquela tremidinha no canto de boca de novo. Eu poderia pensar que era um tique nervoso, se não o conhecesse ao menos um pouco.

Eu me senti aliviada quando Hudson assentiu e passou a repetir o que estava dizendo. Desta vez, consegui focar na maior parte do que ele dizia. E fiquei chocada com quanto ele fez em tão pouco tempo. Sua equipe de compras conseguiu várias cotações para todos os materiais das amostras, e eu podia economizar cinco centavos, pelo menos, por unidade na maioria dos itens. Não parecia muito, mas, com vinte amostras diferentes em cada caixa e com os descontos de frete que o pessoal de compras também conseguiu, a economia seria considerável.

— Uau. — Recostei-me na cadeira e fiz uma careta. — Definitivamente, você é muito melhor que Aiden.

Os olhos dele brilharam.

— Não vou cutucar essa onça com vara curta.

Dei risada.

— É uma boa ideia, provavelmente. Mas, sério, a economia que você conseguiu quase cobre o custo de ter um sócio no primeiro ano. Não sei o que dizer. E eu me achando boa na negociação.

— Você fez bons negócios. Boa parte desses descontos são por pagamento adiantado e compra no atacado, o que não era possível antes, com a limitação de fluxo de caixa.

O celular de Hudson vibrou. Era um lembrete da agenda, e o nome de Charlie surgiu na tela. Ele olhou o relógio de pulso, como se quisesse ter certeza de que o horário do celular estava certo.

— Não percebi que já era tão tarde. Pode me dar licença um momento? Preciso ligar para minha filha para dar boa-noite.

— É claro. Vou aproveitar para ir ao banheiro.

Usei o banheiro e voltei à sala de reuniões. Hudson estava quieto, por isso não percebi de imediato que ele ainda estava ao telefone. Quando me dei conta, fiz um gesto avisando que esperaria do lado de fora, mas ele acenou me mandando entrar. Sentei-me e ouvi o lado dele da conversa.

— Eu estava brincando quando disse isso. Não devia ter repetido para sua tia, Charlie.

Uma pausa, e ele fechou os olhos.

— Falou para sua classe inteira?

Fiquei curiosa.

— Tudo bem, a professora deve ter entendido que era brincadeira, apesar de a mamãe e a tia Rachel não terem percebido.

Hudson olhou para mim.

— Não, na verdade, diz para sua mãe que agora não consigo conversar. Ainda estou no trabalho. Eu falo com ela amanhã à noite.

Pausa.

— Também te amo.

Ele desligou o telefone e balançou a cabeça.

— Preciso lembrar que uma criança de seis anos nem sempre entende meu senso de humor.

Sorri.

— O que aconteceu?

— Minha ex-cunhada está grávida. Bem no finzinho. Rachel faz minha ex-mulher parecer a criatura mais divertida do mundo. Nenhuma das duas tem senso de humor. Outra noite, Charlie me perguntou que nome eu achava que seria bom para o novo priminho. Não sei por que eu disse a ela que Tia Rachel ia chamar o bebê de Parceirinho e passei cinco minutos repetindo que era verdade, mesmo quando ela duvidou de mim.

Arqueei as sobrancelhas.

— Parceirinho? Tipo... um amigo pequeno?

Ele riu.

— Era brincadeira, claro, mas nossa comida chegou bem na hora e interrompeu nosso papo, aí não voltei mais ao assunto para explicar que não estava falando sério.

— E ela repetiu isso para a mãe? Imagino que não tenha caído muito bem.

Hudson balançou a cabeça.

— É pior que isso. Há alguns meses, discuti com minha ex-esposa. Ela tinha me falado para não dar mais sorvete para a Charlie, porque a irmã dela disse que intolerância à lactose é hereditário. Eu não sabia se era verdade ou não, mas Charlie não é intolerante a lactose. A quantidade de sorvete que ela consome é a prova disso. Falamos sobre a irmã dela ter se metido de novo em assuntos que não eram da conta dela, e eu disse que Rachel era *intolerante a bom humor*. Depois dessa discussão, esqueci que tinha dito isso, até Charlie tocar no assunto. Eu não sabia que ela estava ouvindo, mas estava. — Ele respirou fundo. — Hoje era a vez de Charlie levar um objeto para a escola e fazer uma apresentação sobre ele para a turma, e ela levou o último ultrassom do bebê da tia. Falou para todo mundo que o bebê se chamaria Parceirinho, e quando a professora falou que quem disse isso devia estar brincando, Charlie respondeu que a tia nunca brincava, porque era intolerante a lactose e bom humor.

Cobri a boca.

— Meu Deus. Isso é hilário.

Hudson sorriu.

— É, não é?

Balancei a cabeça assentindo.

— Pena que minha ex-esposa perdeu o senso de humor há muito tempo.

— Bom, se ajuda em alguma coisa, eu achei muito engraçado. As crianças em geral falam demais, mesmo. Passei dez minutos com Charlie outro dia e fiquei sabendo que vocês foram à praia na semana passada, que ela teve dor de barriga por causa do sorvete de determinada sorveteria e que você escreve bilhetes nas frutas que manda na lancheira dela. Aliás, achei isso muito fofo.

— Quando ela entrou no jardim da infância, ficava muito nervosa na hora do lanche, porque não sabia com quem se sentar. Eu escrevia os bilhetes para ajudar Charlie a relaxar enquanto pegava o lanche. E acabou virando um hábito.

— Adorei.

Ele sorriu.

— Está ficando tarde. Por que não encerramos por hoje e continuamos amanhã? Quero mesmo que o departamento de marketing participe da discussão dos próximos tópicos.

— Hum, ok... é claro.

Seguimos cada um para sua sala. Alguns minutos depois, Hudson passou pelo corredor a caminho da saída e parou.

— Planos para hoje com o Ben?

Sorri.

— Não.

— Que bom. — Ele bateu com o nó dos dedos no batente. — Não fique até muito tarde. Só tem você aqui, o pessoal da limpeza já veio e já foi embora, e eu vou trancar a porta ao sair.

— Ok, obrigada. Só preciso terminar mais umas coisinhas, depois também vou embora.

Ele assentiu e se virou para sair, mas recuou um passo.

— Aliás, ouvi o que disse antes e não vou convidá-la para sair de novo.

O sorriso em meu rosto se apagou.

— Ah... tudo bem.

Ele piscou.

— Agora espero você me convidar. Boa noite, Stella.

★ ★ ★

Quando Hudson saiu, minha concentração foi embora com ele. Mas eu precisava trabalhar mais um pouco antes de ir para casa. Mais tarde teria tempo de sobra para analisar cada palavra do que ele disse... talvez quando estivesse tomando um banho quente ou relaxando com o vibrador que mora em minha mesinha de cabeceira. No momento, precisava trabalhar na planilha que devia ter terminado em algum momento do dia. Queria deixar tudo pronto para a equipe na manhã seguinte.

No entanto, Excel nunca foi meu ponto forte, e estava ficando tarde. Abri a planilha, dei uma olhada nos números e, incapaz de me concentrar, decidi pegar os fones de ouvido na bolsa. Música clássica sempre me ajudou a recuperar o foco. Quando comecei a trabalhar, porém, percebi que o escritório estava ficando muito quente. O ar-condicionado devia ter temporizador. Como eu me agarrava a qualquer desculpa para interromper o trabalho com uma planilha, decidi que precisava buscar água gelada no refeitório.

"As quatro estações" de Vivaldi começou enquanto eu enchia minha enorme caneca com gelo picado da porta do refrigerador, e não consegui me conter. Cada vez que ouvia essa música, eu fingia ser a regente. Não tinha ninguém ali, então, por que não? Apoiei a caneca na bancada, fechei os olhos e deixei a intensidade da música guiar meus braços, que se moviam no ar. Nada me deixava mais relaxada que reger uma orquestra. Mergulhei no momento de tal maneira que me perdi.

Até que...

Senti alguém me agarrar por trás. Assustada, girei. Movida por instinto e adrenalina, cerrei o punho, levei o braço para trás e soltei o soco com toda a força que tinha.

Minha mão encontrou o que parecia ser uma parede, mas não vi se era ou não, porque estava de olhos fechados.

Só ouvi a voz, mais alta que a música:

— Porra.

E meu estômago se contraiu.

Não.

Por favor, não.

Não era possível.

Por favor, bom Deus, não permita que seja ele.

Abri os olhos para confirmar o que eu já sabia.

Deus não estava me ouvindo.

E eu tinha acabado de dar um soco no nariz... de Hudson.

12

Hudson

— Mas que merda! — Levei as mãos ao nariz.

— Ai, meu Deus! Hudson! Desculpa. Você está bem?

Meus olhos começaram a lacrimejar, e deduzi que era essa a origem da sensação de umidade. Até afastar as mãos do rosto e ver que estavam sujas de sangue.

— Puta merda! Você está sangrando! — Stella pegou um rolo de papel-toalha na bancada. Rasgou vários pedaços, formou uma bola e tentou aproximar do meu rosto.

Peguei o papel das mãos dela.

— Desculpa. Eu... você... me assustou!

Segurei o monte de papel-toalha contra o nariz.

— Falei seu nome duas vezes, você não respondeu.

Ela tirou o fone sem fio da orelha.

— A música estava alta.

Balancei a cabeça.

— Você estava sacudindo os braços. Pensei que estivesse sufocando.

Stella franziu a testa.

— Eu estava regendo.

— Regendo?

— É, fingindo ser regente de uma sinfonia, sabe?

Eu a encarei como se visse uma mulher com duas cabeças.

— Não, não sei. Não costumo reger uma sinfonia na cozinha do escritório.

— Ah, que pena. Devia experimentar. Faz bem para a alma.

— Acho que não vou seguir esse seu conselho, vi bem como acabou. — Apontei para o rolo de papel-toalha. — Pode pegar para mim?

— Ai, meu Deus... ainda não parou.

Troquei o papel com sangue por papel limpo. Stella começou a ficar meio pálida.

— Você devia sentar — disse ela. — Inclinar a cabeça para trás.

— Acho que é você quem tem que sentar. Está branca como um fantasma, Stella.

Ela se apoiou na mesa antes de escorregar para a cadeira.

— Não gosto de sangue. Fico tonta. Talvez seja melhor nós dois sentarmos.

Como meu nariz não parava de sangrar, me acomodei na frente dela. Stella continuava balançando a cabeça.

— Desculpa, de verdade. — Ela levou a mão ao peito. — Não acredito que soquei você. Foi uma reação instintiva. Nem vi quem era. Aconteceu tudo muito depressa.

— Tudo bem. A culpa é minha. Eu já devia saber que você é assustada. E você não sabia que eu tinha voltado. Errei ao interpretar a situação.

— Você não devia estar com a cabeça inclinada para trás?

— Não. É a última coisa que se deve fazer quando tem um sangramento nasal. Tem que apertar aquela parte mole acima das narinas. Inclinar a cabeça só serve para engolir sangue.

Ela fez uma careta e cobriu a boca com a mão.

— Isso é nojento.

Pela primeira vez, notei que os dedos dela estavam vermelhos. Dois deles já começavam a inchar. Apontei com o queixo.

— E essa mão?

— Ah... sei lá. — Ela esticou os dedos, depois fechou a mão e abriu de novo. Não parecia ter fraturado nada. — Está dolorida, na verdade. Acho que, por causa da adrenalina, só senti agora.

Eu me levantei e caminhei até a geladeira. A melhor coisa que encontrei no freezer foi uma caixa de comida congelada. Enrolei a caixa em papel-toalha e entreguei a ela.

— Apoia nos dedos.

— Não é melhor você mesmo usar isso?

— Não se preocupa comigo.

Dez minutos mais tarde, meu sangramento finalmente começou a diminuir.

— Você tem um belo soco para alguém do seu tamanho.

Ela balançou a cabeça.

— Ainda não acredito que fiz isso. Nunca bati em ninguém na vida. Pensei que estivesse sozinha no escritório.

— Eu tinha ido embora. Mas esqueci um material de que preciso para uma reunião amanhã cedo fora do escritório e voltei para buscar. Ouvi o triturador de gelo quando passei pelo refeitório e deduzi que você ainda estava aqui. Vim avisar que ligaria novamente o alarme quando saísse, mas acho que você resolve o problema da segurança com esse seu gancho de direita.

Ela sorriu, mas ficou séria de novo ao olhar para meu nariz.

— Sério, me desculpa.

— Está tudo bem. Nariz sangra muito, só isso. Vou passar no banheiro e lavar o rosto antes de sair. — Olhei para a mão dela. — Tem certeza de que está tudo bem?

Stella removeu a bolsa de gelo improvisada e dobrou os dedos.

— Sim. Você vai ficar bem?

Eu me levantei.

— Não fique até muito tarde, Rocky.

* * *

— Que porra aconteceu com você? — Jack se encostou na cadeira com um sorriso enorme. O cretino estava se divertindo demais com isso.

Hoje de manhã, eu estava cumprindo minha rotina matinal, escovando os dentes, quando olhei para o espelho e vi dois olhos roxos. A aparência era pior que a sensação. Meu nariz não doía se eu não encostasse nele. Mas os dois olhos estavam inchados, com olheiras pretas e roxas. Pus os óculos escuros antes de sair de casa, e foi fácil esquecer o problema... até tirá-los no escritório de meu amigo havia pouco.

— Quem te acertou? — Ele inclinou o corpo para a frente para dar uma olhada mais de perto. — Quem quer que seja fez um trabalho melhor que eu naquela noite em que lutamos bêbados porque queríamos saber quem era melhor de briga. Eu nem deixei marca quando te acertei, mas levei treze pontos quando você levantou do chão e me socou de volta.

— A pessoa que fez isso é muito mais forte que você.

— Quem foi?

Fiz uma careta.

— Stella... seu franguinho de merda.

Jack levantou as sobrancelhas.

— Foi uma mulher? Quem é Stella?

— Lembra a mulher que você conheceu no casamento da Olivia? A que cheirava as bebidas no bar? Ganhei duzentos dólares porque ela identificou a marca do gim pelo cheiro.

— A gostosa que foi de penetra?

— Essa.

— Sei. O que tem ela?

— O nome dela é Stella.

Jack fez uma careta confusa.

— Pensei que fosse Evelyn.

Eu ainda não tinha contado a ele tudo que havia acontecido depois do casamento, embora estivesse ali naquele momento para discutir a Signature Scent. Jack era vice-presidente de um grande conglomerado de mídia que era dono do mais popular canal televisivo de compras. Esperava que ele me apresentasse a alguns chefões para eu falar sobre a ideia de apresentar o perfume de Stella em um desses programas.

— Ela entrou de penetra no casamento, idiota. Não ia se apresentar com o nome verdadeiro.

— Ai, merda. É verdade, faz sentido. Então, Stella é mesmo uma garota de faro.

— Exatamente.

— E ela socou você porque...

Era mais fácil contar tudo desde o início, provavelmente, e foi o que fiz. Comecei pelo celular perdido e fui narrando tudo, até chegar ao coração mole de minha irmã e, finalmente, ao motivo de minha visita.

Quando terminei, Jack continuava sentado, com as costas apoiadas no encosto da cadeira e coçando o queixo.

— Você já investiu em muitas empresas para as quais poderia ter usado meus contatos. Algumas vezes, eu mesmo disse que era bobagem não me procurar. Sua resposta sempre foi a mesma, que não gosta de misturar negócios e amizade. O que mudou?

— Nada.

Ele inclinou a cabeça.

— Mas está aqui...

— Estou pedindo uma apresentação, não uma doação de órgão.

Jack deu de ombros.

— Você teve uma dúzia de produtos para os quais podia ter pedido minha ajuda durante anos. Mas esta é a primeira vez que senta comigo para falar sobre isso. Sabe o que eu acho?

— Não dou a mínima para o que você acha.

Ele riu.

— Acho que você está a fim da farejadora e quer impressionar a garota.

Por que diabos todos me perguntam se quero saber o que acham, eu digo que não, e as pessoas falam mesmo assim?

Balancei a cabeça.

— Eu *investi* na empresa, babaca.

A última coisa de que eu precisava era Jack sabendo que a mulher que me deixou com os dois olhos roxos tinha praticamente me abatido. Ele me encheria o saco até estarmos fazendo nossas apostas em cadeiras de rodas.

— Você investiu em todas as empresas sobre as quais poderia ter vindo falar comigo — respondeu.

Revirei os olhos.

— Vai me ajudar ou não?

— Vou, mas sabe por quê?

— Porque me deve quatro mil favores?

— Talvez, mas não é por isso que vou te ajudar. Vou te ajudar porque faz muito tempo que você não se esforça por uma mulher. Está acostumado a entrar em um bar, mostrar esse rostinho bonito e levar a escolhida para casa. Isso é bom. Odeio passar tanto tempo com o cunhado da Alana. Ele é um convencido.

— Não entendi. O que o marido da irmã de sua esposa tem a ver com esta conversa?

— Simples. Se você tivesse namorada, poderíamos sair para jantar em casal com vocês de vez em quando, em vez de sairmos com Allison e Chuck. E quem se chama Chuck e tem menos de sessenta anos, aliás?

— Não vou sair com Stella. — *Até ela me convidar.*

Jack sorriu.

— Veremos.

Meu melhor amigo podia ser um pé no saco, mas tinha uma boa rede de contatos. Durante as duas horas seguintes, não só me apresentou para o chefe da equipe do canal de compras como me levou para ver o fim do programa que estavam gravando naquele momento. Quando terminou de discursar, ele tinha conseguido vender para a famosa âncora do programa o conceito da Signature Scent *e* induzi-la a convidar a mim e a Stella para um almoço no dia seguinte.

— Muito obrigado pelas apresentações. — Apertei a mão de Jack no saguão do prédio. — Preciso voltar ao escritório, mas fico te devendo uma cerveja.

Jack sorriu.

— Não. Estamos quites, porque você vai me salvar de ouvir mais histórias de Chuck sobre joanetes. Ele podia ser ginecologista, não podólogo.

— Eu ligo para você na semana que vem para marcar a cerveja.

— Para jantar comigo, Alana e Stella?

— Já falei que não vou sair com Stella.

Jack fez uma careta.

— Veremos...

Eu estava com a mão na maçaneta quando ele gritou:

— Talvez eu almoce com vocês amanhã. Quero conhecer a nova melhor amiga de minha esposa.

★ ★ ★

Stella bateu no batente da porta da minha sala.

— Oi, tem um segundo? Estava analisando aqueles relatórios que Helena me entregou e... — Ela arregalou os olhos quando levantei a cabeça. — Meu Deus! Por favor, me diga que não fui eu que fiz isso.

— Tudo bem. Não foi você que me deixou com os dois olhos roxos. Briguei de socos com o garoto da delicatéssen no quarteirão de baixo. Ele escreveu meu nome errado no copo, e fiquei furioso.

— Sério?

— Não, claro que não. Isso tudo é obra sua, Rocky.

Ela fechou os olhos.

— Desculpa. Agora me sinto péssima. Está doendo?

— Sim, uma dor dilacerante.

— Meu Deus.

Ela parecia perturbada, por isso tive que tirá-la daquele sofrimento.

— Relaxa. É brincadeira. Parece ruim, mas estou bem.

— Não acredito que eu fiz isso.

— E sua mão?

Ela a abriu e fechou.

— Os dedos estão doloridos, mas vou sobreviver. Sério, Hudson, me desculpa. — Stella tinha um saco de papel branco na outra mão e o entregou a mim. — Fica com este muffin. Ainda está morno. Acabei de comprar na delicatéssen no quarteirão de baixo.

Ela estava me oferecendo um muffin para compensar dois olhos roxos?

— O chocolate acabou?

Ela riu.

— Na verdade, sim. Comi meu estoque de emergência ontem à noite, depois que você foi embora. Agora só tenho isso.

Dei risada e levantei a mão.

— Não estou com fome, mas obrigado do mesmo jeito.

— Por favor, pega. Vou me sentir melhor.

Essa mulher era única. Ela se aproximou da mesa e deixou o saco de papel no canto.

Balancei a cabeça.

— Tudo bem. Obrigado. E qual era a pergunta?

— Pergunta?

— Alguma coisa sobre os relatórios que Helena lhe entregou?

— Ah, sim... tenho algumas perguntas sobre os pedidos de compra que Helena me pediu para aprovar. Tem um tempinho? — Ela apontou com o polegar por cima do ombro. — Posso buscar os relatórios na minha sala. Eu vim até aqui mais cedo, mas você ainda não tinha chegado.

Olhei para o relógio.

— Tenho uma ligação daqui a alguns minutos. Não deve demorar. Em meia hora, talvez? Posso passar na sua sala quando terminar.

— Ótimo. Até daqui a pouco, então.

Depois que ela saiu, fiquei olhando para a porta vazia por um minuto. Era impressão minha ou a energia do escritório tinha mudado desde que ela passara trabalhar aqui? Eu tinha dois olhos roxos e mais trabalho que nunca, mas me sentia mais equilibrado que de costume.

Suspirei e voltei ao trabalho. Devia ser o soco na cara.

Depois de encerrar a chamada, fui atrás de Stella. A porta da sala dela estava aberta, mas seu rosto estava escondido atrás de um imenso buquê de flores coloridas sobre a mesa. Seu nariz estava enterrado em papéis, por isso ela não notou minha presença de imediato.

— Belas flores — comentei. — Ken?

— Se quis dizer Ben, não. As flores são pelo aniversário do meu amigo.

— Mandou entregar aqui e vai levar para ele?

— Não. Ele mandou as flores para mim, porque não gosta de comemorar a data. A mãe do Fisher faleceu no aniversário dele dois anos atrás, por isso é um dia difícil. Em vez de comemorar, agora ele manda presentes para mim.

Isso era incomum para a maioria das pessoas, mas parecia razoável para Stella.

— Quer falar sobre os relatórios?

— Sim, por favor.

Sentei-me do outro lado da mesa. Quando ela se virou para pegar os papéis no aparador atrás dela, notei um livro de capa de couro dentro de uma caixa ao lado das flores. Mais especificamente, notei a palavra gravada na capa.

— Está escrevendo suas fantasias comigo? — perguntei. — Já disse, só precisa me convidar.

Stella enrugou a testa, e eu olhei para o volume com a palavra *Diário* na capa.

— Ah... não, isso não é meu. O portador trouxe junto com as flores. Mais um presente do Fisher.

— Você mantém um diário?

— Não, é de outra pessoa. Ou foi. — Ela pegou o diário e o guardou em uma gaveta.

Como era padrão quando se tratava de Stella, eu estava perdido.

— E por que está com o diário de outra pessoa...?

Ela suspirou.

— Podemos só esquecer que você viu o diário?

Balancei a cabeça devagar.

— De jeito nenhum.

Stella revirou os olhos.

— Tudo bem, mas, se eu contar, não pode debochar de mim.

Cruzei os braços.

— Está ficando cada vez mais intrigante. Mal posso esperar para ouvir essa história.

— Não é bem uma história. É só um hobby.

— Escrever diários?

— Não. Eu não escrevo. Eu leio.

Minhas sobrancelhas se ergueram.

— E como consegue esses diários? Você rouba ou algo assim?

— É claro que não. Não sou ladra. Normalmente, compro no eBay.

— Você compra diários de outras pessoas no eBay?

Ela confirmou com um movimento de cabeça.

— Tem um grande mercado disso, na verdade. Algumas pessoas gostam de *reality shows* na TV. Eu prefiro *ler* os dramas íntimos. Ler o diário de alguém não é assim tão diferente.

— Sei...

— É sério. Milhões de pessoas assistem a *Real Housewives* e *Jersey Shore*. É a mesma coisa, se pensar bem. Lavar roupa suja e compartilhar segredos.

Cocei o queixo.

— E como é que alguém cria esse hobby?

— Quando eu tinha doze anos, fui a um brechó de garagem. Vi um livro com capa de couro marrom em cima de uma mesa e o peguei para cheirar.

— É claro.

Ela estreitou os olhos.

— Não me interrompa, ou paro de contar a história.

— Continua...

Durante os cinco minutos seguintes, ela falou sobre cheirar um diário em uma venda de garagem, o *crush* em um garoto que jogava futebol e como nem imaginava que o diário continha registros quando o comprou. Quando parou para respirar, eu sabia até quanto ela havia pagado por aquela coisa quinze anos atrás.

Continuei a encarando, tentando acompanhar e esperando que ela chegasse ao ponto principal. Mas Stella não parecia notar. Então me olhou como se quisesse ter certeza de que eu estava acompanhando. E eu assenti.

— Sei...

— Percebi que tinha comprado um diário usado e não ia ler nada, mas a curiosidade me venceu. Descobri que o diário tinha trinta anos e havia sido escrito por uma menina que à época que escrevera era um ano mais velha que eu. Nos primeiros registros, ela contava sobre um garoto de quem gostava e sobre seu primeiro beijo. Fiquei fascinada, não consegui parar. Li tudo em uma noite. Depois, passei seis meses procurando diários em todo bazar que eu via. Mas nunca mais encontrei outro. Tinha praticamente esquecido essa coisa de diários quando encontrei um no eBay alguns anos depois. Foi aí que soube que existia um mercado de diários usados. Desde então, passei a comprar alguns. A maioria das pessoas assiste a um ou dois programas de TV antes de dormir; eu gosto de ler um ou dois registros por noite.

— E seu amigo mandou um diário usado para você no dia do aniversário dele?

— Na verdade, eu comprei o diário. Mas foi escrito em italiano. Fisher mandou traduzir para mim como presente de aniversário. Dele.

Tentei processar tudo num breve momento.

— Só por curiosidade... quanto custa um diário desses no eBay?

— Depende. Se for um diário de mulher, entre cinquenta e cem dólares. Algumas pessoas vendem fotocópias de diários, que são mais baratas, já que é possível vender o mesmo material para mais gente. Diários originais do século XIX podem custar muito mais, e diários de homens, não importa de quando, são caríssimos.

— De homens? Homens escrevem diários?

— Alguns, sim. Mas são caros... podem ser bem caros.

Eu estava perplexo. Um mundo inteiro sobre o qual eu não sabia nada. Apontei com o queixo a gaveta em que ela havia deixado o diário.

— De quem era esse aí?

— O nome dele é Marco. Mora na Itália.

— Qual é a história?

— Ainda não sei. Não comecei a ler. Mas estou animada. Vou ter que me controlar para ler só um registro por noite; caso contrário, vou devorar tudo de uma vez. Os diários italianos são os melhores. Lá as pessoas são apaixonadas por tudo.

— Se você diz... Esse seu hobby é meio estranho, você sabe disso, certo?

— Sei. Mas e daí? Eu gosto, me faz feliz.

Pensei em como algo tão simples a fazia feliz. Não havia muita coisa capaz de fazer isso por mim nos últimos anos, desde o divórcio. Nem as mulheres com quem eu saía. Talvez eu estivesse com um pouco de inveja.

De qualquer maneira, tínhamos trabalho a fazer. Tossi para limpar a garganta.

— Sobre o que queria falar antes?

Stella e eu esclarecemos as dúvidas dela e corrigimos alguns erros que o departamento de compras havia cometido ao preparar os pedidos. Eu tinha uma reunião à tarde, por isso disse para ela me avisar se precisasse de mais alguma coisa e me levantei para sair.

Na porta, me dei conta de que não tinha contado a boa notícia.

— Quase esqueci... ativei um contato para falar sobre seu produto com os executivos de uma rede de canais de compra.

— Sério? E gostaram?

— Muito. Tanto o chefe quanto a âncora dos programas adoraram o conceito. Eles querem ver o produto. Robyn nos convidou para almoçar amanhã. Espero que não tenha planos.

Ela ficou boquiaberta.

— Robyn? Robyn Quinn? A rainha do canal Home Shopping?

— Ela mesma.

— Meu Deus! Isso é gigante! Como você entra aqui e me deixa tagarelar durante uma hora sem tocar nesse assunto?

— Acho que esqueci. Ouvir suas histórias faz meu cérebro desligar.

Ela balançou a cabeça.

— Vou deixar passar para não te dar outro soco, já que marcou um compromisso que pode mudar minha vida.

Eu sorri.

— Robyn vai me mandar um e-mail com o horário e os detalhes. Eu encaminho para você assim que chegar.

— Ok. Uau! Que dia maravilhoso. Talvez eu tenha que comemorar lendo dois registros do diário do Marco hoje à noite.

— Você é uma mulher muito ousada.

Ela deu de ombros.

— Posso não ser ousada, mas às vezes as pessoas dos diários são.

13

Stella

Dezessete meses antes

— Podiam ser eles.

Apontei para um casal sentado alguns degraus abaixo de onde estávamos almoçando, na escada da biblioteca.

Fisher fez uma cara confusa.

— Eles podiam ser quem?

— Alexandria e Jasper.

— O casal do diário novo, que você ganhou de aniversário da garota que mora com você?

Balancei a cabeça para responder que sim.

Ela foi muito fofa.

Eu nem imaginava que ela sabia que era meu aniversário, mas me deu de presente um diário incrível. Eu estava obcecada por ele.

Fisher desembrulhou o sanduíche e deu uma mordida. Depois, falou com a boca cheia:

— Pensei que não soubesse o nome do namorado.

— Não sei. Mas decidi chamá-lo de Jasper, já que ela se refere a ele como J. Assim ele parece mais real quando penso nos dois.

— Meu bem, você sabe que eu te amo. Mas a maior parte de tudo que passa pela sua cabeça não é real.

Dei uma cotovelada bem-humorada nele. Ultimamente, eu almoçava sentada na escada da biblioteca – exatamente a escada onde havia acontecido boa parte da história sobre a qual eu lia no diário. Gostava de ler os registros e imaginar que algumas pessoas por perto eram aquelas que ocupavam as páginas em minhas mãos.

— Esse diário é o melhor que já li. Na semana passada, li um dia em que o marido da Alexandria chegou em casa mais cedo do trabalho para ver como ela estava. Na noite anterior, ela havia inventado que não estava se sentindo bem quando ele quis transar. Mas a verdade era que ela havia transado com Jasper algumas horas antes, por isso não queria nada com o marido. Enfim... quando ele chegou em casa, ela estava cochilando, porque de manhã tinha encontrado Jasper de novo e estava fisicamente esgotada. O marido sempre trabalhava até tarde, por isso ela não se preocupou quando deixou o celular em cima da bancada da cozinha, carregando. Mas, quando entrou, ele viu uma mensagem de texto na tela. Era Jasper marcando o encontro do dia seguinte. Felizmente, ele estava nos contatos como J. Quando o marido questionou a mensagem, ela disse que tinha a ver com uma surpresa para o aniversário dele, e ele acreditou. O coitado parece não ter nem ideia de nada, mas agora ela está paranoica com o celular.

Fisher balançou a cabeça.

— Coitado? Ele é um babaca.

— Eu sei. Mas me sinto mal pelo marido. O casamento deles foi aqui na biblioteca. — Estendi as mãos. — E agora às vezes ela encontra Jasper bem aqui nesta escada, e eles vão se pegar naquele beco depois da esquina, atrás de uma caçamba. Não entendo. Ela parecia apaixonada pelo marido no ano passado, antes do casamento.

Ele mordeu mais um pedaço do sanduíche.

— Espera... comprou vários volumes do diário dessa pessoa? Um diário não dura vários anos, não?

— Esse, sim, porque ela não escreve com muita frequência. Tem uns saltos... chega a haver meses entre os registros em algumas fases. Ela escrevia muito antes do casamento, descrevia tudo o que estava planejando. Depois, quase parou. Acho que ela não teve nada empolgante para escrever durante um ou dois anos... até começar a dormir com o amigo do marido.

— É melhor ler devagar. Ou vai ter síndrome de abstinência quando terminar.

— Verdade. É porque a dona do diário e todo mundo sobre quem ela escreve moram por aqui. Eu nunca tinha lido um diário assim, muito menos histórias que acontecem a um quarteirão de onde eu trabalho. Isso faz tudo parecer real demais... como se acontecesse agora, não quando ela escreveu. Não consigo parar de pensar nas pessoas da história e imaginar se já esbarrei com uma delas. Outro dia estava no Starbucks e li o nome do barista no crachá, era Jasper. Derrubei meu latte gelado no chão, porque fiquei toda agitada pensando que podia ser ele. Fiquei no café até ele terminar o turno, aí o namorado foi buscá-lo, o que o excluiu da lista de possibilidades de amantes da mulher do diário.

— O barista era bonitinho?

— Era, sim. Mas eu estava espionando o cara porque o nome dele era Jasper! Não sei nem o homem verdadeiro do tal amante.

— Em que Starbucks isso aconteceu? Um barista gostoso e gay parece mais minha praia que a sua.

Dei risada.

— Sério, Fisher. O que eu ia fazer depois de ter passado duas horas esperando o barista sair do trabalho? Seguir o cara até a casa dele?

— Está ficando meio obcecada.

Suspirei.

— Aiden disse a mesma coisa. A gente brigou há pouco tempo porque meu celular ficou sem bateria. Esqueci de carregar e, quando fui procurar o celular dele para avisar a você que ia me atrasar para o jantar, percebi que ele não deixa mais o telefone em qualquer lugar. Fiquei desconfiada, tudo por causa da paranoia de Alexandria. Então Aiden e eu discutimos. Ele não tinha feito nada de errado.

Fisher balançou a cabeça.

— Talvez você deva dar um tempo na leitura.

Finalmente abri o pote de salada que tinha preparado para o almoço. Espetei o garfo e suspirei.

— É, talvez.

Fisher riu.

— Você é uma piada.

14

Hudson

O almoço de negócios virou festa. Robyn, a âncora do programa, convidou a pessoa que apresentava e um produtor de segmento, o chefe de compras levou alguém, e Jack também decidiu nos brindar com sua presença. Com tanta gente, e Stella disposta a levar amostras para todo mundo, fui de carro para facilitar as coisas. Meu estacionamento ficava a alguns quarteirões do escritório, por isso saí mais cedo e disse a Stella para me esperar no térreo em quinze minutos.

Ela esperava na frente do prédio quando parei no semáforo na esquina. Isso me deu uma oportunidade de observá-la sem que ela soubesse. Havia dois grandes vasos de flores, um de cada lado da entrada principal do edifício. Eram antigos barris de vinho, e eu nunca tinha prestado muita atenção neles, embora passasse por ali todos os dias. Só notava que a manutenção trocava as flores com certa frequência.

Vi de longe como Stella olhava ao redor, como se quisesse descobrir se alguém prestava atenção nela, depois se inclinava. Pensei que ela ia cheirar as flores, mas seu alvo era o barril. *Ela cheirou o vaso?*

Ri sozinho de como ela era maluca. Sempre que pensava saber o que ela ia dizer ou fazer, descobria rapidamente que estava errado. Era estranhamente revigorante. Cinco minutos depois de conhecer a maioria das mulheres, eu adivinhava que tipo de salada iam pedir ou se praticavam ioga ou tênis. Mas com Stella não tinha padrão.

Ela se aproximou do vaso do outro lado da porta e, de novo, olhou em volta para ver se ninguém estava prestando atenção antes de se abaixar e cheirar. Mas desta vez ela não dobrou os joelhos. Só inclinou o corpo para a frente. O que me permitiu ter uma visão sem obstáculos daquela bunda... *daquela bunda fenomenal.*

Ótimo. Que ótimo.

Pisei no acelerador assim que a luz ficou verde e parei na frente do prédio. Tinha levado as caixas para o térreo antes de buscar o carro no estacionamento e desci para carregá-las.

— Pode entrar enquanto eu pego as coisas com o segurança. Parei em fila dupla — avisei, ao passar por ela.

— Ah... está bem.

Depois de acomodar tudo no porta-malas e fechá-lo, esperei uma brecha no trânsito para abrir a porta do motorista e entrar no carro sem causar nenhum acidente.

— Obrigada por cuidar disso — disse Stella.

— Não foi nada. — Coloquei o cinto de segurança. — Temos uma hora para chegar ao restaurante, mas, com esse trânsito, devemos levar quase isso. — Olhei pelo espelho e esperei. Demorou um pouco para eu conseguir sair de onde estava.

Stella inspirou fundo algumas vezes.

— É novo?

Meu carro tinha três anos, mas parecia novo, porque eu dirigia pouco.

— Tem alguns anos.

— Ainda tem cheiro de novo.

— Ah, é? Gosta mais desse cheiro ou daquele que sentiu nos vasos do prédio?

Stella suspirou.

— Você viu, foi?

— Vi, sim.

— Fiquei curiosa para saber se eram mesmo barris antigos usados para guardar vinho.

— E eram?

— Não sei. Só senti cheiro de terra.

Dei risada.

— Em grande quantidade, terra costuma ter esse cheiro, mesmo.

— Que carro é este? Bem bonito por dentro.

— É um Maybach S 650.

— E isso é um carrão?

— Não sei, me diz você. Gostou?

Ela sorriu.

— Eu não dirijo, não entendo de carros.

— Não tem carro porque mora aqui em Manhattan, é isso?

— Não, não tenho carteira de motorista. Tive a temporária por um tempo, e meu ex tentou me ensinar a dirigir há anos, mas bati em um hidrante quando virei numa esquina, e a tentativa acabou ali.

Andávamos devagar. Em dado momento, um carro surgiu do nada e entrou na nossa frente, e eu tive que frear forte. Stella e eu estávamos de cinto, não sofremos nenhum arranhão, mas a bolsa dela caiu no chão. Caiu aberta para baixo, e, quando ela abaixou para pegá-la, suas coisas se espalharam pelo carro.

— Desculpa — falei.

Enquanto ela recolhia tudo, notei a caixa com o diário do dia anterior.

— Minha ex-esposa teve diário durante um tempo. Eu a via escrever depois que discutíamos. Tenho certeza de que só reclamava. Não é para isso que as pessoas usam diário? Para desabafar?

— Às vezes, sim — respondeu Stella. Ela endireitou o volume na caixa e a fechou. — Tenho alguns desses. Normalmente, o vendedor posta algumas fotos das páginas como amostra. Isso me ajuda a eliminar opções, mas nem sempre dá para tirar conclusões a partir de um trecho curto.

— Já começou a ler os segredos do Nico?

— É Marco. Sim, comecei.

— E que tal?

Stella suspirou.

— Li quase metade do diário em uma noite.

Eu ri.

— Tão bom assim, é?

Ela levou a mão ao peito.

— Ele é apaixonado por uma mulher mais velha. Amalia tem dezenove anos a mais que ele e é bibliotecária na cidadezinha onde eles moram. Ele é produtor de uvas. Ela acha que é só uma paixão e vai passar, mas ele parece louco por ela. Está pensando em aparecer com outra mulher, provocar ciúmes para obrigá-la a admitir que também sente alguma coisa por ele. Mas acho que pode ser um tiro no pé, que vai afastá-la ainda mais.

— Acho que Amélia, ou sei lá o nome dela, deve estar certa. Marco é só um garoto com tesão. Vai passar. Todo rapaz tem fantasias com uma bibliotecária gostosa em algum momento da vida. Ele não está apaixonado por ela. É só atração física.

— Você nem leu. Como pode saber o que ele sente?

Dei de ombros.

— A maioria dos relacionamentos acaba no mesmo lugar.

— Alguém é muito amargurado…

— Não é amargura, é realismo. Mesmo que eles fiquem juntos, não acha bem provável que um cara de quarenta anos olhe para o lado quando sua querida bibliotecária tiver sessenta?

— Não se ele a amar como Marco ama Amalia.

Ri baixinho.

— Tudo sempre começa legal e divertido…

— Se você acha…

— Você disse que seu ex dormiu com outra pessoa. Mesmo assim, ainda acredita em contos de fada?

— Só porque quebrei a cara, não tenho que deixar de acreditar no amor. Fiquei arrasada quando Aiden e eu terminamos. Levei muito tempo para retomar a vida e me sentir feliz de novo. Na verdade, ainda estou tentando encontrar a felicidade. Mas uma das coisas que me mantém animada é acreditar que todo mundo vai ter um final feliz. O meu não era com Aiden, só isso.

Olhei para ela por um segundo, depois para a rua de novo.

— Se você acha...

— Se é tão descrente de relacionamentos, por que me convidou para sair?

— Tenho que viver no celibato só porque não acredito que tudo acaba em flores?

— Ah. — Ela revirou os olhos. — Só queria dar uma. Que bom que deixamos isso bem claro. Eu prefiro conhecer a pessoa e conviver com ela, além de ter intimidade física.

— Não ponha palavras em minha boca. Também gosto de conviver com mulheres. Às vezes, só temos expectativas diferentes sobre onde as coisas vão dar.

Stella balançou a cabeça.

— Sabe do que você precisa? Experimentar meu sistema de felicidade.

— Seu sistema de felicidade?

Stella assentiu.

— É, eu sei, preciso de um nome melhor.

Resmunguei:

— Consigo pensar em alguns.

— Eu ouvi, mas vou ignorar. Enfim, quando eu estava deprimida e mal-humorada o tempo todo, fiz uma lista de coisas que me deixam feliz. Coisas pequenas, nada além do meu alcance nem difícil de conseguir. Por exemplo, tento elogiar alguém todo dia. Pode não parecer muito, mas me obriga a encontrar algo de bom em pelo menos uma pessoa todos os dias. Depois de um tempo, isso ajuda a mudar a mentalidade. Outra coisa que faço é meditar durante dez minutos todas as manhãs. Também vejo o sol nascer ou se pôr uma vez por semana no mínimo. E todo fim de semana tento fazer alguma coisa que nunca fiz.

— Se precisar de ajuda para fazer alguém que nunca fez no próximo fim de semana, é só me avisar.

Ela revirou os olhos.

— Alguma *coisa*, não uma *pessoa*.

Eu ri.

— Nossos sistemas de felicidade devem funcionar de um jeito diferente.

O trânsito tinha melhorado um pouco, e já estávamos na metade do caminho para o restaurante.

— Por mais empolgante que seja esta conversa, o que acha de falarmos um pouco sobre a rede de televisão antes do almoço? Logo vamos chegar.

— Já li tudo.

— Então, conte o que sabe.

Stella começou a recitar fatos sobre a quem pertencia a rede, estatísticas sobre o tipo de produtos que eles vendiam, quais eram os itens de melhor e pior desempenho e as qualidades que buscavam em parceiros. Depois ela detalhou informações pessoais e profissionais sobre as duas pessoas que apresentavam o programa. A pesquisa dela era melhor que a minha.

— Você foi muito caprichosa.

— Obrigada.

Paramos em um semáforo, e Stella se acomodou no banco. Descruzou as pernas e voltou a cruzá-las para o outro lado. Podia ser um gesto inocente, um esforço para ficar mais confortável, já que estávamos sentados no carro fazia algum tempo, mas o jeito como meus olhos devoravam a porção de coxa nua era tudo, menos inocente.

Sistema de felicidade. Uma perninha funcionava, para mim. Por que as mulheres sempre complicam tudo?

★ ★ ★

Quem era a mulher sentada a meu lado durante o almoço?

A mesma que tinha passado quinze minutos me contando todos os detalhes de uma liquidação de garagem a que foi aos doze anos, e tudo que eu havia perguntado era como ela começou a ler diários usados; a mesma mulher que poucas horas antes cheirava barris agora era uma empresária sagaz. Em vez de contar histórias, ela ouvia – ouvia de verdade; por isso, encontrou o ponto fraco de cada pessoa presente no almoço. Depois, com sutileza, conduziu a conversa para essas áreas ao falar. Os chefões da rede estavam comendo na mão dela. Robyn Quinn até a convidou para um almoço da liderança feminina a fim de discutir como transformar uma ideia em um negócio inovador.

O manobrista trouxe meu carro, e eu cumprimentei o grupo com apertos de mão. Stella foi abraçada pelas mulheres. Assim que fomos embora, ela olhou para mim.

— Pode falar. O que eu fiz de errado?

Olhei para ela e de novo para a rua.

— Errado? Por que acha que fez alguma coisa errada?

— Você está muito quieto.

— E daí?

— Normalmente, você fica quieto e me encara desse jeito antes de falar alguma coisa negativa. Mas está dirigindo, então só olha fixo para a frente.

— Na verdade, estava pensando em como esse almoço foi um sucesso. Você fez um ótimo trabalho. Eu posso ter feito a apresentação, mas você fechou o negócio.

Pelo canto do olho, vi Stella piscar algumas vezes.

— Isso é... um elogio? Está testando meu sistema de felicidade?

No semáforo, eu olhei para ela.

— É claro que não. Embora seja capaz de fazer esse teste na hora certa.

Os lábios dela formaram um sorriso lindo.

— Eu fui bem, não fui?

— Já fiz um elogio, não pense que vai ter outro tão cedo.

Ela riu.

— Tudo bem. Acho que vou me contentar com o que tenho.

★ ★ ★

Três dias depois, minha secretária interfonou para meu escritório.

— Telefone para você, é Jack Sullivan.

— Obrigado, Helena.

Eu me reclinei na cadeira e peguei o telefone.

— Sei que lhe devo uma cerveja, mas ainda são oito da manhã.

Jack riu.

— Como se nunca tivéssemos tomado cerveja no café da manhã.

Eu sorri.

— Isso foi há muitos anos.

— Fale por você, que não foi à despedida de solteiro do Frank alguns meses atrás.

Dei risada.

— E aí, qual é a novidade?

— Tenho notícias que vão fazer você ganhar pontos com sua namoradinha.

Eu sabia exatamente a quem ele se referia, mas respondi:

— Não tem mulher em minha vida neste momento. E, se houvesse, eu não precisaria de você para me ajudar a ganhar pontos com ela.

— Nesse caso, talvez não queira ouvir a notícia...

— Fala logo, Sullivan! O que é?

— Uma notícia boa e uma ruim. A boa é que o novo Steamer-Beamer, um aparelho que desamassa as roupas enquanto você está vestido, causou queimaduras de segundo grau em um de nossos produtores.

— Alguém que trabalha com você se queimou? Essa é a boa notícia? Mal posso esperar para ouvir a má notícia.

— É claro que é má notícia para o sujeito. Mas é boa para você. O canal Home Shopping teve que tirar o Steamer-Beamer da programação, e agora tem espaço imediato para levar ao ar algum novo produto.

— Ah, é? Acha que a Signature Scent tem chance?

— Tem mais que chance. O lugar é de vocês, se conseguir preparar tudo antes do que foi planejado originalmente.

O lançamento estava previsto para dali a nove semanas, mas podíamos acelerar um pouco as coisas, caso fosse necessário.

— Sem problema. Para quando precisa de tudo pronto?

— Essa é a má notícia. Você tem que estar pronto na semana que vem.

— Semana que vem? — Balancei a cabeça. — Impossível.

— É quando o programa vai ser gravado. Vai ao ar na semana seguinte. Mas eles calculam de duas a quatro semanas para a entrega. Então, ainda teria um tempo para despachar a mercadoria.

Respirei fundo.

— Não sei se conseguimos adiantar tanto assim.

— Já mencionei o volume que eles estão prevendo?

— Não. De quanto estamos falando?

Era difícil me deixar de queixo caído, mas o número que Jack mencionou me surpreendeu.

— Porra. É mais do que projetávamos vender no primeiro ano inteiro.

— As mulheres devoram os produtos anunciados naquele canal. Robyn precisa da resposta em uma hora. Se não for possível para vocês, ela tem uma lista de gente ansiosa. Ou seja, é melhor pensar em uma solução para essa merda.

15

Hudson

— Sério? Eles acham que podem vender *tanto assim?* — Stella se sentou, como se o número fosse alto demais para digerir em pé.

— De acordo com Jack, as previsões de vendas deles são bem precisas. Conhecem a audiência e seu poder de compra.

— Meu Deus. Que loucura. Mas não vamos conseguir preparar tudo tão depressa.

— Vamos, sim! — interferiu Olivia. — Não temos escolha. É uma oportunidade única. Precisamos estar prontos.

Stella levou a mão à testa.

— Mas como? Acabamos de encomendar alguns produtos de que precisamos, e é remessa internacional. O prazo de entrega é de quase dois meses. Não vamos ter nada pronto na semana que vem.

— Bom, temos mais tempo que isso — eu disse. — O programa vai ser gravado na semana que vem, mas vai ao ar no sábado seguinte. Depois eles dão de duas a quatro semanas para a entrega. Temos tempo até despachar os pedidos. Ou aceleramos a entrega das coisas de que precisamos, usando avião em vez de barco, ou encontramos fornecedores locais para começar a produzir e entregar até o estoque chegar. Talvez as duas coisas.

Stella balançou a cabeça.

— Isso tudo vai sair muito caro.

— Podemos aumentar o preço por unidade para compensar — sugeriu Olivia.

Stella parecia cética.

— Não sei. Preço de perfume é uma coisa complicada para quem não tem marca famosa ou o endosso de uma celebridade.

— O canal de compras vende os produtos em até três parcelas — explicou Olivia. — Isso diminui o impacto dos preços. Uma coisa custa cinquenta e nove, e cinquenta e nove é difícil de engolir, mas quando se fala em *três parcelinhas de dezenove e noventa* soa mais tranquilo para o consumidor.

— Bom, se vocês acham que podemos fazer funcionar, é claro que acho a oportunidade é incrível — disse Stella. — Temos um dia para pensar em como fazer isso acontecer?

Balancei a cabeça.

— Não. Eles precisam da resposta antes.

— Quando?

Olhei para o relógio.

— Temos uns cinquenta minutos.

★ ★ ★

Voltamos a nos encontrar na sala de reuniões cinco minutos antes da hora em que eu teria que dar uma resposta ao Jack. Stella jogou na mesa um bloco de anotações.

— Consigo metade das coisas de que precisamos com fornecedores locais, exceto dois itens: calone e ambreta. O preço é muito mais alto, mas, se comprarmos em grande quantidade, não é tão terrível quanto imaginei que seria. E o laboratório se disponibiliza a misturar os ingredientes assim que receber os pedidos. Para esse volume, talvez demore alguns dias para recebermos a mercadoria, mas fica viável.

Assenti.

— Posso trazer esses dois itens de avião por uma diferença de preço bem pequena aumentando o tamanho do pedido.

Nós dois olhamos para Olivia, que sorriu.

— O cara da gráfica disse que pode rodar a noite toda, se for preciso. Ele só precisa ser informado com vinte e quatro horas de antecedência para preparar a equipe e, é claro, precisa do PDF fechado, coisa que ainda não temos, mas conseguimos rápido. E o site não é problema. A equipe estava trabalhando em detalhes estéticos, mas conseguimos pôr no ar em uma hora, se for necessário.

Stella não conseguia disfarçar a empolgação.

— Meu Deus, vamos mesmo fazer isso?

— Parece que sim — respondi. — Só me esqueci de mencionar um pequeno detalhe.

— Qual?

— Eles querem você vendendo o produto junto com a Robyn.

Ela arregalou os olhos.

— *Eu?* Em cena? Nunca fiz isso antes.

— Acho que existe uma primeira vez para tudo. — Ri. — Vai fazer bom uso de seu sistema de felicidade.

★ ★ ★

— Ela é uma delícia.

A cabeça de Jack acompanhava o ritmo das pernas de Stella quando ela entrou no palco. Ela se inclinou para o técnico de som prender o microfone, e eu nem dei a ele a chance de dizer mais nada.

Contraí a mandíbula.

— Não seja desrespeitoso, seu cretino.

Ele riu.

— Qual é? Como se você não estivesse olhando para a bunda dela agora mesmo.

Não respondi.

— E de frente também é boa.

Um som estranho brotou de minha garganta.

Jack olhou para mim e soltou um sorriso.

— Você rosnou para mim?

— Cala a porra da boca.

— Reconheça. Não quer que eu olhe porque gosta dela. Já tem alguma coisa de ciúme em você quando olha pro filé.

— Filé? Voltamos para 1985 aqui no estúdio? É assim que se refere a seus empregados?

— Para de desviar do assunto. Você gosta dessa "mulher" e sabe disso.

Jack podia ser vice-presidente de uma grande empresa, mas parte dele tinha ficado presa para sempre no sexto ano. Eu sabia que, se não desse alguma informação, ele nunca fecharia a boca.

Tentei contentá-lo.

— Ela trabalha duro e é muito legal, admito.

— Não acha que ela é gostosa?

Revirei os olhos.

— Ela é atraente, sim.

— E não quer transar com ela?

— Stella e eu temos uma relação profissional.

— Hum… O problema é a relação profissional? Se *não* existisse essa relação, investiria nela?

— Cansei desse papo.

Jack pôs as mãos nos bolsos e deu de ombros.

— Tudo bem. Não vai se incomodar se eu trouxer Brent para apresentá-lo a ela, vai?

— Brent?

— Fenway. Não se lembra dele da faculdade? Alto, bonitão, acho que era o único que criava problemas para você naquele tempo. Agora trabalha aqui. Ainda é o mesmo, só que mais forte. E continua solteiro…

Meu amigo se achava muito engraçado, como se eu não fosse capaz de deixá-lo com dois olhos roxos iguais aos meus, agora já um pouco melhores.

— Vai se ferrar — respondi.

Ele sorriu.

— Foi o que pensei.

Um pouco mais tarde, Jack conferiu seu relógio de pulso.

— Tenho uma reunião. Vai ficar para a gravação?

— Vou. Olivia não pôde vir, eu disse a ela que ficaria.

— Deve levar algumas horas.

Mostrei o celular.

— Tenho muita coisa para fazer, vou me manter ocupado.

Ele se levantou e bateu em meu ombro.

— Tenho certeza disso. Mas aposto minha conta bancária que não vai tirar os olhos daquele palco.

★ ★ ★

Ainda bem que não aceitei a aposta. Não que fosse admitir que tinha passado as últimas três horas observando cada movimento de Stella naquele estúdio. Quando Jack me disse que eles a queriam em cena, cheguei a duvidar de que fosse sensato do ponto de vista comercial. É claro, ela era linda e devia ser muito fotogênica, mas não tinha nenhuma experiência. Depois de passar as últimas horas sentado olhando para ela, porém, entendi completamente o que a apresentadora tinha visto em Stella para querer incluí-la no programa.

Ela era envolvente e divertida, tinha uma inocência que fazia você acreditar em tudo, como se fosse íntegra demais para mentir. Até eu queria comprar aquele perfume, mesmo sendo dono de parte da empresa.

Um pouco depois das cinco, eles finalmente terminaram de gravar. Stella conversou com a âncora e a equipe por um tempo, depois olhou para a plateia. Uniu as mãos sobre os olhos, protegendo-os da iluminação intensa. Quando me viu sentado na quarta fileira, sorriu e se dirigiu à escada na lateral do palco. Levantei-me e fui encontrá-la.

— Ai, meu Deus — disse ela. — Foi muito divertido!

— Você parecia estar gostando.

— Espero não parecer maluca. — Ela estendeu as mãos e balançou os dedos. — Eu me senti… como se tivesse sido eletrocutada ou alguma coisa assim. Não de um jeito que queima os órgãos, mas como se uma corrente constante de energia percorresse meu corpo.

Eu ri.

— Você foi ótima. Divertida, sincera.

Virei-me ao ouvir a porta atrás de nós. Jack estava de volta – e não estava sozinho. Eu ia chutar aquela bunda magrela. Ele se aproximou com o sorriso largo e vaidoso.

— Hudson, você se lembra do Brent?

Cerrei os dentes e estendi a mão.

— Lembro. Como vai, Brent?

O aperto de mão ainda não tinha terminado, e ele já estava olhando para Stella. Soltou minha mão rapidamente.

— Acho que não nos conhecemos. Brent Fenway.

Stella sorriu.

— Fenway como o parque?

— Exatamente. Já esteve lá?

— Não, na verdade.

— Talvez possamos ir juntos em algum momento.

Sério? Ele estava ali havia menos de trinta segundos e já estava indo para cima dela? Em quanto tempo faria xixi para marcar território, como se ela fosse um hidrante?

Jack me olhou sorrindo e balançou o corpo. Parecia orgulhoso de si mesmo.

— Deve ser um passeio divertido. Não acha, Hudson?

Olhei para ele.

— Torço para os Yankees.

— Cruzei com Robyn vindo para cá. Ela quer nos ver. — Jack apontou para a porta pela qual acabara de passar. — Está no escritório. É só seguir o corredor.

— Tudo bem. — Eu não podia dizer que estava aborrecido por me despedir de Brent tão depressa. — Bom te ver — falei. E estendi a mão para Stella. — Vamos?

Jack balançou a cabeça.

— Na verdade, ela quer falar comigo e com você, Hudson. Stella pode esperar aqui. Brent faz companhia para ela.

Tive vontade de socar a boca sorridente de Brent.

— Com certeza.

No minuto em que pisamos no corredor, Jack cutucou o urso.

— Brent é bonitão, não é?

Olhei para ele e não disse nada.

— Eles formam um casal lindo, ele e Stella.

— Já entendi. Agora vai lá e diz para ele voltar ao trabalho.

Jack sorriu.

— Não posso. Ele não trabalha para mim.

Para sorte de meu amigo, Robyn saiu da sala dela.

— Aí estão vocês. Tenho boas notícias.

Tive que fazer cara de alegria quando tudo que queria era matar meu amigo e usar seu corpo como bastão para nocautear o cara bonito no estúdio.

— Aqui estamos. Você foi incrível no palco, o segmento da Signature Scent ficou maravilhoso — disse Jack. — Acho que já estamos repletos de boas notícias.

Robyn me entregou uma papelada.

— Normalmente, testamos os produtos com um grupo focal antes de levarmos o programa ao ar, para ver se despertam o interesse da audiência e descobrir o que mais querem saber sobre o produto. Não tivemos tempo para isso com a Signature Scent, já que foi uma adição de última hora, mas tínhamos um grupo aqui hoje para outro projeto. Pedi ao Mike, o produtor de segmento, para apresentar a esse grupo alguns minutos que gravamos hoje mais cedo, e a reação foi estupenda. Acho que vamos ter que aumentar a projeção de vendas.

Olhei para os números. Ela não estava brincando.

"Qual é a probabilidade de você comprar o produto? — 94% responderam que era extremamente provável."

"Já viu produto semelhante em outro lugar? — 0% respondeu que sim."

"Você se identificou com a apresentadora convidada? — 92% disseram ter se identificado."

E assim seguia, por três páginas de números realmente impressionantes. Folheei o relatório dando uma olhada em tudo.

— Isso é... — Balancei a cabeça. — É inacreditável.

— Sabe o que mais é? — perguntou Jack. Nós dois olhamos para ele. — Motivo de comemoração.

★ ★ ★

Naquela noite, Stella e eu fomos juntos de carro para o restaurante. Robyn e Jack nos encontrariam lá, mas chegamos dez minutos antes da hora combinada.

— Drinque no bar? — sugeri.

— Ótima ideia.

Avisamos a *hostess* sobre onde estaríamos e encontramos duas banquetas vazias, lado a lado.

O *bartender* se aproximou e pôs um guardanapo na frente de cada um de nós.

— O que vão querer?

Olhei para Stella.

— Um merlot, por favor.

— Gostaria de ver a carta de vinhos para escolher algum?

Ela balançou a cabeça.

— O da casa está ótimo.

Ele olhou para mim.

— E você?

— Eu quero uma Coors Light.

Assim que ele se afastou, olhei para Stella com cara de espanto.

— Não pediu gim para testar o olfato?

Ela sorriu.

— Hoje não. Acho que não é uma boa ideia misturar negócios e bebida forte.

— Você também acha que não é bom misturar negócios e namoro. Mas vai me convidar para sair.

Ela riu.

— Ah, vou?

Passei o dia inteiro observando Stella de longe. A maquiagem que haviam aplicado, muito mais forte que a que ela costumava usar, inclusive com um batom vermelho intenso, ainda não havia desbotado, depois de tantas horas. Eu não conseguia parar de olhar para aquela boca.

Engoli em seco olhando seus lábios.

— Algumas regras foram feitas para ser desrespeitadas.

Ela riu nervosa.

— Você costuma desrespeitar regras, Hudson? Sinto que já sabe muito sobre mim, mas eu não sei tanto sobre você.

— O que gostaria de saber?

O *bartender* serviu as bebidas, e Stella levou a taça aos lábios.

— Não sei. Você é divorciado. O que aconteceu?

Franzi a testa.

— Hoje devia ser uma comemoração, não um funeral.

Ela sorriu.

— Tão ruim assim?

— Fiz o pedido de casamento com o anel de minha mãe. Alguns dias depois, cheguei em casa e ela usava um anel diferente. Tinha vendido o anel e comprado outro de que gostou mais.

Stella arregalou os olhos.

— Minha nossa.

Dei um gole na cerveja.

— Bem feito para mim, que me casei com ela mesmo assim.

— Por quê?

Essa era uma boa pergunta. As pessoas sempre me perguntavam por que tínhamos nos separado, mas nunca por que me casei com Lexi.

— Se tivesse me perguntado isso antes do casamento, eu teria dito que era jovem e nós tínhamos muita coisa em comum. Nós dois gostávamos de viajar, frequentávamos o mesmo círculo social...

— E a resposta mudou?

Balancei a cabeça.

— Enxergar as coisas depois que acontecem é muito mais fácil. Minha mãe tinha morrido um ano antes. Eu trabalhava na empresa da família, assumia cada vez mais responsabilidades, porque meu pai se afastou um pouco dos negócios depois do primeiro infarto. Sentia que esse era o próximo passo. Parece ridículo dizer isso em voz alta hoje, mas minha família estava desmoronando, e acho que eu só queria o que tinha antes, então decidi construir uma família para mim. Estava com Lexi havia alguns anos e resolvi dar os próximos passos. Basicamente, fui um idiota.

— Não acho que foi idiota. Acho fofo que tenha tentado se agarrar à vida em família. O casamento de seus pais era sólido?

— Sim. Eles ainda andavam de mãos dadas, e, sempre que um dos dois percebia que era uma e trinta e cinco, desejava feliz aniversário ao outro. Eles se casaram em treze de maio.

— Ah... que romântico.

— E seus pais? Ainda são casados?

— São. Mas eles têm um... casamento *interessante*... — Stella hesitou. — O relacionamento deles é poliamoroso.

Minha surpresa ficou evidente.

— Uau. Seu pai é casado com várias pessoas?

Ela balançou a cabeça.

— Não, isso é poligamia. Eles têm um relacionamento aberto. Sempre tiveram.

— Como funciona?

— Eu cresci em um sobrado em Westchester. Tínhamos um pequeno apartamento de dois dormitórios no andar de baixo e três dormitórios no segundo andar. No andar de cima, o principal, a vida era normal. Meu quarto, o quarto da minha irmã e o quarto dos meus pais. Mas sempre havia amigos hospedados nos quartos de hóspedes lá embaixo. Eles nunca esconderam nada de nós, mas só percebi como o relacionamento deles era diferente quando tinha uns oito ou nove anos. Nosso banheiro no segundo andar estava passando por uma reforma, e eu acordei no meio da noite. Precisava ir ao banheiro, então desci. Quando me aproximei da porta, uma mulher saiu do banheiro vestindo roupas de baixo. Eu já a conhecia, mas não esperava encontrar ninguém e gritei de susto. Meu pai saiu correndo do quarto no fim do corredor, de cueca. No dia seguinte, meus pais se sentaram comigo e com a minha irmã para explicar as coisas.

— Deve ter sido difícil entender naquela idade.

Ela concordou balançando a cabeça.

— Eu tive dificuldade com isso por um bom tempo. Os pais dos meus amigos não eram assim nem os casais da televisão, ainda mais há vinte anos. Eu não entendia por que meus pais tinham que ser diferentes. Aquilo me fez pensar se minha vida seria daquele jeito. Lembro que um dia perguntei para minha mãe se o que eles tinham era hereditário.

Arregalei os olhos.

— Você é... você não...

Stella riu.

— Com certeza não. Aceitei o casamento deles, mas sempre soube que não queria aquilo para mim. Sou muito ciumenta. Sou possessiva demais para dividir.

Sorri pensando em como me senti quando Jack apareceu com Brent. Stella e eu nem tínhamos saído ainda, e eu queria esmurrar o cara.

— Eu entendo.

Lembrei que ela sugeriu um relacionamento ruim com o pai no dia em que foi buscar o celular comigo no escritório.

— Eles ainda moram em Westchester?

— Sim, na mesma casa. Até onde sei, têm o mesmo quarto no andar de cima e os mesmos aposentos no andar de baixo para as atividades extracurriculares. Mas não vou lá há mais de um ano. — Ela bebeu um pouco de vinho. — Tivemos um... acho que se pode dizer... desentendimento. Se não se importa, prefiro não falar sobre isso. Hoje foi um dia ótimo e não estou preparada para sair da euforia.

— É claro.

Ela bebeu mais vinho.

— E sua família? Tem mais irmãos além de Olivia?

Balancei a cabeça.

— Só ela. Graças a Deus. Não conseguiria bancar o casamento de mais um irmão.

— O casamento na biblioteca deve ter custado uma pequena fortuna. Li um diário há algum tempo cuja dona se casou lá. Fiquei apaixonada por como ela descreveu tudo. Na época em que estava lendo, eu trabalhava lá perto e todo dia ia me sentar na escadaria da entrada para almoçar e ler algumas páginas. Sempre olhava em volta e me perguntava se o homem com quem ela se casou estaria por ali, já que obviamente moraram ali perto em algum momento.

— Você comentou que os diários são sua versão dos *reality shows*. Mas eu acho que estão mais para romance que para *reality*.

— Na verdade — respondeu ela —, esse diário em particular acabou se tornando uma história de terror. Foi por causa dele, em parte, que descobri que Aiden me traía.

— Como assim?

— O diário tinha grandes lacunas de tempo e cobria alguns anos. Mas, depois do casamento maravilhoso na biblioteca, as coisas parecem ter azedado. Ela passou de registros em que descrevia o lugar e as flores do casamento a outros em que contava como escondia um caso extraconjugal. Algumas coisas que ela escrevia me impressionaram, porque eu tinha notado as mesmas mudanças em Aiden, como trabalhar até tarde e tomar banho assim que chegava em casa. A mulher descrevia como odiava lavar do corpo o cheiro do amante e disse ter raiva do marido por ter que tomar banho assim que chegava em casa depois de um encontro. Na vida real, comecei a fazer perguntas a Aiden. No começo, achei que fosse paranoia minha. Ele disse que os diários plantavam em minha cabeça coisas que não existiam. Mas, cada vez mais, tudo me fazia suspeitar de que estava acontecendo alguma coisa. Tenho vergonha de como enlouqueci no fim.

— Por que vergonha? Quem devia ter vergonha é seu ex.

Stella desviou o olhar por um momento.

— Como foi que voltamos a falar sobre mim? Devíamos falar de você.

— Acho que mencionamos o casamento da minha irmã na biblioteca, e isso puxou o assunto. Não contei, mas eu também me casei lá.

— É mesmo? Sua irmã se casou no mesmo lugar que você?

— Sim. Nossos pais também se casaram lá. Desde que era pequena, Olivia dizia que o casamento dela seria lá e o meu também. Fico feliz por ela não ter deixado meu divórcio tirar isso dela.

Terminamos os drinques, e Jack e Robyn ainda não tinham chegado. Olhei para o relógio e me dei conta de que eles estavam vinte minutos atrasados.

Stella percebeu.

— Combinamos às sete, não?

Assenti e olhei para a entrada. Não havia ninguém esperando.

— Vou confirmar. Talvez eu tenha entendido o horário errado. — Peguei o celular e abri a mensagem de Jack. Estávamos no lugar certo e na hora certa, por isso mandei outra mensagem para o meu amigo.

Hudson: Mudou de lugar, por acaso? Stella e eu somos os únicos no The NoMad.

Apontei para a taça de Stella, que estava vazia.

— Quer outra?

— Não devia.

— Mas quer?

Ela riu.

— Não. Quero estar alerta durante o jantar com Robyn.

Um minuto depois, meu celular vibrou anunciando a resposta de Jack.

Jack: Eu me esqueci de avisar que a comemoração de hoje foi cancelada? Robyn não conseguiu uma babá. Ela vai marcar na semana que vem.

Hudson: Porra! Sim, você esqueceu.
Jack: Acho que me distraí com outra coisa. Comemorem sem nós. A menos que não esteja a fim. Posso mandar uma mensagem para Brent e pedir para ele buscar a Stella...

Balancei a cabeça.

Hudson: Você é um cretino. Fez de propósito, não fez?
Jack: Não precisa agradecer, meu amigo.

Deixei o celular em cima do balcão.
— Tudo bem? — perguntou Stella.
— Aconteceu alguma coisa e o jantar foi cancelado. O idiota do meu amigo se esqueceu de me avisar.
— Eita. Entendi.
A tática de Jack talvez fosse desonesta, mas eu não podia dizer que estava infeliz com o resultado.
— Agora estamos do mesmo lado, certo?
Stella me olhou com ar confuso.
— Como assim?
— Você não queria outra taça de vinho porque jantaríamos com alguém com quem fechamos negócios. Mas nós dois somos sócios. Portanto, estamos do mesmo lado.
Ela sorriu.
— Acho que agora tenho menos com que me preocupar, considerando que já fiz papel de idiota com você várias vezes.
— O que acha de pedirmos a segunda rodada enquanto escolhemos a comida? Ainda temos o que comemorar.
Ela mordeu o lábio inferior.
Puxei seu queixo com o polegar para fazê-la relaxar.
— Para de se preocupar. Não é um encontro. Somos apenas sócios e amigos jantando juntos. Não vou agarrá-la enquanto você não pedir.

16

Stella

— Não vai pedir outro?

Hudson levantou a mão.

— Estou dirigindo.

Solucei.

— E eu estou meio tontinha. Muito prazer, motorista.

Ele riu.

— Você fica fofa bêbada.

Balancei a cabeça.

— Não estou bêbada. Só meio tontinha.

— E qual é a diferença?

— Tontinha ainda estou no controle.

— E bêbada você perde o controle? — Hudson chamou a garçonete que passava pela mesa. — Pode trazer mais um vinho? E enche a taça *sem dó*, por favor.

Eu ri.

— Esta noite foi mais divertida que meu último encontro. Espera… — Agitei as mãos mostrando o ambiente. — Isso não é um encontro.

— É claro que não. — Ele sorriu e bebeu água. — As coisas não vão bem com Ken?

— Ben.

— Tanto faz. Problemas no paraíso?

Suspirei.

— Ele é muito legal. Só que não rola… química, acho.

Hudson olhou para minha boca.

— Sem química, é?

O ar parecia dar choque, uma estática tão alta que fiquei surpresa por todo mundo não estar procurando a origem do barulho. Isso… isso era o que faltava entre mim e Ben. Hudson só precisava olhar para mim de determinado jeito, e minha temperatura corporal subia.

Engoli em seco.

— Ele me deu flores no primeiro encontro e chocolate Godiva no segundo. É muito atencioso. Acho que minha esperança é de que a conexão se desenvolva.

Os olhos de Hudson ficaram mais intensos.

— Não vai.

— Como você sabe?

— Por que não se pode obrigar a química a existir onde ela não existe, da mesma maneira que não se pode fazer a química desaparecer quando não quer que ela exista. Há certas coisas que não controlamos.

Eu me sentia meio impotente no momento. Como se não tivesse poder de reação, caso Hudson enfiasse a mão sob minha saia por baixo da mesa. Felizmente, a garçonete trouxe minha taça de vinho, que estava cheia até a borda.

Ela piscou para Hudson com ar conspiratório.

— Gostaria de escolher a sobremesa?

— Sim, seria ótimo — disse ele. — Obrigado.

Quando a garçonete voltou com os cardápios, informou que nos daria alguns minutos. Achei que a interrupção nos ajudaria a mudar de assunto, mas Hudson deixou o copo em cima de mesa e, obviamente, tinha outras ideias.

— E aí, quando vamos dispensar o Len?

Sorri.

— *Vamos?* Você vai comigo?

— Eu faria isso *por* você com o maior prazer. — E estendeu a mão.

— Me passa seu celular.

Dei risada.

— Obrigada, mas acho que posso cuidar disso sozinha.

— Mas vai cuidar disso? Tipo, tchauzinho, Benny?

— É claro que consegue acertar o nome dele quando está falando sobre eu dispensar o cara. — Revirei os olhos. — Além do mais, você e eu temos visões diferentes de relacionamentos.

— Como assim? — perguntou Hudson estreitando os olhos

— Você disse que gosta de conviver com mulheres, mas tem expectativas diferentes de como as coisas vão fluir.

— Estava me referindo a terminar se não vislumbrar um futuro em comum e a mulher em questão estiver se apegando demais. Não sou avesso a relacionamento, se é o que está pensando.

— Ah.

Ele riu.

— No nosso caso, os sentimentos são recíprocos. Não temos problema com isso.

Eu ri.

— E não está saindo com ninguém agora?

— Ainda não, mas estou me esforçando para isso. — Os olhos dele brilharam.

— Qual foi a última vez que saiu com alguém?

— Acho que no fim de semana anterior ao casamento da minha irmã.

— E como foi?

— Bom, fomos a um restaurante mexicano. Ela perguntou se eu gostaria de dividir uma entrada e me pediu para escolher, e eu escolhi nachos e guacamole que preparavam na mesa. Quando terminei, ela olhou para o garçom e disse: "Guatemala. Ele quis dizer nachos e Guatemala".

Ri alto.

— É mentira, não é?

Ele balançou a cabeça.

— Queria que fosse.

— E depois não saiu com ela de novo?

— Não. Mas no fim de semana seguinte conheci alguém que despertou meu interesse. É difícil tirar essa garota da cabeça, e acho que não seria justo sair com outra pessoa, mesmo que fosse alguém que soubesse a diferença entre Guatemala e guacamole.

Tentei refrescar meu fogo com vinho. Mas o jeito como Hudson olhava para mim tornava a missão mais difícil.

— Conheceu a Miss Guatemala em um aplicativo de relacionamentos?

— Não, em um evento beneficente. Não instalei esses aplicativos.

— Sério? E como conhece pessoas? À moda antiga?

— É, pago prostitutas.

— Mentiroso. — Sorri. — Você nunca teve que pagar por isso na vida. Estava falando de bares. É assim que conhece mulheres?

— Às vezes. Não sei. Em qualquer lugar.

Revirei os olhos e movi a mão diante do rosto dele.

— Não tem dificuldade para conhecer pessoas por causa dessa sua aparência.

— Está dizendo que gosta do que vê?

— Você sabe que é gostoso. Tem espelho em casa, não tem? Com certeza só precisa entrar em um bar e estalar os dedos, e as mulheres se aproximam.

— Eu sou *o cara*?

— Talvez.

Nós dois rimos.

O sorriso dele desapareceu quando seus olhos vagaram por meu rosto.

— Você fica linda quando ri.

Baixei a cabeça, um pouco acanhada.

— Obrigada.

Hudson ainda me olhava com a mesma intensidade quando a garçonete voltou. Ela parecia ter um *timing* impecável. Para mim, pelo menos. Porque, quando os olhos de Hudson encontraram minha boca, cheguei bem perto de sugerir uma coisa que não estava no cardápio.

— Viu alguma coisa que gostaria de experimentar? — perguntou a moça.

Os olhos de Hudson pegaram fogo, e um leve tremor no canto da boca confirmou que estávamos pensando na mesma coisa.

— Vou deixar minha acompanhante escolher.

Engoli em seco e me concentrei nas opções.

— Hum... tem cheesecake de crème brûlée. Quer dividir?

Mais uma vez, os olhos dele desceram até meus lábios.

— O que você quiser.

Definitivamente, seria minha última taça de vinho. Assenti para a garçonete confirmando a escolha.

Hudson pegou o cardápio e o entregou a ela.

— Obrigado.

Assim que a mulher se afastou, bebi meu vinho, e Hudson e eu conversamos mais um pouco. Eu não conseguia lembrar a última vez em que a conversa tinha fluído com tanta facilidade durante um jantar com alguém. E também sorri a noite toda. Mas não era um encontro, é claro. E eu estava sempre me esquecendo disso.

Quando minha taça ficou vazia de novo, ultrapassei a linha que separa estar tontinha de estar bêbada. E era essa a razão pela qual eu tinha perdido o filtro, provavelmente.

— Quanto tempo sem sexo pode ser considerado normal?

As sobrancelhas de Hudson quase encontraram a raiz dos cabelos.

— Está me perguntando isso porque acha que pode ter ultrapassado esse limite?

Sorri meio de lado.

— Talvez.

Ele gemeu.

— Eu falei que não ia convidar você para sair de novo. Mas posso ajudar a resolver esse seu problema.

Eu ri.

— Sério. Qual seria o normal?

— Não faço ideia.

— Bom, quanto tempo faz para você?

— Não sei. Alguns meses, acho. E para você?

— Está mais para um ano.

— Não gosta muito do casual?

— Theo James conta?

— O ator? Transou com ele?

— Não, não o ator. É que batizei meu vibrador com o nome dele.

Hudson gemeu de novo.

— Não me conta isso.

— Por quê? É pessoal demais? Não pode ser chocante que uma mulher solteira tenha vibrador.

— Não, não é isso. Mas agora quero socar Theo James.

Eu ri.

Hudson balançou a cabeça.

— Deu esse nome por que é ele que... imagina?

Mordi o lábio. Theo tinha sido minha fantasia durante anos, mas recentemente meu amigo movido a pilha devia ter sido rebatizado com o nome do homem cujos olhos iam ficando profundos à medida que conversávamos.

Felizmente, a garçonete foi rápida e logo trouxe a sobremesa. Pelo menos minha boca grande ficaria ocupada por um tempo.

Algum tempo depois, olhei em volta e vi que o restaurante estava quase vazio.

— Que horas são?

Hudson conferiu no relógio.

— Quase onze. Não percebi que estava tão tarde. Agora entendi por que a garçonete veio à mesa três vezes desde que trouxe a sobremesa. Ela quer que a gente vá embora, provavelmente.

— Acho que sim.

Saímos do restaurante, e Hudson me levou para casa. Como sempre, não tinha lugar para estacionar na frente do prédio, e ele parou alguns metros adiante.

— Vou te acompanhar.

— Não precisa.

— Precisa, sim.

Ele desceu, deu a volta no carro para abrir a porta do passageiro, depois estendeu a mão.

— Obrigada.

Ele assentiu.

Caminhamos até o meu prédio em silêncio. Eu pensava se devia convidá-lo para um café ou alguma coisa e ainda não tinha decidido quando entramos no saguão e paramos na frente do elevador. É claro, aquela coisa velha normalmente demorava dez minutos, mas esta noite a porta abriu logo que apertei o botão. Hudson estendeu a mão para impedir que fechasse e usou a outra para me convidar a entrar, mas não me seguiu.

— Parabéns por hoje, mais uma vez. Você arrasou.

Sorri.

— Obrigada. Por tudo, Hudson... por me dar uma chance, por conseguir essa oportunidade para mim na TV, por tudo que fez para me ajudar a fazer tudo funcionar e até por comemorar comigo hoje. Acho que ainda não caiu a ficha de que vou aparecer no Home Shopping mostrando a Signature Scent para o mundo. E, sério, devo tudo isso a você.

Ele balançou a cabeça.

— Só abri algumas portas. O resto foi por sua conta.

Ficamos nos olhando até a porta do elevador ameaçar fechar. Hudson a segurou, mas essa foi sua deixa.

— Boa noite, Stella.

— Boa noite, Hudson.

Ele recuou e recolheu a mão.

Os quinze segundos mais longos se passaram enquanto eu estava dentro do elevador, esperando a porta fechar de novo. O pânico me invadiu quando ela começou a deslizar e, no último segundo, estiquei o braço e a empurrei de volta.

Hudson tinha virado para ir embora, mas olhou para trás quando ouviu a porta abrir.

— Quer... quer subir para tomar um café ou outra coisa? — Meu coração disparou enquanto eu esperava a resposta.

— Café? — disse ele, depois de uns instantes.

Mordi o lábio e assenti.

Hudson estudou meu rosto.

— Tem certeza de que quer que eu suba?

Demorei demais para responder, e ele sorriu com tristeza.

— Foi o que pensei.

Suspirei aliviada e balancei a cabeça.

— Desculpa.

— Não tem motivo. Eu brinco sobre estar esperando você me convidar para sair, mas não tem a ver com tomar a iniciativa. Tem a ver com estar certa daquilo que quer. Isso não acabou. Só estou esperando esse sussurro em sua cabeça se tornar alto o bastante para ser ouvido.

— Que sussurro?

— O que fica repetindo que, apesar das dificuldades para confiar e das preocupações com nosso relacionamento profissional, você me quer tanto quanto eu te quero.

Sorri meio insegura, e Hudson segurou minhas mãos. Depois levantou o queixo e apontou o elevador vazio atrás de mim.

— Agora, por que não entra nesse elevador antes que eu perca o pouco autocontrole que ainda tenho e suba com você? — Ele levou minha mão aos lábios e beijou. — Vai.

Concordei balançando a cabeça e entrei. Apertei o botão no painel e disse:

— Obrigada, Hudson.

Ele piscou quando a porta começou a fechar.

— Divirta-se com Theo.

17

Stella

O resto da semana passou voando. Olivia e eu trabalhamos dia e noite para terminar o material de marketing enquanto Hudson cuidava dos pedidos e do financiamento. No sábado de manhã, só algumas entregas antecipadas tinham chegado, e era aterrorizante pensar que o segmento que gravei iria ao ar às três horas daquela tarde, e a partir daí os pedidos começariam a chegar. Ao menos era o que eu esperava. Tudo estava caminhando, mas eu não respiraria aliviada enquanto o depósito não estivesse cheio dos produtos necessários para despachar.

Para aumentar o estresse, eu estava uma pilha de nervos por aparecer na televisão. Nos últimos dias, comecei a surtar com a possibilidade de a Signature Scent ser um fracasso. Eu sabia que o programa exibia a quantidade restante como um adesivo na parte de baixo da tela e vinha tendo um pesadelo recorrente de que durante o segmento eu vendia só três caixas, e restavam 49.997 no fim do tempo.

Queria realmente ficar em casa e assistir ao programa sozinha, alternando entre roer as unhas e esconder a cabeça sob a coberta. Mas Olivia organizou uma festinha para assistirmos ao programa no apartamento dela. Ela tinha sido tão generosa e me apoiado tanto que era impossível negar. E lá estava eu, em um Uber a caminho do centro da cidade, com duas dúzias de cupcakes caseiros no colo para assistir ao programa com uma dúzia de pessoas do escritório.

Evidentemente, eu sabia que a família Rothschild não era pobre, já que o negócio deles era emprestar dinheiro para outras empresas, mesmo assim, quando paramos no endereço que Olivia tinha me dado na Murray Street, perdi o fôlego. Uau. Ela morava em um dos novos e elegantes arranha-céus em Tribeca, uma torre moderna de vidro curvo que ia ficando mais larga no sentido ascendente. O projeto era arrojado, do tipo que aparece na *Architectural Digest* ou em outra revista chique. Até a entrada era intimidante. Saí do carro e pisei na calçada de um jeito imponente, como se quisesse mostrar às pessoas quem tinha que abrir espaço para quem. Fora do Uber, olhei para cima e, de repente, lamentei ter feito os cupcakes em casa. Queria ter comprado uma caixa de cupcakes mais profissionais em uma das cupcakerias caras que abriram nos últimos anos. Também queria que Fisher não tivesse viajado a trabalho justamente nesse fim de semana. Eu precisava dele comigo.

Suspirei e fiz um grande esforço para não me sentir inferior só por não ter dinheiro nem para as plantas enormes do lado de fora da porta da frente. O apartamento de Olivia ficava no quinquagésimo terceiro andar, e tive que me registrar na portaria. O segurança me deu um cartão com senha para usar no painel do elevador. Assim que introduzi o cartão, a porta se fechou e o botão com o número cinquenta e três acendeu. Respirei fundo enquanto subia em alta velocidade, e a cada andar meu nervosismo crescia. Eu esperava ter alguns minutos para me acalmar no corredor quando a porta do elevador abrisse, mas saí dele diretamente no apartamento de Olivia.

Ela me cumprimentou com o entusiasmo de sempre e me abraçou.

— Ei! Estou tão animada! Mal posso esperar. Você é a primeira a chegar.

— Estou até enjoada de tanto nervoso.

Olivia riu como se eu estivesse brincando, mas eu sentia meu estômago embrulhado. Ela me acompanhou até a cozinha. Por mais que eu esperasse um apartamento chique, considerando o prédio, minhas expectativas ficaram muito abaixo da realidade. A cozinha era linda, com utensílios caros, granito brilhante e duas grandes ilhas. E a sala de estar era um espetáculo.

— Uau. Sua vista é... — Balancei a cabeça. — Que incrível.

Janelas panorâmicas ocupavam uma parede inteira da sala, exibindo paisagens do rio e da cidade.

Olivia acenou como se nada daquilo fosse importante.

— Essa coisa de vista é bobagem. E esses cupcakes parecem deliciosos. Posso comer um?

Dei risada.

— É claro que pode. E pode comer sem culpa. Não tem açúcar. Peguei a receita em um site especializado. Comi um no café da manhã enquanto estava assando a fornada. São bem gostosos.

— Você é um anjo! — Ela tirou a tampa de um dos recipientes de plástico e escolheu um com cobertura de baunilha e chocolate. Enquanto afastava a forminha de papel do bolinho, ela se dirigiu à janela da qual eu não conseguia desviar o olhar.

— Antes eu pensava que isso era tudo o que eu queria. Mas Hudson comprou uma casa no Brooklyn no ano passado. Ele não tem vista, mas tem um quintalzinho, e a construção tem muita personalidade. Parece que mora em uma casa de verdade. Isto aqui... — Ela balançou a cabeça e lambeu a cobertura do cupcake. — Sei lá... É meio como se eu morasse em um hotel de luxo. Charlie só fica com o pai alguns dias por semana e já tem amigos no quarteirão. Eu moro aqui há dois anos e não conheço ninguém no prédio. É como estar em uma torre de marfim. — Ela riu. — Não conta para o Hudson que eu disse isso. Não quero perturbar nossa dinâmica delicada. Ele acha que tem o dever de me ensinar sobre a vida, e eu finjo que não preciso dele para isso.

Sorri.

— Seu segredo está guardado.

O interfone tocou, e Olivia foi atender.

— Entrega do Cipriani — disse a voz do outro lado.

— Pode mandar subir, por favor, Dave.

Quando ela desligou o interfone, um homem que reconheci, embora não o tivesse conhecido de fato, surgiu por um corredor. *Caramba.* Estava tão preocupada em me ver na televisão e em saber como a Signature Scent se sairia que não parei para pensar que o marido de

Olivia estaria em casa em uma tarde de sábado. É claro que tinha me desculpado com Olivia muitas vezes. Na maior parte do tempo, não me sentia mais constrangida quando conversava com ela. De algum jeito, conseguimos superar o que eu tinha feito. Mas eu nunca havia falado com o marido dela e torcia para que não fosse uma situação muito desconfortável. Mas o sorriso que vi quando ele se dirigiu à cozinha me deixou um pouco nervosa.

Olivia acenou entre nós.

— Mason, essa é a convidada de honra, Stella. Stella, esse é meu marido, Mason. Mase, a comida está aqui. Pode preparar um drinque para Stella enquanto recebo a encomenda?

Meu rosto esquentou com uma onda renovada de vergonha quando ele estendeu a mão.

— É um prazer conhecê-la.

— Oi. — Apertei a mão dele. — Quero me desculpar pelo casamento de vocês. Já pedi desculpas a Olivia, mas devia ter mandado mensagem para você também.

Mason balançou a cabeça.

— Não tem motivo. Foi tudo muito engraçado, ainda mais a história que você contou. Atualmente Liv fala de você o tempo todo, então no fim deu tudo certo. Acho que nunca a vi tão empolgada com o trabalho. Ela está realmente envolvida com o que você criou.

Suspirei aliviada e sorri.

— É, ela está. Tenho muita sorte. Para ser bem honesta, eu estava insegura quanto a aceitar um investidor. Mas ela me deu muito mais que apoio financeiro. É como ter uma sócia que se importa tanto quanto eu.

Mason assentiu.

— E ela se importa. — Ele olhou para trás, para ela, e baixou a voz. — Ela ficou muito deprimida depois da morte do pai, no ano passado. A única coisa que a tirou daquele fundo de poço foi planejar nosso casamento. Fiquei um pouco preocupado com o que aconteceria depois. Mas aí você apareceu, e sinto que recuperei minha antiga Liv. Portanto, apesar de você achar que me deve desculpas, sou eu quem tem uma enorme dívida de gratidão com você.

Uau. Balancei a cabeça.

— Não sei o que dizer... ou melhor, sei. Vocês foram feitos um para o outro. Duas pessoas incríveis.

Ele sorriu e olhou para trás de novo.

— Olha lá, ela está procurando um dólar na bolsa para dar gorjeta. Não sei por que está procurando se nunca carrega dinheiro. Em dez segundos, vai me chamar para procurar na minha carteira. Então, o que quer beber? Drinque, cerveja, vinho?

— Uma taça de vinho seria ótimo. Merlot, se tiver.

— Com certeza.

Olivia gritou da cozinha.

— Mason?

Ele riu e pegou a carteira.

— Volto com seu vinho assim que der a gorjeta do entregador. Fique à vontade.

Eu poderia ficar na frente da janela olhando a vista o dia todo, mas uma foto em cima do apoio da lareira chamou minha atenção. Havia meia dúzia de porta-retratos ali, e eu fui bancar a xereta e dar uma olhada.

A moldura prateada e grande no centro tinha uma foto do dia do casamento deles. Olivia ria ao lado de um bolo de muitas camadas, depois de ter esfregado um pedaço dele na cara do marido. Com a língua para fora, Mason tentava lamber o bolo do próprio rosto enquanto sorria. Fiquei encantada por eles terem emoldurado essa foto, em vez de outra mais séria, perfeita e produzida. Era o retrato da felicidade do casal, e o sorriso deles era contagiante.

Ao lado dessa fotografia, tinha outra de um casal mais velho. Eles estavam na chuva, com capas amarelas impermeáveis, mas o sorriso dos dois era como a luz do sol. Deviam ser os pais de Olivia e Hudson, porque o homem era praticamente uma versão mais velha dele. Ao lado dessa foto tinha uma de Olivia e Mason na praia, os dois de boné virado para trás e bebendo cerveja. E com aquele sorriso contagiante.

Vi mais algumas fotos do feliz casal com vários amigos, até chegar ao último porta-retratos. Este peguei para olhar mais de perto. Eram duas crianças, Olivia e Hudson. O garoto devia ter uns nove ou dez anos, mas seus lindos olhos azuis eram inconfundíveis. Os olhos de Hudson. Ele também exibia um sorriso que agora eu conhecia bem.

Estava inclinado para a frente, debruçado sobre um bolo de aniversário, pronto para soprar as velas. Olivia estava à esquerda, e ele estendia o braço para cobrir a boca da irmã.

Uma voz profunda atrás de mim me assustou.

— Tem coisa que não muda nunca.

Hudson.

— Caramba. Você me assustou. Ainda não aprendeu que não é legal assustar as pessoas? Não o ouvi chegar.

— Subi com a comida. Aliás, agradeça por ela ter pedido em vez de tentar cozinhar.

— Tenho certeza de que ela não cozinha mal.

— No último Natal, fez duas assadeiras de camarão com queijo. Quase perdemos os dentes na primeira mordida.

— Ela cozinhou demais os camarões?

— A receita pedia camarões inteiros. Ela achou que tinha que deixar as cascas.

Dei risada.

— Ai...

Ele projetou o queixo na direção da foto em minha mão.

— Ainda sinto vontade de fazer isso uma vez por semana, pelo menos.

— Por que estava cobrindo a boca de sua irmã?

— Porque ela achava que podia soprar as velas de todos os bolos de aniversário. Meus pais achavam bonitinho e não impediam. Mas, naquele ano, eu tinha feito um pedido que queria muito que se realizasse e preferi não correr risco.

— Qual era o pedido? — perguntei, sorrindo.

— Eu queria um cão pastor.

— E ganhou?

Ele balançou a cabeça.

— Não.

— A foto é linda.

— Minha mãe deixava na mesinha de cabeceira. Dizia que resumia perfeitamente nossa relação... e não estava errada. Minha irmã deve ter ficado com a foto quando se desfez das coisas deles.

Mason se aproximou e me deu uma taça de vinho. Entregou uma cerveja pra Hudson. Depois levantou a dele e inclinou a garrafa para nós.

— Boa sorte hoje.

Hudson brindou batendo com a garrafa na dele, e eu o imitei.

— Obrigada.

Os outros convidados chegaram pouco depois, e Hudson e eu fomos levados para ambientes diferentes. Vi algumas pessoas da equipe de marketing que tinham trabalhado no projeto, mas ainda não havia passado muito tempo com eles. Fiz questão de lhes agradecer tudo o que tinham feito.

Algumas vezes, apesar de estarmos em grupos diferentes, meus olhos e os de Hudson se encontravam. Seus lábios ameaçavam um sorriso e os olhos brilhavam, mas não tentamos conversar de novo. Faltando pouco para as três horas, Olivia apontou o controle remoto para a televisão e bateu com ele no copo.

— Muito bem, pessoal. Está quase na hora! Isso é muito melhor que uma porcaria de festa do Superbowl, não é? Quem quer mais bebida antes da estreia?

Eu estava muito nervosa, por isso fui até a cozinha pegar mais vinho antes de ver minha cara na tela gigante. Mason estava lá e levantou a garrafa de merlot quando me viu entrando.

— Você parece sentir a ansiedade que senti quando ouvi as primeiras notas da marcha nupcial.

Abri e fechei as mãos.

— Sentiu a ponta dos dedos formigando?

Mason encheu minha taça e a devolveu, sorrindo.

— Senti o corpo todo formigando, da cabeça aos pés. Tenho certeza de que é por isso que quem entra com a noiva levanta o véu e o padrinho segura as alianças. O noivo treme tanto que não consegue fazer nada.

Tomei meu vinho.

— Bem, espero disfarçar tão bem quanto você. Porque você parecia bastante firme.

Um braço engatou no meu.

— Vem — disse Olivia. — Quero sentar pertinho de você!

Bebi todo o vinho que pude quando nos sentamos juntas no sofá. Imediatamente, a música de abertura do programa começou a tocar, e a apresentadora, Robyn, apareceu acenando para a plateia. Era muito divertido ver, porque eu estava lá quando ela fez isso, e as únicas pessoas na plateia eram Hudson e Jack. Mas a câmera mostrava uma plateia cheia aplaudindo.

Olivia entrelaçou os dedos nos meus e apertou.

— Lá vamos nós!

Ela aumentou o volume, e o barulho na sala cessou. Robyn recitou sua abertura inicial na lateral do palco, depois caminhou até a bancada onde sempre ficava. Havia caixas e amostras da Signature Scent por todos os lados. Era surreal. A adrenalina corria em minhas veias, me deixando meio tonta.

Durante os minutos seguintes, Robyn fez uma excelente imitação de Vanna White, levantando caixas e movendo as mãos de unhas bem-feitas. Eu sabia que isso servia para manter a atenção do espectador no produto, não na apresentadora. Quando ela começou a falar sobre a apresentadora convidada do dia, prendi a respiração.

Era absolutamente insano me ver na televisão ao lado de uma celebridade. Durante a gravação, o diretor me fez repetir umas dez vezes aquele discurso enquanto acenava no palco. Eu me via sorrindo para a câmera e acenando como se meu fã-clube estivesse na plateia.

Meu Deus, como sou canastrona!

Todos do escritório começaram a gritar e assobiar, e eu tampei o rosto, constrangida demais. Já ouvi atores dizerem que não assistem aos filmes que fazem e achava estranho. Mas agora entendo. Percebia todos os meus tiques, meu pesado sotaque de Nova York, e isso me impedia de ver qualquer coisa além dos meus defeitos – todos muito evidenciados no momento.

Balancei a cabeça.

— Meu Deus, que difícil ver isso.

— Está brincando? — questionou Olivia. — Você nasceu para isso, está arrasando!

O momento da verdade chegou dez minutos depois do começo do programa. Robyn apontou para o canto da tela, e o preço e o número do telefone piscaram algumas vezes. Trinta segundos depois, apareceu também um relógio com contagem regressiva.

— Muito bem, senhoras... e senhores que querem impressionar suas mulheres, Vamos receber os pedidos. Continuamos falando sobre a Signature Scent, mas acho que vocês já sabem o que querem. Sabem como funciona... E cinco, quatro, três, dois, um. Valendo!

Em segundos, a quantidade restante começou a mudar. Primeiro mais devagar, mas depois depressa. Eu não saberia dizer sobre o que Robyn e eu falamos durante o programa, porque meus olhos estavam no relógio. Quando os *milhares* começaram a diminuir em um ritmo rápido, tive a impressão de que minha pressão estava caindo e realmente precisei de um tempo.

— Você se importa se eu descer para tomar um ar? Não vou demorar, só alguns minutos.

Olivia parecia preocupada.

— É claro que não. Mas você está bem?

— Sim. Só um pouco assustada, preciso de um tempo. Não vou demorar.

— É claro. Mas não precisa descer. — Ela apontou para o corredor. — A última porta à esquerda é de um quarto de hóspedes. Tem varanda e banheiro.

— Você não se incomoda?

— É claro que não. Vá. Fique pelo tempo que for necessário.

— Obrigada.

O ar fresco do lado de fora era maravilhoso. Fechei os olhos e respirei fundo algumas vezes. Depois de um ou dois minutos, recuperei a calma para abri-los e apreciar a paisagem. Do alto, a cidade parecia estranhamente quieta, o que teve um efeito tranquilizante sobre meu estado mental. Por isso me sentia um pouco melhor quando ouvi a porta deslizante abrir atrás de mim, virei e vi Hudson.

— Tudo bem? — perguntou ele.

Confirmei balançando a cabeça.

— Fiquei apavorada com aquela contagem regressiva, meu coração disparou.

— Compreensível. — Ele sorriu e me ofereceu alguma coisa. — Para você comer.

Olhei para o que ele segurava e fiquei confusa.

— Uma banana?

— Roubei da cozinha. Ela não tinha laranja. Sou mais criativo com elas.

Minha confusão durou até eu ver que tinha uma inscrição nela.

"Sua estreia na televisão foi *bacana*."

Hudson deu de ombros.

— Entendeu? Bacana, banana. Dá um desconto, não tive muito tempo para pensar em alguma coisa antes de vir até aqui.

Dei risada.

— É muito fofo. Obrigada. Agora entendo por que Charlie gosta tanto dos bilhetes na lancheira.

Ficamos lado a lado, olhando para a cidade. O truque da fruta que ele usava com a filha me ajudou a relaxar. Ou era a presença dele.

Suspirei.

— Isso tudo é surreal.

— Imagino que sim. — Ele sorriu.

Sim, eu estava quase tendo um surto, mas ainda notava como Hudson era atraente. Além de estar de calça jeans, ele não havia feito a barba, e eu gostava do resultado.

Ele me observava em silêncio enquanto eu o estudava, por isso me senti obrigada a dizer alguma coisa.

— Essa é a primeira vez que te vejo com roupa casual e barba por fazer.

Ele reagiu com o meio-sorriso sexy que era sua marca registrada.

— E?

Inclinei a cabeça.

— Eu gosto.

— Está sendo sincera ou é só sua cota de elogios do plano de felicidade?

— Não, eu gosto — respondi, rindo. — A barba dá um ar de maldade.

Ele inclinou a cabeça.

— Esse é seu tipo? Cara de mau? Não foi exatamente o que imaginei quando você disse que seu ex era poeta.

— Ah, Aiden é tradicional. Esse sempre foi meu tipo. Nunca olhei para os *bad boys*. Acho que nunca saí com ninguém com cicatriz ou tatuagem.

— E quer mudar isso?

Dei de ombros, entrando na brincadeira.

— Talvez.

Os olhos de Hudson brilharam.

— Que bom. Posso ajudar. Tenho as duas coisas.

— Tem?

Ele assentiu com um movimento de cabeça.

— Onde?

— Ah... vou guardar essa informação para outra hora.

— Segredo de Estado, é?

Um vento leve soprou uma mecha de cabelo em meu rosto. Hudson a afastou com o dedo.

— Está melhor?

Respirei fundo e relaxei os ombros.

— Sim. Obrigada.

Ele inclinou a cabeça para a porta.

— Vamos entrar, então? Por mais que prefira ficar aqui, não quero que você perca o programa todo.

Concordei com ele.

Novamente na sala, sentei-me no sofá ao lado de Olivia e conferi o relógio de contagem regressiva. Pisquei algumas vezes ao ver o número. Eu não tinha passado mais de cinco minutos fora da sala, e já tínhamos vendido quase tudo.

— Estou assistindo a esse programa todos os dias na última semana e meia — contou Olivia. — E eles nunca esgotam os produtos tão depressa. Você está arrasando. Tive medo de que perdesse o momento do slogan da Robyn... "Vai... vai e foi, acabou!"

Minutos depois, o canto da contagem regressiva começou a piscar.

— Opa — disse a apresentadora. — Quase esgotando. Depressa, faça seu pedido! — Ela parou e balançou a cabeça. — Acho melhor falar, antes que seja tarde demais. Vai... vai... — Ela levantou a mão e acenou. — E acabou! Um grande selo apareceu sobre o relógio de contagem regressiva na tela.

"ESGOTADO"

Todos na sala aplaudiram e gritaram. Olivia me abraçou, e as pessoas se aproximaram para dar os parabéns. Quando olhei de novo para a televisão, já estavam apresentando o produto seguinte. Senti um grande alívio por termos ido bem e por não ver mais meu rosto naquela tela gigantesca.

Olivia e Mason abriram champanhe, e ela distribuiu as taças. Quando peguei a minha, encontrei o olhar de Hudson do outro lado da sala. Ele levantou a taça e sorriu em silêncio.

Olivia olhou para mim e para ele, depois passou um braço sobre meus ombros. Ela virou, de forma que ficamos de costas para Hudson, então falou, em voz baixa:

— Ele gosta de você.

— Quem?

Olivia revirou os olhos.

— Hum, o cara que não tirou os olhos de você desde que chegou. Hudson, é claro. Eu vi como ele a olha.

— Ele está empolgado com o que aconteceu hoje... com a Signature Scent.

Olivia apontou para mim.

— Ele está empolgado com *você*.

Olhei para trás, para Hudson, que olhou para mim. Eu não podia negar que hoje tinha me sentido o alvo de toda sua atenção. Ele olhou para a irmã e para mim e estreitou os olhos. Sabia que estávamos falando dele.

Suspirei.

— Ele é muito legal.

— Sei — respondeu Olivia. — E por que estão brincando de gato e rato?

— Temos negócios em comum. Ele investe em minha empresa.

— E...

— Não sei. — Balancei a cabeça. — Se não der certo, pode complicar.

Olivia deu um gole em seu champanhe.

— A vida é complicada. A menos que você não viva, só cumpra etapas...

— Eu sei, mas...

Ela me interrompeu.

— O que aconteceu com a mulher que entrou de penetra no meu casamento e fugiu rindo e bebendo champanhe?

Eu ri.

— Ah, esse é um bom exemplo de complicação.

— Talvez. Mas olha onde essa complicação a levou. Um novo negócio, uma nova melhor amiga... e, se me perguntar quem é essa melhor amiga, vou te socar. Rolou uma conexão aqui.

Dei risada.

— Entendo o que está dizendo, mas já contei o que aconteceu com Aiden. Muitas de nossas brigas giravam em torno da empresa. Ele questionava como eu gastava dinheiro, e acabávamos discutindo sobre o rumo das coisas. Esse foi o começo dos problemas.

— Acho que está enganada. Não quero ser grosseira, mas o começo dos problemas foi ele enfiar o pau em outra mulher.

— Não que justifique, mas ele mudou porque a gente não se entendia mais.

— Não. Ele mudou porque é um bosta. Essa foi só a desculpa conveniente.

— Acho que...

— Já contei que Mason e eu nos conhecemos no trabalho?

— Sério? Na Rothschild Investments?

— Sim. Hudson o contratou para ser diretor de TI. Ele ficou lá durante três anos, e namoramos durante dois deles. Trabalhamos juntos em alguns projetos e nem sempre concordamos.

— Ele agora tem uma empresa de TI, não é? Por isso saiu de lá?

— Não. Ele não tinha perspectivas de crescimento na Rothschild. Nosso departamento de TI é pequeno, e ele queria continuar crescendo. Mas o que estou dizendo é que trabalhávamos juntos e brigávamos. E nem por isso ele me traiu. — Olivia olhou para trás, para o marido, e riu. — Mas algumas vezes transamos em cima da minha mesa, aquele sexo selvagem de reconciliação... — Ela fez careta e levantou as mãos.

— Meu Deus. Não faz isso com meu irmão, meu escritório fica muito perto. Uma vez peguei meus pais no flagra e até hoje não superei.

Eu ri muito.

— É sério, Stella. Se não está a fim do Hudson, tudo bem. Mas não deixa o que aconteceu com seu ex nem o medo de bagunçar as coisas estragar o que pode ser algo bom. As melhores coisas da vida fazem bagunça. Os lençóis depois do sexo, fazer pão, comer bolo com muito recheio, cortar melancia. Preciso continuar?

— Não. Já entendi.

Hudson se aproximou com uma garrafa de champanhe e encheu nossas taças. Notei o rótulo e comentei.

— Não é à toa que isso é tão delicioso. Coisa boa. As garrafas que roubei do casamento de Olivia acabaram, é melhor esconder o que sobrar quando eu for embora.

Olivia riu.

— Vou ajudar o Mason com a comida. Vocês dois continuem comemorando sem mim. — Ela se afastou, mas olhou para trás de onde Hudson não podia vê-la e piscou para mim.

Sorri.

— Sua irmã é incrível.

— Não é de todo mau — concordou Hudson. — Mas não conta para ela que eu disse isso.

Ele havia se aproximado para encher nossas taças, mas não estava bebendo.

— E seu champanhe?

— Tenho planos. — Hudson conferiu o relógio. — Na verdade, já preciso ir. Só vim me despedir.

— Ah. — A decepção me invadiu, e talvez houvesse também uma pontinha de ciúme. Forcei um sorriso. — Divirta-se.

Hudson me analisou por um instante antes de sorrir.

— Está com ciúme?

— Não — respondi, mas depressa *demais*.

Ele pôs as mãos nos bolsos e seu sorriso se tornou mais largo, vaidoso.

— Está, sim.

— Não estou.

Ele se inclinou para a frente até quase encostar o nariz no meu e disse:

— Ciumenta.

— Você é muito arrogante. Nem percebe a diferença entre eu estar feliz por você e eu estar com ciúme.

Ele recuou.

— Ah, é? Está feliz por eu ter compromisso?

Forcei um sorriso e apontei para minha boca.

— Sim. Está vendo?

A expressão de Hudson me dizia que meu sorriso mais parecia uma careta no espelho de um parque de diversões.

Ele riu.

— Vou buscar Charlie na casa de uma amiguinha. Minha ex-mulher precisou acompanhar a irmã grávida em uma consulta com o médico e talvez não chegue a tempo. Eu me ofereci para levá-la para casa.

— Ah, entendi.

— Feliz por não ser um encontro?

Sim, pensei. Mas dei de ombros.

— Tanto faz. Isso é problema seu.

Ele coçou o queixo.

— Estava pensando em voltar para cá. Acha que ainda vai estar aqui?

— Talvez eu tenha um encontro hoje à noite. Isso incomodaria você?

Hudson ficou sério.

— Não sou eu que finjo não ter interesse, por isso não acho que vai se surpreender se eu disser que sim.

Eu estava brincando, mas o tiro saiu pela culatra. Seu rosto estava sério demais para eu fazer uma nova tentativa. Suspirei.

— Não tenho encontro nenhum. Provavelmente, estarei aqui.

Hudson balançou a cabeça.

— Você é um pé no saco.

Dei um gole em meu champanhe.

— Bom, pelo jeito você gosta de um pé no saco.

Ele olhou para minha boca.

— Estou contando todas as vezes que você me tortura. Uma hora vou revidar.

— E como vai fazer isso?

Ele se inclinou e beijou meu rosto, depois aproximou os lábios de minha orelha.

— Com a boca.

Pisquei algumas vezes, enquanto Hudson se afastava, sorridente. Ele falou por cima do ombro:

— Guarda essa informação, Stella. O sussurro está tão alto que até eu quase posso ouvi-lo.

Ai, caramba. Estou ferrada.

18

Stella

Comecei a pensar que Hudson não voltaria, pois fazia horas que ele havia saído. Enquanto isso, depois do fim do programa e sem todo aquele estresse, consegui relaxar e até me diverti um pouco. Mas estaria mentindo se dissesse que não olhava para a porta de tempos em tempos. Metade dos convidados tinha ido embora, e mais alguns se preparavam para ir. Fui ao banheiro e decidi que logo me despediria também. Quando saí, porém, Hudson estava sentado junto da ilha da cozinha tomando uma cerveja.

— Ah, voltou. Pensei que tivesse mudado de ideia.

Ele olhou para minhas pernas antes de me encarar.

— De jeito nenhum.

Senti aquele frio na barriga. Ultimamente, essa sensação fazia parte de cumprimentar esse homem.

— Já que eu ia buscar Charlie, minha ex-mulher achou que podia aproveitar para ir à massagista também. Deve ter sido uma semana dura fazendo nada.

Sorri.

— Ela não trabalha?

Ele fez que não.

— Esquece essa coisa de convidar para sair. Acho que vou pedir você em casamento. Você deve ser um bom ex-marido.

— Bem-vinda de volta. — Ele riu.

Franzi a testa, e ele explicou:

— Você tem estado estressada. Pelo jeito, isso fez seu lado engraçadinho desaparecer por um tempo.

— Ah. É, eu estava estressada.

— Está melhor agora, depois da estreia?

— Sim. — Apertei a nuca. — Mas também estou precisando de massagem.

Ele moveu os dedos.

— Posso ajudar. Sou bem eficiente com os dedos.

— Aposto que sim — falei, sorrindo.

— Vamos continuar comemorando?

Eu estava agitada, não queria nem pensar em ir para casa.

— Em que está pensando?

— Vamos beber alguma coisa? Tem um bar no quarteirão de baixo.

Mordi o lábio.

— Hum... Está me convidando para sair? Tipo um encontro?

— Não. Só quero levar uma colega para celebrar.

— Vou pensar.

— Vai pensar? — Ele estranhou.

— Vou.

Ele parecia meio contrariado, mas deu de ombros. Quando estendeu a mão para pegar a cerveja, bati no ombro dele.

— Já pensei.

— E?

— Vamos comemorar mais um pouco.

★ ★ ★

— Ainda não acredito que vendemos cinquenta mil caixas de Signature Scent em menos de uma hora. — Balancei a cabeça. — Há um mês, eu duvidava que alguém encomendasse uma caixa.

— Tivemos sorte — disse Hudson.

— Não. Não foi sorte. Sorte seria se algo caísse do céu. Você trabalhou e fez isso acontecer.

— Isso não aconteceria sem um bom produto.

Dei um gole no vinho.

— Sabe, não esperava tanta humildade de você.

— Não é humildade. Só reconheço as qualidades de quem as tem.

Ocupávamos uma das mesas de um bar caro a alguns quarteirões do apartamento de Olivia. A garçonete se aproximou para perguntar se queríamos mais alguma coisa. Ela era linda, mas Hudson mal olhou para ela, o que me deixou curiosa.

— Como era a última mulher com quem você saiu? Sem contar a Miss Guatemala. Uma com quem tenha saído mais de uma vez.

— Por quê? – ele disse, franzindo o cenho.

— Curiosidade. Tem um tipo determinado? Um visual que o atrai?

Ele riu.

— Sim, cabelo claro e óculos.

Eu também ri.

— Não, é sério.

— Não sei. Acho que a última mulher com quem saí era morena. Alta. Olhos escuros.

— Quanto tempo durou?

— Saímos algumas vezes.

— Por que acabou?

Ele me encarou.

— Quer a verdade?

— É claro.

— Ela só falava sobre a irmã que tinha acabado de ter um bebê. Era como se estivesse com pressa para se casar e ter filhos.

— E você não quer se casar de novo ou ter mais filhos?

Ele bebeu a cerveja.

— Eu não disse isso. Só não me via fazendo isso tudo com ela.

— Então, se ela quisesse algo casual, teriam continuado?

— Não sei, porque a situação não era essa. Mas não tenho problemas com compromisso, se é o que quer saber. Não parei de sair com a mulher porque ela queria um futuro com alguém. Parei porque eu não era a pessoa certa para ela.

— Hum. A garçonete é bonita... — Fiz um aceno de cabeça.

Hudson inclinou a cabeça.

— É?

— Muito.

Ele coçou o queixo.

— Está tentando arrumar alguém para mim?

— Não quer?

— Algum motivo para estarmos trocando perguntas?

Sorri.

— Não sei. Tem?

Depois de me encarar por alguns segundos, Hudson acabou com a brincadeira.

— Não estou interessado na garçonete.

Não falei nada, e ele repetiu o gesto de inclinar a cabeça.

— Não vai perguntar o motivo?

Pelo jeito como me ele olhava, eu já sabia a resposta a essa pergunta. Terminei meu vinho e sorri.

— Não.

Ele riu.

— Como vão as coisas com Ken?

— Você sabe que é Ben. — Balancei a cabeça sem esconder um sorriso. — Não estamos mais saindo. Não tinha conexão.

O sorriso de Hudson dominou seu rosto.

— Que pena, sinto muito.

Revirei os olhos.

— É, deve sentir, mesmo.

Ele chamou a garçonete quando ela passou pela mesa.

— Por favor, pode trazer mais uma rodada?

— É claro.

Ela se afastou, e ele murmurou:

— Não chega aos pés. — E bebeu a cerveja que restava. Depois ficou em pé. — Com licença, vou ao banheiro.

Assim que ele se afastou, escrevi para Fisher contando sobre o restante do dia. Tínhamos trocado mensagens mais cedo, e eu havia mandado notícias sobre o sucesso da Signature Scent, mas não olhava o celular fazia algum tempo.

Fisher: The Rose está cheio?
Stella: Como sabe que estou aqui?
Fisher: Rastreei seu celular meia hora atrás, depois de duas horas esperando uma resposta. Você nunca demora tanto tempo para responder, fiquei preocupado. A festa mudou de lugar?

Algumas pessoas podiam não gostar de ser rastreadas, mas eu tinha motivo para dar a Fisher acesso à localização do celular, e era grata pela preocupação.

Stella: Só parte da festa...

Sorri quando vi os pontinhos pulando imediatamente.

Fisher: Só você e o Adônis?
Stella: Saímos para tomar um drinque depois da festa.
Fisher: Vão se pegar, finalmente?
Stella: Acho que isso não está no cardápio...
Fisher: Meu bem, os homens sempre estão no cardápio. É simples. É só falar para ele que está a fim de um coquetel diferente... e fazer uma carinha maliciosa.

Balancei a cabeça e sorri.

Stella: Vou incorporar essa ao meu repertório. Obrigada.

Quando Hudson voltou do banheiro, guardei o celular. Ele se sentou de frente para mim.

— E aí, como estão as coisas com Marco?
— Marco?
— O garotão apaixonado.
— Ah. Ele está lendo *Pássaros feridos*. Perguntou para Amalia quais eram os livros favoritos dela, e toda semana ele vai à biblioteca, devolve um e pega outro. Depois puxa papo sobre o livro que acabou de ler. Está tentando mostrar para ela como é comprometido e encontrar coisas em comum. É muito romântico.
— *Pássaros feridos*? O título é familiar, mas acho que nunca li.
— Ah, devia. Na verdade, também é um de meus favoritos.
— E a mulher... sei lá o nome dela... está caindo nessa?
— Amalia... acho que sim. Ele começou a aparecer nas noites em que ela fecha a biblioteca, e ela aceita sua companhia até chegar em casa.

Hudson balançou a cabeça.

— De quando é esse diário? Que trabalheira. Acho que ainda não existia Tinder.

Dei risada.

— Bom, acho que é muito mais fácil deslizar o dedo para a esquerda ou para a direita... Sei lá como se faz. Mas deve ser por isso que as pessoas que você conhece desse jeito normalmente não são o amor da sua vida.

— E aquele outro plano dele... provocar ciúme aparecendo com outra garota?

— Felizmente, ele escolheu a via mais madura, a de mostrar a ela que é dedicado.

Um celular vibrou. Conferi pensando que era o meu, mas não era.

— É o seu?

— Merda. — Ele enfiou a mão no bolso. — Nem percebi. — Hudson viu o nome na tela e assumiu um ar preocupado. Olhou para o relógio. — É minha ex-mulher. Preciso atender, ela nunca liga tão tarde.

— É claro, fique à vontade.

Ele deslizou o dedo na tela e aproximou o aparelho da orelha.

— Que foi?

Ouvi uma voz de mulher, mas não discerni o que ela dizia.

— E o Mark? — perguntou Hudson, depois de um momento.

Pausa.

— Merda. Ok. Eu chego o mais depressa que puder.

Ele desligou o celular e levantou a mão para chamar a garçonete.

— Desculpa. Tenho que ir.

— Tudo bem com Charlie?

— Sim. A irmã de Lexi começou a ter contrações, e o marido está na Califórnia a trabalho. Lexi vai com ela para o hospital, e preciso buscar Charlie.

— Ah, que demais! Aposto que Charlie está ansiosa para conhecer o Parceirinho.

Hudson riu.

— Ela vai implorar para ficar no hospital a noite toda.

A garçonete se aproximou, e ele entregou o cartão de crédito.

— Espera. — Abri a bolsa e peguei a carteira. — É minha vez.

Ele balançou a cabeça e dispensou a garçonete, que não esperou para ouvir meu argumento.

— Você pagou o jantar na outra noite — protestei. — Eu queria pagar hoje.

— Eu deixo você pagar quando me convidar para sair.

— E se eu nunca convidar? Isso não seria justo.

— Mais um motivo para convidar. Mas não o principal.

— Não?

A garçonete voltou com o cartão de crédito e a nota para ele assinar. Hudson tirou uma gorjeta generosa da carteira e colocou o dinheiro na pastinha de couro da conta.

Depois deixou a caneta na mesa.

— Vamos?

— Sim, mas ainda quero saber o principal motivo para eu convidar você para sair.

Hudson ficou em pé e estendeu a mão para mim. Aceitei, e ele não soltou minha mão depois que me levantei. Em vez disso, me puxou para perto e aproximou a boca da minha orelha.

— Prefiro mostrar, em vez de explicar. Arrisca, Stella.

19

Stella

Nos dois dias seguintes, Hudson não apareceu no escritório.

Olivia me contou que a ex-cunhada dele tinha dado à luz na tarde anterior depois de um longo trabalho de parto, e imaginei que ele estivesse ausente por isso. No terceiro dia, fui falar com a secretária dele, porque queria aprovar os termos de um pedido, mas ela disse que ele passaria o dia todo fora, em uma empresa em que haviam investido.

Por mais que odiasse admitir, eu sentia falta dele. Esperava ansiosamente para vê-lo – e não só por ele ser divertido e um bom conselheiro para minha empresa... Talvez essa breve separação fosse positiva. Eu precisava controlar meus sentimentos. Nosso relacionamento não tinha mudado, ainda éramos sócios. Eu só enfrentava dificuldades cada vez maiores para lembrar por que isso era tudo que podíamos ser.

— Ei, boas notícias. — Olivia entrou em minha sala. — Consegui contratar Phoenix Mets para fazer as imagens de que precisamos para a última peça de marketing.

— Ah, que maravilha! — Sorri, mas não consegui segurar o riso. — Desculpa. Não faço a menor ideia de quem é Phoenix Mets.

Olivia sorriu.

— É um fotógrafo famoso. Ele fez aquela foto da Anna Mills grávida para a capa da *Vogue*.

— Ah. Uau. Aquela foto é linda.

— Ele vai fazer você ficar ainda mais bonita.

— Eu? — Franzi o nariz.

— Sim. Depois de ver o sucesso que fez na TV, indicamos algumas alterações nos anúncios. — Ela abriu uma pasta e pôs alguns desenhos em cima da mesa. — Pedi para Darby criar essa peça, mas acho que não vamos usar uma modelo.

Peguei os papéis. Era um esboço, mas a mulher no anúncio era muito parecida com quem eu tinha visto no espelho hoje de manhã.

— Quer que *eu* apareça nos anúncios?

Ela assentiu.

— Você é a cara da Signature Scent. As pessoas reconhecem você.

— Mas não sou fotogênica. Nunca fiz foto profissional.

— Também não havia aparecido na televisão e se saiu muito bem.

— Não sei...

— Essa campanha tem a ver com beleza e ciência. E quem melhor que você para vender o produto?

Continuei olhando os anúncios. A mulher no desenho usava óculos grossos e cabelo preso. Estava sentada na frente de uma bancada de laboratório, com vários tubos e equipamentos espalhados ao redor. Mas a perna ultrapassava o limite da bancada, e ela usava um sapato de sola vermelha. Definitivamente, era um anúncio que eu pararia para olhar... mas sou obcecada por ciência.

— Pensa no seguinte... — disse Olivia. — Vamos fotografar o que planejamos de início e essa variação. Você pode dar a última palavra. — Ela apontou para o croqui. — Mas estou dizendo que pode ficar incrível.

Depois disso, eu não tinha como dizer não. Olivia era maravilhosa, e eu sabia que ela acreditava na ideia que propunha; caso contrário, não insistiria nela. A intenção era fazer da Signature Scent um sucesso.

Por isso, respirei fundo e disse:

— Tudo bem, vamos tentar.

Olivia bateu palmas.

— Ótimo. A sessão de fotos vai ser depois de amanhã. Sexta-feira de manhã.

— Então me diga o que tenho que fazer. Quer que eu leve roupas? — Vi na foto uma camisa social branca e o que parecia ser uma saia reta preta. — Eu tenho peças assim.

— Não. Já temos tudo. — Olivia sorriu, apreensiva. — Já encomendei tudo de que precisamos. As roupas, os objetos do cenário, até os sapatos. Não sabia seu número, então pedi um pouco de tudo.

Eu ri.

— Tudo bem.

— Você só precisa aparecer.

— Essa parte é mais fácil.

— Vou pedir para minha secretária fazer as reservas agora mesmo. Vou pedir as passagens de volta para domingo, se você concordar. Assim, se faltar alguma coisa, ainda teremos o sábado.

— Passagens? Onde vamos fotografar?

— Ah, o fotógrafo mora em Los Angeles. Não comentei?

— Não, mas tudo bem. Nunca estive na Califórnia.

— Você vai adorar. Provavelmente, teremos tempo de folga. Posso ser sua guia.

— Vai ser ótimo. Obrigada, Olivia.

★ ★ ★

Na manhã seguinte, acordei cedo. Tinha tomado uma cápsula de melatonina antes de ir dormir noite anterior, sabendo que estaria ansiosa e agitada. Já era suficiente ter minha cara estampada em todo o material de marketing; não queria, então, aparecer com olheiras.

Nosso voo decolava às nove e meia, mas precisávamos sair para o aeroporto às seis e meia. Às seis e quinze, eu estava tomando minha segunda xícara de café e olhando pela janela, vendo o sol nascer, quando uma limusine preta parou na frente do prédio. Estacionar ali era impossível, por isso corri para a cozinha, joguei o resto de café na pia, enxaguei a xícara e peguei minha bagagem. No corredor, apertei o botão do elevador, mas percebi que tinha esquecido a bolsa com o laptop. Deixei a bagagem ali e voltei correndo ao apartamento.

Ouvi o ruído da porta do elevador enquanto trancava a porta pela segunda vez. Não queria que o carro tivesse que dar a volta no quarteirão, por isso corri para pegar as malas quando a porta se abriu. Não esperava encontrar ninguém no elevador, então entrei correndo e dei de cara com alguém prestes a sair.

— Merda. — Derrubei a alça da mala que puxava atrás de mim, e ela caiu no chão. Enquanto abaixava para pegá-la, continuei: — Desculpa! Você se mach... — Parei quando olhei para cima. — Hudson?

— Ainda bem que não me deu outro soco.

— O que está fazendo aqui?

— Vim buscar você para irmos. O que mais poderia ser?

Fiquei confusa.

— E Olivia?

— Ah, é verdade. Eu falei para Olivia que avisaria você sobre eu ir no lugar dela. Acho que esqueci. Desculpa.

— Mas por que você vai no lugar dela?

— Ela teve uma mudança na agenda. Algum problema?

Além de estar com o coração disparado depois de um minuto perto desse homem, de quem agora eu estaria perto por *dias*, que outro problema poderia haver? Olhei nos olhos dele sem saber o que buscar. Depois, suspirei. Eu era profissional, podia lidar com isso.

Endireitei a coluna e respondi:

— Não. Nenhum problema.

Podia jurar ter visto uma faísca naqueles olhos. Mas não tive tempo para analisar, porque Hudson pegou minha mala de rodinhas e estendeu a mão para me puxar para o elevador.

Eu estava perturbada, mas consegui seguir.

Minha cabeça girava, tomada por um milhão de pensamentos enquanto descíamos, mas uma questão se destacava. Meu prédio não tinha porteiro. Tínhamos interfone, e os visitantes entravam quando alguém abria a porta.

— Como você entrou?

— Fisher. Ele estava saindo para correr quando cheguei.

Eu precisava me lembrar de agradecer meu amigo por ter me avisado. Ele sabia que eu ia viajar com Olivia ou que ao menos era para isso que eu estava preparada. Na noite anterior, ele havia assaltado minha geladeira enquanto eu fazia as malas e ouviu tudo da viagem. Mas, tudo bem, eu agora tinha um problema maior para resolver. Como manter distância do homem em pé a meu lado no elevador, estando ele tão lindo. Hudson vestia calça social azul-marinho e camisa branca. Eu estava meio passo atrás dele, e era impossível não notar como o tecido envolvia aquela bunda redonda. Aposto que ele faz muito agachamento.

Ele olhou para mim, e levantei a cabeça bem a tempo. Era o que eu esperava, pelo menos. Mas o sorrisinho em seus lábios sugeria algo diferente. *Ah, que beleza. Essa viagem vai ser longa.*

Hudson teve que atender a uma ligação internacional a caminho do aeroporto e, quando chegamos, ele foi para uma fila diferente, porque tinha feito check-in antes, e eu não. Foi bom ter esse intervalo. Só tivemos tempo de conversar de verdade depois que embarcamos. Estávamos lado a lado na terceira fileira da primeira classe, o que para mim foi uma surpresa.

— Bem confortável — comentei enquanto afivelava o cinto de segurança. — Nunca viajei de primeira classe.

— Eu viajava de executiva anos atrás, quando havia mais espaço entre os assentos, mas nos últimos dez anos ficou impossível alguém com mais de um metro e oitenta de altura sentar-se naquelas poltronas com algum conforto, especialmente em um voo de seis horas para a Costa Oeste.

Uma comissária se aproximou com de taças de champanhe com suco de laranja.

— Mimosa?

— Hum, sim — respondi. — Aceito.

Ela me deu uma taça e olhou para Hudson.

Ele levantou a mão.

— Não, obrigado. Mas aceito um café, quando possível.

— É claro.

Ela se afastou, e levantei a taça para Hudson.

— Não bebe de manhã?

Ele sorriu.

— Normalmente, não.

— Eu também devia ter recusado, mas estou nervosa.

— Medo de avião?

— Não... não muito. Mas fico um pouco enjoada, se houver turbulência.

— Que bom. — Ele apontou para o corredor. — Vira a cabeça para lá.

Dei risada.

— Você deve ser do tipo que nem percebe que está no avião. Provavelmente, passa metade do tempo trabalhando, depois tira um cochilo.

— Quase isso. Em geral, trabalho quase o tempo todo.

A comissária voltou com o café de Hudson. O serviço ali era melhor, claro.

— Por que está nervosa — perguntou —, se não é com o voo?

— Ah, não sei... talvez por ser fotografada por um fotógrafo famoso e por essas fotos estarem depois em toda a campanha da Signature Scent.

Hudson me encarou.

— Quer ouvir um segredo?

Sorri.

— É claro.

Ele se inclinou e sussurrou:

— Você pode fazer qualquer coisa.

Eu ri.

— Esse é o segredo?

— Bom, tecnicamente, não é segredo, já que a única pessoa que parece não saber disso é você.

Suspirei.

— Muito generoso, mas não sei se é verdade.

Hudson me encarou por um momento. Ele parecia pensar se devia ou não dizer alguma coisa.

— Você se lembra do primeiro dia de trabalho no escritório? — finalmente perguntou.

— Na Rothschild? Sim, por quê?

— Você me perguntou por que eu tinha mudado de ideia sobre investir em sua empresa.

— E você falou que sua irmã era convincente ou algo do tipo.

Ele assentiu.

— Mas não foi só isso.

— Não?

Hudson balançou a cabeça, e seus olhos desceram até minha boca.

— Eu queria conhecer você. Na semana seguinte ao casamento da minha irmã, não parei de pensar em você. Não porque você é bonita – e você é. Mas me senti atraído por sua força. Você não é uma mulher que precisa de um homem. É uma mulher de quem um homem precisa. Não sei se reconhecia essa diferença anos atrás. Mas agora não consigo esquecer.

Pisquei algumas vezes.

— Uau. Talvez tenha sido o melhor elogio que já ouvi.

Uma ruga surgiu em sua testa.

— Imaginei que seu ex era um idiota para fazer tudo que fez com você. Mas agora tenho certeza absoluta de que ele é um tremendo boçal.

A comissária interrompeu a conversa para recolher a taça e a xícara, porque íamos decolar em breve. Em seguida, ela deu início à verificação de segurança, e notamos a mulher a alguns metros de nós demonstrar como eram colocados o colete salva-vidas inflável e o cinto, que já tínhamos afivelado.

Quando taxiamos para a pista atrás de uma fila de aviões preparando-se para a decolagem, Hudson me ofereceu um jornal. Recusei, preferi colocar os fones de ouvido e tentar relaxar. No minuto em que fechei os olhos, porém, senti que não aconteceria. Não conseguia parar de pensar no que Hudson tinha falado. Ele me via linda e forte, duas qualidades que eu sentia não ter havia muito tempo. E sabe de uma coisa? Ele estava certo, pelo menos em relação à força. Ultimamente eu me sentia quase embriagada com tudo o que conquistara. Fiquei aflita com a ideia de aceitar um investidor, mas acabou sendo a melhor decisão que tomei até o momento. E fiquei apavorada antes de ir ao ar no Home Shopping, o que também foi um sucesso. Então, por que devia sentir medo de tirar fotos e pôr minha cara na campanha da empresa? Não devia. Essa era a resposta.

Respirei fundo algumas vezes e senti meus ombros relaxarem. Só precisava de um pouco de Vivaldi e me tornaria uma dessas pessoas que cochilam durante um voo. Quem sabe...?

A música começou, e olhei para o homem ao meu lado. Hudson percebeu e me olhou com uma expressão adorável, mistura de meio--sorriso e confusão, como se tentasse adivinhar em que eu pensava, mas se desse satisfeito por esse pensamento, qualquer que fosse, me fazer olhar para ele. Tirei o fone de ouvido do lado dele e me inclinei em sua direção.

— Obrigada — falei.

— Por quê?

— Por me ver desse jeito. Sei que às vezes posso não ser fácil.

Hudson me encarou.

— Você *não é* fácil. Mas não se preocupe. — Ele piscou. — Gosto de desafio.

★ ★ ★

— Bem-vindos ao Hotel Bel-Air. Vocês têm reserva?

— Sim, em nome da Rothschild — respondeu Hudson. — Duas pessoas.

A mulher atrás do balcão digitou com as unhas longas estalando no teclado, enquanto eu analisava perplexa o saguão do hotel. Esperava alguma coisa no centro de Los Angeles, talvez um hotel moderno, mas esse era quase um santuário escondido no bosque. Havia uma atmosfera da antiga Hollywood. Tinha todos os toques luxuosos convencionais, colunas e balcões de mármore, piso de calcário, teto de madeira natural, mas algo dava uma sensação de serenidade e privacidade, não de exagero.

Hudson percebeu que eu observava tudo.

— A propriedade é linda. A gente quase esquece que está em LA. Já me hospedei aqui antes, mas desta vez foi escolha do fotógrafo. Vamos fazer as fotos aqui.

— Ah, uau. Que bom. E facilita, né? Mal posso esperar para ver tudo.

A recepcionista segurava dois cartões. Ela mostrou um deles.

— Este é da suíte Canyon. — E levantou a outra mão. — E este é do quarto deluxe.

Hudson pegou o cartão do quarto e me entregou o da suíte.

— O quê? Não. Não preciso da suíte. Pode ficar lá.

— Você vai ter que receber uma equipe de maquiagem e cabelo amanhã de manhã. Precisa de espaço. Além do mais, o fotógrafo pretende usar o pátio da suíte para uma parte da sessão. Ele pediu especificamente essa suíte.

— Ah… — Ainda me sentia esquisita por aceitar, mas acho que fazia sentido. — Tudo bem.

Hudson me acompanhou até a suíte. Puxou minha mala enquanto eu seguia diretamente para a porta dupla na sala de estar. Elas davam num pátio privado.

— Put… tem lareira e uma hidromassagem enorme aqui fora.

Hudson me seguiu. Ele apontou para uma área de convivência em um cenário exuberante de plantas e folhagens.

— Acho que é ali que ele quer fotografar. Recebi um e-mail tarde da noite com uns desenhos da mobília alugada para hoje.

Apontei a hidromassagem.

— Sabia que devia ter trazido maiô.

— O pátio é privado. Não vai precisar.

— Ah, melhor ainda.

Outra porta levava ao dormitório, e fui dar uma conferida antes de entrar no banheiro mais luxuoso que já vi. Hudson parecia se divertir com meu entusiasmo.

— Não quero sair deste quarto nunca mais — brinquei.

Ele olhou para a cama e para mim de novo.

— Somos dois.

Dei risada e continuei olhando para a cama. Quando virei para ele novamente, vi que Hudson olhava para mim.

Ele pigarreou.

— Tenho que ir. Preciso trabalhar. O fotógrafo achou que seria uma boa ideia jantarmos hoje à noite, mas eu não sabia se você teria ânimo para isso.

— Vou, sim. Vai ser legal.

Hudson concordou com um movimento de cabeça.

— Vou combinar às cinco, porque para nós serão oito, no horário de Nova York.

— Combinado.

Andamos em direção à porta.

— Está pensando em sair? — perguntou. — Quer a chave do carro alugado?

— Hum... também tenho trabalho para fazer, mas talvez eu vá comprar um maiô. Passamos por várias lojas no caminho, todas perto daqui.

— Pensando bem, não preciso trabalhar — comentou Hudson. — Você vai precisar da opinião de alguém.

Dei risada.

— Estou acostumada a escolher roupas sozinha.

Ele pegou a chave e me deu.

— Que pena. Mas me avisa se quiser companhia na hidromassagem quando voltar.

— Trouxe calção?

Hudson sorriu.

— Não.

20

Stella

Troquei de roupa três vezes.

Por isso, quando Hudson bateu na porta cinco minutos antes do horário combinado para irmos jantar, eu não estava pronta.

— Oi... — Abri a porta. — Ah... você está de jeans.

Ele olhou para baixo.

— Não devia estar?

Balancei a cabeça.

— Não, não. Está ótimo. Eu que não sabia o que vestir. Também tinha escolhido jeans, mas pensei que podia ser casual demais. Desci para ver como era o restaurante, vi que era chique e troquei de roupa... duas vezes.

Hudson me estudou da cabeça aos pés. Eu tinha escolhido um vestido preto e sem mangas com sapatos de salto nude.

— Não sei como estava antes — disse. — Mas não consigo imaginar nada melhor que isso. Você está linda.

Senti aquele calor subindo pela barriga.

— Obrigada. Você também está ótimo. Gosto muito de sua barba por fazer.

— Vou jogar meu barbeador fora depois do jantar.

Eu ri e dei um passo para o lado.

— Só preciso de um minuto. Vou passar batom e trocar os acessórios.

Hudson sentou-se no sofá da sala de estar enquanto eu terminava de me arrumar no banheiro.

— Recebi a notificação de remessa de mais produtos — gritei enquanto desenhava o contorno dos lábios. — Se tudo der certo, vamos começar a despachar as caixas antes do esperado.

— Nesse caso, é bom concluirmos a sessão de fotos amanhã — respondeu ele, da sala.

Terminei de passar o batom e pus um colar de contas turquesa para um toque de cor, junto com um bracelete grande do mesmo material. Passei os dedos pelo cabelo pela última vez e respirei fundo na frente do espelho. Como se estar perto de Hudson não fosse motivo suficiente para ficar nervosa, jantar com um fotógrafo que estava acostumado a trabalhar com modelos famosas e celebridades acrescentava uma camada de pressão. Não queria que ele olhasse para mim e pensasse: *Ai, que merda, como vou fazer isso ficar bom o bastante para vender perfume?*

Mas as coisas são como são, e mais cinco minutos me arrumando não mudariam nada. Então, fui para a sala e peguei minha bolsa em cima da mesinha de centro. Joguei algumas coisas dentro e fechei.

— Conseguiu trabalhar hoje à tarde?

Hudson ficou em pé.

— Consegui. E você?

— Resolvi quase tudo. Mas não resisti e experimentei a hidromassagem.

— Comprou o maiô?

Sorri e balancei a cabeça.

— Fui como deu.

Os olhos de Hudson passearam por meu corpo, e ele resmungou:

— É melhor a gente ir.

A frustração dele me deu a injeção de confiança de que eu precisava no momento. Hudson abriu a porta da suíte rapidamente, o que me fez rir. Caminhamos lado a lado para o restaurante do hotel.

— Já conhece Phoenix? — perguntei.

— Não. Mas acho que não vai ser difícil localizá-lo. Fotógrafos têm um ar próprio, e ele vai estar sozinho.

Quando nos identificamos no restaurante, a *hostess* informou que havia alguém nos aguardando no bar. Fomos encontrá-lo, mas havia alguns homens sozinhos.

— Qual deles você acha que é? — perguntei.

Hudson olhou para todos e apontou um homem na ponta do balcão. Cabelo desgrenhado, camisa de cor berrante e pulseiras até a metade do braço, totalmente moderno.

— Aquele — disse.

Os dois outros homens estavam de costas, mas um tinha cabelo grisalho e vestia paletó de tweed; o outro tinha ombros largos o bastante para ser jogador de futebol, então deduzi que Hudson devia estar certo. Mesmo assim, deixei que ele fosse na frente.

Ele se aproximou do homem e perguntou:

— Phoenix?

O rapaz balançou a cabeça.

— Não, acho que se enganou de pessoa.

— Desculpa.

Hudson e eu olhamos para os outros homens, que agora podíamos ver de frente e... Uau, o sujeito com ombros de zagueiro era absolutamente lindo. Ele notou que olhávamos em sua direção e sorriu.

Levantei o queixo.

— Acho que é ele.

— Não parece fotógrafo — respondeu Hudson.

— É, tem mais jeito de modelo.

O homem se levantou e veio em nossa direção.

— Você são da Signature Scent?

— Somos. — Sorri. Não queria parecer tão animada ou ansiosa, mas acho que dei essa impressão, porque Hudson me olhou de um jeito estranho quando estendi a mão. — Stella Bardot. Muito prazer.

— Ah, minha musa. — Ele segurou minha mão e a beijou. — Vejo que esse trabalho vai ser fácil.

Hudson adotou uma expressão neutra quando se apresentou e apertou a mão do fotógrafo, mas eu notei seu olhar.

Pedimos uma mesa, e eu segui na frente, acompanhando a *hostess* até lá. Notei que algumas mulheres se viravam para olhar os homens atrás de mim. E não podia criticá-las. Hudson e Phoenix eram muito diferentes um do outro, mas ambos lindos, cada um à própria maneira.

Hudson estendeu a mão para puxar minha cadeira, mas Phoenix foi mais rápido.

— Obrigada — eu disse.

Assim que nos sentamos, Phoenix começou a conversa.

— Há quanto tempo você é modelo?

— Ah, não sou modelo. Eu criei a Signature Scent.

— É mesmo? Eu nunca teria imaginado.

Hudson pegou o cardápio de bebidas e resmungou:

— A informação sobre quem vai fotografar está no *briefing* que mandaram para você. Imagino que não tenha visto.

Tentei reduzir a força do comentário de Hudson.

— Há quanto tempo é fotógrafo?

— Profissionalmente, há uns cinco anos. Antes disso, modelei por uns dez, e foi assim que aprendi o ofício. Modelos se aposentam cedo. Enquanto era contratado para vários trabalhos, fiz alguns cursos para ter outra profissão.

— Esperto.

— E você inventou o produto e vai ser a modelo? Beleza e inteligência. Seu marido é um homem de sorte.

— Obrigada. — Corei. — Mas não sou casada.

Phoenix sorriu, e Hudson revirou os olhos.

Fiz questão de incluir Hudson na conversa e evitar novas chances de flerte. Apesar de me sentir lisonjeada com a atenção de Phoenix e de ser divertido ver uma centelha de ciúme no homem a minha esquerda, era um jantar de trabalho. Além do mais, não fazia diferença quanto Phoenix era bonito, eu não estava interessada nele.

Não sabia se era resultado de meu esforço ou dos dois uísques com gelo que Hudson bebeu durante o jantar, mas ele pareceu mais relaxado enquanto comíamos. Falamos sobre a Signature Scent – desde como foi desenvolvida até os planos de marketing que Olivia tinha criado.

Quando a garçonete sugeriu café e sobremesa, Hudson recusou, e eu o acompanhei.

— Podemos começar às nove da manhã? — perguntou Phoenix.

— O pessoal de cabelo e maquiagem pode chegar às oito. Já preparou o guarda-roupa?

Hudson respondeu:

— Olivia mandou uma mensagem informando que os últimos pacotes foram deixados no hotel há pouco.

— Perfeito — Phoenix aprovou. — Acho que conseguimos terminar no começo da tarde, assim vocês ficam com tempo para aproveitar um pouco o sol da Califórnia.

Sorri.

— Que bom. É a primeira vez que venho, vou adorar conhecer a cidade.

— Nasci e cresci em Los Angeles. Se quiser, posso lhe mostrar alguns lugares depois da sessão de fotos.

Olhei para Hudson. Não consegui determinar se estava furioso, porque ele não disse nada.

— Na verdade... — Sorri para Phoenix, com gentileza. — Já tenho planos. Mas muito obrigada pela oferta.

Fomos juntos até o saguão. Hudson estava quieto, mas se despediu de nosso acompanhante com uma atitude profissional.

— Preciso ir à recepção buscar os pacotes que Olivia mandou para você — avisou-me assim que Phoenix se afastou.

— Tudo bem — respondi.

Não sabia se ele estava bravo comigo ou só de mau humor. Ele manteve a atitude séria quando falou sobre a entrega com uma funcionária do hotel.

Ela digitou alguma coisa no teclado e olhou para o computador.

— Já está no quarto. Entregue no duzentos e trinta e oito.

— Ok, obrigado.

Como era o dele, e eu precisava experimentar as roupas, perguntei:

— Posso pegar as peças agora? Quero preparar tudo que puder hoje à noite para não deixar ninguém esperando de manhã.

— Tudo bem.

Ele continuou quieto quando seguimos para seu quarto. Destrancou a porta e a manteve aberta para que eu entrasse, mas, depois que entrou e a fechou, o silêncio se tornou ensurdecedor, e eu não consegui segurar.

— Você está bravo comigo...?

Hudson olhou para mim por um instante.

— Não.

— Está cansado? Foi um longo dia, e teve a viagem...

Ele balançou a cabeça.

— Não estou cansado.

Minha ideia era deixar para lá. Mas só durou trinta segundos. Não consegui me conter.

— Quando falei que nunca estive em LA e queria ver a cidade, não imaginava que ele me convidaria para sair. Não sei nem se ele estava me convidando para sair, mas, qualquer que tenha sido a oferta, não tive a intenção de abrir a possibilidade para ele me mostrar nada.

Os olhos de Hudson me queimavam.

— Ah, foi um convite para sair. Pode ter certeza.

— Mas eu...

— Você foi educada e profissional. Não fez nada errado.

— Então por que tenho a sensação de que você acha que fiz?

Hudson olhou para os sapatos por alguns segundos que, para mim, pareceram uma hora. Depois, ele me encarou de novo.

— Porque sou um babaca ciumento. Não queria descontar em você. Desculpa.

Ah... *uau*. Eu não esperava tanta honestidade. Sorri com tristeza.

— Obrigada. Para ser sincera, se os papéis fossem invertidos e o fotógrafo fosse uma linda ex-modelo convidando você para conhecer a cidade, eu também teria ciúme.

Hudson continuava fitando meus olhos.

— Sabe, a gente não tem ciúme de coisas que não deseja.

— Desejar nunca foi a questão. É que... muita coisa pode dar errado.

— Ou muita coisa pode dar certo. — Hudson forçou um sorriso e assentiu. — Mas eu entendo. — E olhou em volta. — Não estou vendo as caixas aqui. Vou ver se estão no quarto. Tem uma lista do que deveríamos receber?

— Sim... — Suspirei. — Posso abrir no celular.

Sentei-me no sofá e peguei o telefone na bolsa. Quando comecei a rolar a tela, notei algo no canto do sofá, entre duas almofadas. Parecia um livro. Sem pensar, peguei e deixei em cima da mesa para que não se perdesse. Mas, quando vi o título na capa, não acreditei.

Pássaros feridos.

Hudson e eu tínhamos falado sobre esse livro outro dia. Ele disse que não tinha lido.

Peguei novamente o livro e comecei a folhear. Um cartão de Hudson marcava uma página a mais ou menos um quarto da leitura para o fim.

— Mandaram duas caixas... — Hudson parou. Os olhos dele subiram do livro para os meus, mas ele não disse nada.

— Está lendo isso?

Ele deixou as caixas na mesinha à frente.

— Você disse que gostava. Costumo ler muito quando viajo.

Meu coração acelerou, me deixando meio sem ar. Balancei a cabeça.

— Você sabia que eu achava romântico Marco ler os livros favoritos de Amalia.

Hudson ficou quieto por um momento, então bateu com os dedos nas caixas.

— Quantas faltam?

— Hum... — Eu não tinha terminado de olhar a lista. Abri minha caixa de e-mail e procurei a mensagem de Olivia com as confirmações de remessa. — Acho que essas são as últimas. Todos os objetos de cenário serão entregues amanhã de manhã por uma empresa local.

— Certo. Vou levar essas coisas até seu quarto.

— Não, tudo bem. São só algumas roupas. Eu posso levar.

Hudson pôs as mãos nos bolsos e manteve os olhos baixos. A atitude acanhada não combinava com ele.

Muitas emoções disputavam minha atenção, e eu me levantei sem saber o que dizer, embora a conversa sobre o livro não parecesse encerrada. Depois de um tempo, o clima ficou estranho, e eu peguei as caixas e achei que era hora de ir.

— Obrigada pelo jantar. Vejo você amanhã?

— Estarei em seu quarto quando a sessão começar.

— Combinado. Obrigada.

Ele abriu a porta, e nos olhamos mais uma vez. Por que eu tinha a sensação de coração partido?

— Boa noite, Hudson.

Fui para meu quarto, mas não consegui entrar. Tinha duas caixas nas mãos e estava ali parada olhando para a porta.

Que diabo eu estava fazendo?

Nas últimas semanas, lia um diário e torcia para um homem conquistar uma mulher com suas atitudes doces. Aí eu tinha um homem que me ouvia, que me perdoou por ter entrado de penetra no casamento da irmã dele e por ter acertado um soco em seu nariz. Chamei esse homem de babaca mais de uma vez, mas ele não fez nada além de me ajudar a levantar minha empresa e ficar a meu lado o tempo todo. Ele também era um pai amoroso, o que dizia muito sobre um homem. Sem mencionar a atração ridícula que eu sentia por ele.

Então, por que não arriscar?

Tinha me convencido de que não era uma boa misturar negócios e prazer por causa do desfecho com Aiden. Mas minha empresa já havia ultrapassado todas as expectativas, e ainda nem tínhamos colocado o site no ar. Então, não era isso. Pensei na conversa que tive com Hudson alguns minutos antes.

Eu disse que muita coisa podia dar errado.

Mas o que ele disse talvez fosse mais importante.

Muita coisa podia dar certo.

A verdade era que eu tinha medo de arriscar. Mas agora percebia que, evitando o risco, eu podia perder uma coisa muito bonita.

Minhas mãos começaram a suar, porque eu sabia o que precisava fazer. Também sabia que, se entrasse em meu quarto e começasse a pensar demais em tudo, perderia a coragem. Então, tinha que ser agora.
Imediatamente.
Deixei as caixas no chão e voltei correndo ao quarto de Hudson. Parei na frente da porta, e meu primeiro instinto foi me controlar. Mas isso me daria tempo para perder a coragem. Então, me forcei a bater, e, com toda a adrenalina e o nervosismo, as batidas soaram altas e fortes, quase desesperadas.

Hudson abriu imediatamente. Sua expressão era furiosa, mas, ao me ver ali, ele adotou uma atitude protetora.

— O que aconteceu? Você está bem? — Ele deu um passo para fora e olhou para os dois lados do corredor, primeiro para a direita, depois para a esquerda. — Stella, o que houve? Está tudo bem?

— Tudo b...

No meio da frase, esqueci o que ia dizer. Quando ele abriu a porta bruscamente e me assustou, só vi um rosto zangado. Mas agora...

Eu não conseguia parar de olhar para ele.

Meu Deus.

A camisa de Hudson estava desabotoada. O cinto estava aberto, e o zíper da calça também, revelando a cueca boxer escura. Mas não era o estado de seminudez que me deixava sem fala, era o que tinha embaixo das roupas.

Eu sabia que ele se exercitava, já esperava boa forma física. Mas Hudson ia muito além disso. Ele era... magnífico. Pele lisa e bronzeada, peitoral esculpido e um tanquinho de oito gomos de cada lado. Uma linha fina de pelos descia da barriga até além do elástico da cueca, e a imagem me fez salivar.

— Stella? Você está bem?

A preocupação dele me fez recuperar a voz.

— Ah... sim. Tudo bem. — *Mas não tão bem quanto você.*

— Bateu na porta como se tivesse um incêndio em algum lugar.

— Desculpa. Só fiquei ansiosa.

— Ansiosa com o quê? A sessão de fotos amanhã?

— Não... sim... não... bem, estou ansiosa com a sessão de fotos amanhã, mas não era com isso que estava aflita quando bati na porta.

Hudson ainda parecia confuso.

Mas é claro, como não estaria, se eu estava falando sem parar, como uma idiota? Respirei fundo e me acalmei.

— Eu... eu... quer jantar amanhã?

— Jantar?

Assenti e engoli em seco.

— Isso... tipo um encontro?

Toda a confusão e a raiva desapareceram. Ele balançou a cabeça.

— Até que enfim!

Revirei os olhos.

— Não precisa ficar todo vaidoso. Quer ou não?

Ele sorriu.

— Sim, eu gostaria muito de sair com você, Stella.

Meu estômago deu um pulinho. De repente, senti que estava no ensino fundamental e o menino mais popular da escola dizia que também estava a fim de mim. Nervosa, baixei a cabeça.

— Tudo bem, amanhã, então? Depois da sessão de fotos. Vamos jantar ou fazer alguma coisa.

Hudson parecia achar engraçado.

— Sim, é assim que funciona, normalmente... jantar ou alguma coisa.

— Isso não é fácil. Não precisa dificultar ainda mais sendo babaca.

Os olhos dele brilharam.

— Vou me esforçar.

— Ótimo. — Nunca tinha convidado um homem para sair, por isso não sabia o que aconteceria a seguir. Mas, quando percebei que estava segurando o anel que sempre girava quando ficava nervosa, deduzi que a melhor coisa seria desejar boa noite. — Ok, até amanhã, então.

Virei para me afastar, mas Hudson saiu do quarto e segurou minha mão.

— Espera um segundo. Esqueceu uma coisa.

— O quê?

Ele puxou minha mão, e eu perdi o equilíbrio e encontrei seu peito. Rápido, ele se inclinou, me segurou e virou, e acabei com as costas contra a porta do quarto dele. Com as pernas envolvendo sua cintura e Hudson pressionando seu corpo contra o meu. Ele segurou meu rosto e olhou dentro de meus olhos.

— Isso, meu bem, esqueceu isso aqui.

A boca de Hudson encontrou a minha. A exclamação que brotou de minha garganta foi engolida, junto com a timidez que eu sentira um minuto atrás. Segurei o cabelo dele e puxei, querendo tê-lo ainda mais perto.

Hudson gemeu. Inclinou a cabeça para aprofundar o beijo, e nossas línguas se encontraram. Depois disso, tudo desandou. Hudson esfregava o corpo entre minhas pernas, enquanto a mão dele encontrava minha nuca e agarrava meu cabelo. A rispidez dos gestos se unia à intensidade do corpo quente e duro contra o meu, e um gemido brotou de algum lugar profundo dentro de mim.

— Cacete — grunhiu Hudson quando sua boca desceu por meu pescoço. Ele chupou a veia que pulsava antes de voltar à minha boca deixando uma trilha de beijos pelo caminho.

— Faz isso de novo. Faz esse barulho outra vez.

Não tinha feito o barulho de propósito, por isso não sabia se conseguiria repeti-lo. Só que, quando ele esfregou o membro para cima e para baixo entre minhas pernas, não precisei me preocupar com a nova tentativa, porque o mesmo gemido brotou de dentro de mim.

Hudson grunhiu.

— Porra, isso.

Não sei quanto tempo ficamos daquele jeito, agarrando e puxando, esfregando e apalpando; sei que, quando o beijo finalmente chegou ao fim, estávamos ofegantes. Levantei a mão e toquei meus lábios inchados.

— Uau.

Hudson sorria ao encostar a testa na minha.

— Você demorou muito.

Dei risada.

— Cala a boca. Eu tinha motivos para sentir medo.

Ele afastou o cabelo do meu rosto, e sua expressão ficou mais suave.

— Não tenha medo. Não vou machucar você. Talvez uma mordida, mas só isso.

Um ruído do outro lado do corredor interrompeu o momento íntimo. Uma casal de idosos caminhava em nossa direção.

— Merda. — Hudson me pôs no chão. Com um movimento muito fofo, puxou meu vestido e o arrumou para mim.

Dei risada e olhei para baixo, para a calça dele.

— Ahn... acho que não é comigo que tem que se preocupar, se o medo é de notarem alguma coisa obscena.

Hudson fez uma careta confusa, olhou para baixo e viu a ereção.

— Merda.

— Calma — falei. — Eu ajudo. — Parei na frente dele e fiquei ali até o casal passar. Depois ele fechou o zíper e o cinto.

— Vem — disse Hudson. — Vou acompanhá-la até seu quarto.

— Não precisa.

— Bobagem, fica no caminho.

— No caminho... para onde?

— Para a recepção. Fiquei trancado do lado de fora.

Dei risada.

— Boa, Rothschild. Boa.

Ele respondeu com um tapa em minha bunda.

— Seja boazinha, ou não vou me comportar como um cavalheiro quando chegarmos à sua porta.

— Talvez eu não queira que você seja cavalheiro.

Ele passou um braço sobre meus ombros e caminhamos.

— Eu disse que seria um cavalheiro quando chegássemos à porta. Pode ter certeza de que esse troço vai ficar de fora assim que estivermos em algum lugar menos público, agora que você é minha.

— Ah, eu sou?

Paramos na frente do meu quarto, e Hudson me beijou com delicadeza.

— Já faz um tempinho, meu bem. Você só aceitou.

Revirei os olhos como se o que ele disse fosse arrogante, mas era verdade.

Segurei sua camisa.

— Você quer... entrar?

Ele afagou meu rosto.

— Sim, quero. Mas não vou. Você precisa acordar cedo. Além do mais, você merece um encontro bem legal, e vou te dar algo especial antes de levarmos as coisas adiante. Se entrarmos agora, *vou* tirar sua roupa. Você é irresistível. Pode acreditar, eu tentei resistir.

Sorri e fiquei na ponta dos pés para mais um beijo doce.

Boa noite, Hudson.

— Estou feliz por você ter finalmente escutado o sussurro, meu bem.

— Não tive escolha. Ultimamente, o sussurro se transformou em grito.

21

Hudson

Na manhã seguinte, apareci no quarto de Stella às sete e meia.

Ela abriu enrolada na toalha.

— Oi. Chegou cedo.

Meus olhos desceram e subiram por toda aquela pele exposta e sedosa. Balancei a cabeça.

— Acho que cheguei na hora perfeita.

Ela riu, e juro que o som era melhor que a imagem, que já era espetacular.

Stella recuou um passo.

— O pessoal de cabelo e maquiagem chega às oito; tomei banho mais tarde para o cabelo ainda estar úmido.

Pisar naquela suíte daquela vez era completamente diferente do que foi no dia anterior. Por exemplo, agora eu podia fazer isto: no momento em que a porta se fechou, eu a abracei e a beijei. Na noite anterior, adormeci pensando no sabor dessa boca e acordei faminto. O gemido que quase acabou comigo na véspera reverberou de novo, passou dos lábios dela para os meus e desceu direto até meu pau.

Cacete.

Ela provavelmente não me faria parar se eu tirasse a toalha que a cobria, e isso tornaria tudo pior. Se um beijo já era capaz me atiçar dessa forma, apenas vê-la nua não seria suficiente. Por isso encerrei o beijo.

Stella passou dois dedos pelos lábios.

— Acho que nunca tinha sacado o que acontece na cabeça de outra pessoa só com um beijo.

— Como assim?

— Seus beijos são muito reveladores. Por um selinho ou pelo que acabou de acontecer, sei o que passa em sua cabeça assim que nossas bocas se encontram.

— Ah, é? Em que estou pensando agora?

— Queria tirar minha toalha, mas sabia que não era uma boa ideia, porque as pessoas vão chegar a qualquer momento.

Levantei as sobrancelhas.

— Como você sabe?

Ela balançou a cabeça.

— Não sei. Mas senti.

— Parece perigoso... para mim.

Ela sorriu e ajustou o canto que mantinha a toalha presa.

— É melhor eu me vestir antes que alguém apareça aqui.

Por mais que eu odiasse a ideia de aquele corpo ser coberto, não queria dividir a visão desse momento com ninguém, principalmente com aquele fotógrafo folgado.

— Vai lá.

Stella se afastou, mas gritou da porta do quarto:

— Hudson?

— Sim?

Ela deixou a toalha cair no chão.

Eu gemi. O dia ia ser longo.

Antes de Stella terminar de se vestir, alguém bateu. Dig – eu tinha quase certeza de que havia sido esse o nome que ele resmungou ao se apresentar – era *stylist*. Ele entrou empurrando a mala de rodinhas e olhou em volta, tentando decidir onde se instalar.

Um minuto depois, a maquiadora chegou, depois foram três caras com a mobília alugada, o serviço de quarto, um técnico de iluminação e um sujeito aleatório cujo sotaque era tão forte que eu não entendi o que ele disse que fazia. Todos se aproximaram de Stella assim que ela saiu do banheiro.

Depois de quarenta e cinco minutos cercada de cuidados, ela parecia um pouco atordoada. Então, fiz um prato com frutas e um croissant e deixei na frente dela.

— Já comeu?

Stella balançou a cabeça.

Olhei para o cabeleireiro que tinha acabado de enrolar o cabelo dela e para os dois caras que a cercavam, um de cada lado.

— Podem dar cinco minutos a ela, por favor?

— Sim... é claro.

Apontei a mesa repleta de bandejas.

— Por que não comem alguma coisa? Tem mesa lá fora, no pátio.

Assim que todos se afastaram, Stella suspirou.

— Obrigada. Como adivinhou que eu precisava de um tempo?

Dei de ombros.

— Do mesmo jeito que você soube que eu estava a dois segundos de arrancar sua toalha no meio daquele beijo há pouco.

Ela sorriu e pegou a banana do prato. Quando começou a puxar a casca, viu a inscrição e leu em voz alta.

— "Estou ansioso para te servir outra banana." Hummm... — Ela riu. — Acho que agora vou gostar ainda mais desses bilhetinhos.

Sorri e apontei para o prato.

— Come. Você tem só alguns minutos antes de eles voltarem para pintar sua cara inteira.

— Pensando bem, vou guardar isso para depois. — Stella trocou a banana por uma fatia de melão. — Onde vamos hoje à noite, no nosso encontro? Sei que fui eu que convidei, mas é minha primeira vez na Califórnia.

— Pensei em sair para comer e lhe mostrar LA, já que nunca esteve aqui.

— Ótimo. — Ela mordeu o melão e suspirou. — Que delícia.

— Tenho uma ligação às quatro da tarde e não posso adiar, mas, se terminarmos tudo aqui mais cedo, posso resolver isso no caminho.

— Se estiver ocupado demais para sair... — Ela adotou uma expressão inocente. — Posso pedir que Phoenix me mostre a cidade.

Olhei para ela com os olhos apertados. Stella levou a fatia de melão à boca, mas segurei seu pulso e puxei a fruta, mordendo os dedos dela de leve junto com o melão.

— Ai...

— Sorte sua ter mais gente aqui, assim não posso pôr você de bruços sobre os meus joelhos e te dar umas palmadas na bunda.

Ela riu.

— A gente pode ir para o quarto...

— Não me provoca, meu bem. — Olhei para aquela boca. — Esvazio a suíte em um instante, se quiser fazer esse jogo.

Os olhos de Stella cintilaram e me desafiaram a cumprir a ameaça. Mas batidas na porta interromperam nossa conversa.

Quando vi Phoenix, tive que me esforçar para não fazer careta. Então, eu o cumprimentei com um breve aceno de cabeça.

— Bom dia.

O palhaço caminhou na direção de Stella sem sequer reconhecer minha presença.

Fechei a boca e resmunguei:

— Bom te ver de novo.

Pensando que provavelmente não seria bom agir como um namorado ciumento antes do primeiro encontro, decidi conferir o que estava acontecendo lá fora. O pessoal encarregado da mobília e do cenário trabalhava no pátio.

A pequena área externa tinha sido transformada em uma cena de *Eureka*, o programa de TV que tinha Bill Nye, o cientista maluco, mas com uma dose de estrogênio. Tinha uma bancada de laboratório com tubos e equipamentos, além de frascos com pétalas de rosas vermelhas, areia e outras flores coloridas. A frente da bancada tinha o logo da Signature Scent, e uma bandeja espelhada exibia todas as embalagens em que o perfume era apresentado.

Dig se aproximou limpando o suor da testa.

— O que achou?

— Está ótimo.

— É, ao ler a lista de coisas que tínhamos que usar no cenário, eu não sabia qual seria o resultado. Achei que a combinação ficaria estranha. Mas agora consigo visualizar, especialmente quando a modelo estiver em cena.

Eu sabia que minha irmã estava acordada e que gostaria de saber do cenário, por isso tirei algumas fotos e mandei para ela.

Olivia: Ficou maravilhoso! Eu sou um gênio.

Dei risada e respondi:

Hudson: Um gênio modesto.
Olivia: Cadê Stella? Quero ver como ela ficou.

Olhei para trás e vi o cabeleireiro soltando o cabelo dela, enquanto uma mulher aplicava ainda mais maquiagem em seu rosto.

Hudson: Ainda não está pronta.
Olivia: Manda umas fotos quando a sessão começar! Aposto que ela vai arrasar.

É claro que vai. Olhei de novo para a suíte, e meus olhos encontraram os de Stella. Os cantos de sua boca se ergueram no sorriso mais doce, um sorriso que ela tentava evitar, mas não conseguia. Eu sabia, porque meu rosto fazia aquele mesmo esforço na maioria dos dias desde que a conheci.

O resto da manhã foi caótico e passou voando. Stella estava ótima na sessão de fotos. Phoenix pode confirmar, pois disse isso várias vezes. Eu sabia que fotógrafos precisam incentivar modelos com elogios, deixá-los confiantes, mas existe uma diferença entre dizer a alguém que está indo bem, que está bonita, e comentar com a modelo o quanto ela é sexy enquanto a chama de "amor" e *"baby"*. Cada vez que ele ajeitava o cabelo de Stella ou arrumava sua roupa, eu observava o palhaço com um olhar de falcão.

Quando paramos para almoçar, o *stylist* sugeriu que Stella trocasse de roupa para não correr o risco de sujar o figurino. Ela foi ao banheiro e saiu de lá de short e regata.

— O que achou? Não é fácil sorrir por tanto tempo. Comecei a ter a impressão de que estava a cara do Joaquin Phoenix de Coringa.

— Não, você estava ótima. Talvez um pouco Heath Ledger, mas não chegou nem perto do Joaquin.

Stella me deu um tapinha na barriga. Ela estava de frente para mim, por isso não percebeu que Phoenix havia se acomodado a uma mesa dobrável no pátio, do outro lado da porta de vidro. Mas eu vi. Segurei a mão dela, a puxei para perto de mim e afaguei seu cabelo.

— Você está indo muito bem. Está linda, e as fotos vão ficar perfeitas.

— Só está dizendo isso porque quer me pegar.

Segurei seu queixo e levantei sua cabeça.

— Estou dizendo porque é verdade. E eu quero te pegar. Me dá um beijo.

Ela sorriu e se ergueu na ponta dos pés para beijar minha boca. Teria gostado mais de beijar aquela boca de verdade, mas faria isso mais tarde, sem uma equipe inteira na sala e no pátio. Quando nos afastamos, vi que Phoenix nos encarava e tinha acompanhado tudo. *Pronto, assunto encerrado...*

A sessão da tarde foi tão tranquila quanto a da manhã; a única diferença foi que o fotógrafo adotou uma atitude muito mais profissional. Tirei algumas fotos de Stella no cenário e mandei para minha irmã. Mas a que tirei dela inclinada para cheirar uma trepadeira de flores roxas que descia pela cerca quando achava que ninguém estava olhando, essa guardei para mim.

Às três da tarde, o fotógrafo deu o trabalho por concluído. Todo mundo começou a recolher coisas, e Stella foi ao banheiro se trocar outra vez.

Phoenix desmontava a câmera e acomodava as peças em um estojo, quando ergueu o queixo em minha direção.

— Tenho muito material. Vou analisar tudo e editar as melhores fotos. E entrego sem edição também, caso alguma que eu não tenha escolhido chame sua atenção. Sei que tem pressa, mando todo o material para você na segunda-feira.

Assenti.

— Obrigado.

Ele fechou o estojo da câmera.

— Eu... queria pedir desculpas. Não sabia que você e Stella...

Eu podia dizer que era recente ou que na noite passada ela ainda nem havia aceitado sair comigo... Facilitaria as coisas para ele. Mas tudo o que eu disse foi:

— Não tem problema.

— Obrigado. — Ele estendeu a mão. — Ela parece ser uma garota incrível.

Apertei a mão dele com mais força que o socialmente aceitável.

— Mulher. Ela é uma *mulher* incrível.

Ele levantou as mãos.

— É claro.

Quando todo mundo foi embora, eram quase quatro da tarde e eu tinha uma ligação para fazer. Precisava do laptop, que estava no meu quarto.

Segurei a mão de Stella.

— Ainda está animada para sair hoje à noite?

— Com certeza. Mas queria tomar uma ducha rápida, se não se importar. Toda essa maquiagem parece um reboco, e tenho uns cinco quilos de laquê no cabelo.

— São quase quatro horas, tenho aquela chamada. Você pode me encontrar no meu quarto quando estiver pronta.

— Ok.

Stella me acompanhou até a porta.

— Aonde vamos hoje? Para eu saber o que vestir.

— Vista alguma coisa sexy.

— Ah, legal. O lugar é chique, então?

— Não. Só quero que você vista algo sexy.

Ela riu.

— Vou me esforçar.

Eu me inclinei e beijei seu rosto.

— Você não precisa nem tentar.

★ ★ ★

— Uau. Que lindo. — Stella se sentou e olhou para o oceano.

Eu a levei ao Geoffrey's em Malibu porque a noite era muito bonita, e jantar no deque dos fundos do restaurante significava apreciar uma vista panorâmica imbatível do Pacífico. Não, nada disso... o cenário que ela apreciava não chegava aos pés do que eu via.

— Você que é linda.

Stella ficou vermelha.

— Obrigada.

Eu adorava aquela modéstia. A mulher não notou que atraiu todos os olhares quando entramos no restaurante.

— Já comeu aqui?

— Sim, um cliente me trouxe há alguns anos. Na maioria das vezes, escolhemos a vista ou a comida. Este é um dos raros estabelecimentos onde você tem os dois.

Ela pegou o guardanapo de tecido de cima da mesa e o abriu sobre as pernas.

— Estou morrendo de fome.

Olhei para sua boca, pintada com o mesmo batom vermelho da sessão de fotos. Acho que devia me sentir grato por ela preferir tons mais discretos, normalmente, ou eu não conseguiria trabalhar no escritório.

Levantei meu copo de água sem desviar o olhar dela.

— Também estou faminto.

Stella captou o tom insinuante em minha voz e me encarou, com olhos brilhantes.

— É mesmo? Então me conta, sr. Rothschild, qual é sua ideia de uma *refeição ideal*?

Senti que meu pau começava a ficar duro. Estar perto dela me transformava em um virgem de quinze anos sempre cheio de tesão. E aquela voz me chamando de sr. Rothschild? Nunca tentei esse tipo de fantasia antes, mas via uma cena de patrão e empregada em nosso futuro próximo.

— É melhor mudarmos de assunto — avisei.

Ela me olhou com uma expressão genuína de inocência.

— Por quê?

Olhei em volta. As mesas eram próximas, e eu me inclinei na direção dela e baixei o tom de voz.

— Porque estou com tesão só de pensar no que realmente quero comer.

Ela corou.

— Ah.

A garçonete chegou para tirar o pedido de bebidas. Stella estudou a carta de vinhos enquanto eu aproveitava para recuperar o controle. Era como se eu não pensasse em outra coisa nessa noite, e não queria que ela tivesse a impressão de que sexo era a única coisa que me interessava, embora certamente me sentisse assim nos últimos tempos. Era nosso primeiro encontro, e eu provavelmente devia me segurar para não dizer que, a cada vez que ela corava, eu não conseguia deixar de pensar em que cor teria sua pele sedosa quando ela gozasse.

Quando a garçonete foi buscar nosso vinho, direcionei a conversa para um território mais seguro.

— E qual vai ser a próxima conquista agora que a Signature Scent está quase pronta para decolar?

Stella se acomodou na cadeira.

— Robyn me perguntou a mesma coisa em um dos intervalos da gravação do programa, há algumas semanas. Ela queria saber se eu tinha planos de lançar produtos complementares, como uma colônia masculina ou alguma coisa relacionada à beleza.

— Você gostaria?

Ela deu de ombros.

— Talvez. Mas não tenho pressa. Quero dar um tempo até ter certeza de que tudo está correndo bem. Passei muito tempo construindo a empresa enquanto mantinha um emprego em tempo integral; depois que me demiti desse emprego, mergulhei ainda mais nela. — Stella parou e olhou o mar. Sorrindo, continuou: — Acho que minha próxima conquista vai ser a felicidade.

A garçonete trouxe o vinho. Stella aproximou o nariz da taça para uma boa cheirada e sorriu, e eu soube que era bom. Em seguida, a garçonete encheu nossas taças e disse que voltaria em alguns minutos para anotar nosso pedido.

— Está dizendo que seu sistema de felicidade não está funcionando? — provoquei.

— Não, de jeito nenhum. Eu só... é que trabalhar catorze horas por dia pode trazer satisfação financeira, mas não é só isso que importa.

Analisei seu rosto.

— É, estou começando a pensar assim.

Ela sorriu e inclinou a cabeça.

— Está feliz?

— No momento, sim, muito.

Stella riu.

— Bom saber. Mas estou falando no geral, com sua vida.

Bebi um pouco de vinho e pensei na pergunta.

— Essa pergunta é bem ampla. Acho que tem coisas na vida com as quais estou feliz. Trabalho, estabilidade financeira, meus amigos, minha família, a mulher com quem estou saindo. — Pisquei. — Mas tem coisas com as quais não estou feliz, como não ver minha filha todas as noites quando chego em casa, voltar do trabalho e ficar sozinho...

Stella assentiu.

— Penso muito na razão para eu ter tido que batalhar tanto para ser feliz nos últimos anos: minha vida tomou um rumo muito diferente do que eu vislumbrava. Eu precisava desistir da ideia que tinha determinado para minha vida e escrever uma nova história.

E eu, que, ao conhecer essa mulher, pensei que ela fosse superficial. Alguns meses depois, percebo que é ela quem tem os pés bem firmes no chão e na vida, que sou eu quem tem muito o que aprender. Ainda mais louco que isso, torço para que, quando ela escrever essa nova história, eu faça parte dela.

22

Hudson

Não consegui me segurar e a beijei.

Depois de um dia inteiro e uma noite olhando para ela quase sem nenhum contato físico, começava a sentir como se estivesse há dias sem comer e como se ela fosse um grande e suculento filé. Então, quando o garoto do estacionamento correu para buscar o carro alugado, segurei a mão de Stella e a puxei para o lado do edifício.

— O que está fazendo?

— Comendo sua boca.

Ela riu.

— Comendo? Não parece muito romântico.

— Confia em mim. — Passei o braço em torno da cintura dela e a puxei para mim, enquanto a outra mão segurava sua nuca e posicionava a cabeça do jeito que eu queria. — Vai ser romântico... Vou cochichar em seu ouvido, mandar bilhetes para contar que estou pensando em você. Talvez seja melhor tomar cuidado com o celular quando abrir minhas mensagens perto de outras pessoas.

Ela mordeu o lábio, e eu gemi baixinho.

— Eu quero. — Minha boca cobria a dela, e me surpreendi quando ela mordeu meu lábio.

Ainda com meu lábio entre os dentes, ela inclinou um pouco a cabeça para trás e sorriu.

— Talvez eu coma você primeiro.

Nós dois ríamos quando a beijei de novo, um beijo longo e quente. O som de um casal ali perto foi a única coisa que me impediu de apalpá-la do lado de fora do restaurante.

Voltamos para a porta e esperamos o carro, então dei uma gorjeta ao manobrista depois que ele abriu a porta para Stella.

O caminho era longo e eu podia aproveitar para mostrar a ela vários pontos turísticos, o que era bom, porque eu precisava de tempo para me recuperar depois daquele beijo.

Coloquei o cinto de segurança.

— Pensei em ir até o luminoso de Hollywood, depois andar um pouco no Hollywood Boulevard. É onde fica a Calçada da Fama. Talvez amanhã a gente possa ver o píer Santa Monica, Venice Beach e mais alguns lugares.

— Vai ficar chateado se a gente mudar de planos? — perguntou ela. — Estava pensado em voltar para o hotel.

Por mais que eu odiasse passeio turístico, estava animado para lhe mostrar alguns lugares. Definitivamente, não queria encerrar tão cedo nosso primeiro encontro oficial. Mas o dia tinha sido cansativo para ela, e eu escondi a decepção.

— Ah, é claro. Você deve estar cansada. Não me toquei disso.

— Na verdade... — Ela pegou minha coxa. — Não estou cansada.

E... a mulher continuava me surpreendendo. Eu a encarei.

— Tem certeza?

Ela assentiu com um sorriso tímido.

— Quanto tempo demora a viagem de volta? Não prestei atenção quando viemos.

— Meia hora, mais ou menos. — Engatei a marcha. — Mas a gente chega em vinte minutos.

* * *

Ouvi mentalmente Stella dizendo que queria voltar para o hotel a cada uma das cinco ou seis leis de trânsito que desrespeitei no caminho. Ela pôs as cartas na mesa. Preferia ficar sozinha comigo; ao mesmo tempo, eu não queria deduzir que isso significava sexo. Teria que me lembrar disso, porque ia de zero a cem quando minha boca encontrava a dela.

Fomos jantar cedo porque planejávamos passear depois, e quando entramos no saguão do hotel ainda não eram nem oito horas.

— Quer beber algo no bar? — perguntei.

— O bar do quarto está cheio.

Sorri.

— Vamos para lá, então...

De volta à suíte, Stella tirou os sapatos enquanto eu ia conferir o que tinha no bar. Ela não havia exagerado, tinha mais opções ali que em qualquer outro lugar onde já me hospedei.

Peguei uma garrafa de merlot e uma de gim.

— Quer mais vinho ou outra coisa?

Stella mexia na bolsa. Ela suspirou irritada e a jogou no sofá.

— Você tem camisinha?

Ok, então. *Outra coisa.*

Deixei as garrafas no bar e me aproximei dela, mas parei a alguns passos.

— Tenho.

— Aqui? Agora?

— Sim, aqui comigo.

Eu ri, e ela engoliu em seco.

— Voltei a tomar pílula há algumas semanas, mas é preciso completar um ciclo para estar protegida.

Dei mais um passo.

— Tudo bem.

— Quantas você tem?

Levantei as sobrancelhas.

— Grandes planos para a noite?

Ela sorriu de um jeito meio engraçado.

— Faz tempo. *Muito* tempo.

Sorri e eliminei a distância entre nós. Afastei o cabelo de seu ombro, me inclinei e beijei com delicadeza sua pele sedosa.

— Tenho duas aqui. Mas tenho mais no meu quarto.

— Ok... — Ela desviou o olhar por um instante e quase vi as engrenagens girando em sua cabeça.

— Tem mais alguma coisa que queira fal...

Antes que eu pudesse terminar a frase, Stella se jogou em cima de mim. Pego de surpresa, recuei meio desequilibrado, mas consegui segurá-la. Já tinha ouvido a expressão "escalado como uma árvore", mas nunca havia experimentado. Ela pulou, passou as pernas em torno da minha cintura e os braços em volta do meu pescoço, e sua boca cobriu a minha.

— Eu quero você — murmurou, com os lábios nos meus.

E então eu já não tinha certeza de como as coisas aconteceriam. Toda essa ansiedade me surpreendia, mas eu estava *adorando*. Teria ido devagar, medido os passos para não apressar as coisas. Mas isso? Isso era muito melhor. Tínhamos a noite toda para ir devagar. Com passos largos, eu a carreguei pela sala rumo ao quarto. Stella pressionava os seios contra meu peito e esfregava a área entre suas pernas em meu pau duro.

— E eu achando que você queria romance — gemi.

— Prefiro que você coma minha boca agora.

Eu a coloquei na cama e me ajoelhei.

— Meu bem, não é isso que vou comer agora...

Estava tão atordoado com a ideia de enfiar a cara no meio daquelas pernas que não consegui ser gentil ao tirar sua calcinha. Agarrei o tecido delicado e o rasguei. O gritinho que saiu da boca de Stella quase me fez gozar, e ela ainda não havia me tocado.

Empurrei uma das pernas dela mais para o lado e acomodei a outra sobre meu ombro. Ela estava úmida e depilada, e salivei diante daquela imagem linda. Mal podia esperar para devorá-la. Passei a língua em toda a extensão sensível, lambi de ponta a ponta. Depois chupei o clitóris com força.

— Ahh... — Ela arqueou as costas.

O som me deixou maluco. Só a língua não era suficiente. Colei o rosto inteiro na vagina úmida, usando nariz, bochechas, dentes e língua. E já que estava lá, parei para dar uma boa cheirada. Mais tarde, queria me lembrar de perguntar se Stella conseguia desenvolver esse aroma como um de seus perfumes personalizados... só para mim.

O quadril dela me procurava enquanto eu a chupava e lambia, e quando ela gritou meu nome eu soube que o orgasmo se aproximava. Introduzi dois dedos na abertura molhada. Os músculos de Stella se contraíram enquanto eu movia os dedos, entrando e saindo.

Quando ela arqueou as costas de novo, segurei seu quadril e a imobilizei contra a cama para continuar meu banquete.

Ela gemeu.

— Ah... eu vou... ah...

Comecei a ficar preocupado, temendo explodir junto com ela. Se isso acontecesse, eu sujaria uma calça social de trezentos dólares e me igualaria a um adolescente. Mas ouvir os sons de seu descontrole era bom demais, e eu não dava a mínima para essa possibilidade, porque já não seria capaz de parar.

As unhas de Stella arranhavam meu couro cabeludo. Ela puxava meu cabelo e gemia cada vez mais alto, e então... de repente ela me soltou, e eu soube que estava gozando.

— Ai, sim... *Aaai*... Isso...

Continuei lambendo até o último tremor se desfazer. Depois enxuguei o rosto com o dorso da mão e subi na cama, me debruçando sobre ela.

Stella estava de olhos fechados, mas com um sorriso lindo. Ela pôs um braço sobre os olhos para escondê-los.

— Ai, meu Deus. Que vergonha.

— Vergonha de quê?

— Eu praticamente te ataquei.

— E foi a melhor coisa que já aconteceu comigo. — Afastei o braço de seu rosto, e ela abriu um olho só. — Pode me atacar sempre que quiser.

Ela mordeu o lábio.

— Você é... muito bom nisso.

Sorri.

— Sou muito bom em um monte de coisas. A noite está só começando, meu bem.

Ela abriu o outro olho, e sua expressão ficou mais suave.

— Você me chamou de *meu bem*. Gosto disso.

— Que bom. — Beijei seus lábios, antes de me levantar da cama. Stella se apoiou sobre os cotovelos e me viu calçar os sapatos.

— Aonde vai?

— Ao meu quarto.

— Por quê?

Voltei e beijei sua testa.

— Vou buscar o resto das camisinhas. Duas não vão ser suficientes nem para começar.

23

Stella

Nunca acordo tão tarde.

Devolvi o celular à mesinha de cabeceira sem fazer barulho e lembrei os *vários* motivos para eu ter dormido até quase meio-dia. Quantas vezes Hudson e eu transamos? Três? Quatro? Fazia anos que eu não fazia sexo mais de uma vez em um período de vinte e quatro horas. Mesmo no início da relação com Aiden, foram poucas as vezes que repetimos a dose... e nunca passamos de duas vezes. Sorri ao me lembrar da noite anterior... e do começo da manhã.

Hudson era insaciável. Na verdade, nós dois éramos. Transamos com ele por cima, comigo por cima, de conchinha... Mas minha posição preferida foi a de hoje cedo, quando ficamos deitados de lado conversando. Nunca vou esquecer a conexão que tivemos enquanto ele entrava e saía de mim e nos encarávamos. Pode ter sido a coisa mais íntima que já experimentei. Pensar nisso agora era suficiente para me tirar o fôlego.

Ainda sorrindo com a lembrança, decidi acordar o dorminhoco com a boca. Virei esperando encontrar Hudson ao lado, mas a cama estava vazia.

Ergui o corpo sobre o cotovelo e chamei:

— Hudson?

Nenhuma resposta.

E, agora que estava acordada, precisava ir ao banheiro. Quando me levantei, meu corpo doeu. Mas eu aceitaria algumas dores em troca de horas de prazer a qualquer momento.

Saí do banheiro e conferi o celular para ver se Hudson tinha mandado alguma mensagem. Quando dei a volta na cama, notei que tinha alguma coisa em cima do travesseiro dele. Uma caixa branca com uma fita vermelha e um bilhete em um papelzinho amarelo.

"Tinha uma reunião virtual às onze e meia. Não quis acordar você. Volto assim que acabar. Não coloque roupa.

H

Obs.: Vamos começar a escrever."

Começar a escrever?

Que diabo significava isso?

Eu não sabia, mas continuei sorrindo até desamarrar a fita e abrir a caixa. Dentro havia um lindo caderno com capa de couro. Levei um minuto para perceber o significado de tudo, então, quando entendi, meus olhos ficaram marejados.

Vamos começar a escrever. Ontem à noite, durante o jantar, contei a Hudson que era difícil ser feliz porque as coisas não aconteceram como eu as havia imaginado e que precisava superar o passado e *escrever uma nova história.*

Primeiro a mais intensa experiência sexual que já tive; agora um lindo presente. Eu podia facilmente me acostumar com isso.

Na meia hora seguinte, praticamente flutuei enquanto tomava uma ducha e me arrumava para o novo dia. Quando comecei a me maquiar, ouvi a porta da suíte.

— Hudson?

— Stella?

— Estou me arrumando.

Ele entrou carregando duas sacolas. Mostrou uma delas e disse para meu reflexo no espelho:

— Café da manhã. — Depois mostrou a outra. — E almoço. Eu não sabia o que você ia preferir.

— Se tiver café em uma das duas, você vai ser meu novo melhor amigo.

Ele abriu uma sacola e pegou um copo térmico.

— Acho que Jack já era. Vou conversar com ele e avisar.

Sorri quando virei e peguei o café.

— Muito obrigada pelo caderno. É lindo e tem um valor sentimental enorme para mim.

Hudson moveu a cabeça para cima e para baixo. Depois pegou outro copo e tirou a tampa.

— Eles também tinham diários. Mas eu não sei se você escreve ou se só gosta de xeretar o diário alheio.

— Nunca escrevi um diário. O que é engraçado, porque comprei aquele primeiro com a intenção de escrever, e ele acabou me levando por um caminho completamente diferente.

— Ah, sim, você seguiu por um caminho bem diferente...

Dei risada.

— Cala a boca. Quando comprou o presente? Deve ter acordado bem cedo para ir à loja e deixá-lo no quarto antes de eu acordar.

— Comprei hoje de manhã quando saí para correr.

— Você foi correr? Eu mal consegui andar da cama até o chuveiro.

Hudson riu.

— Bom, termina aí e vem comer para recuperar a energia. Quero sair logo para lhe mostrar alguns lugares, assim a gente volta cedo para o hotel.

— Ok. Só preciso secar o cabelo, mais uns dez minutos. Na verdade... quinze. Adoro esse banheiro.

Hudson fez uma cara confusa.

— Você adora o banheiro?

— Hum... sim. — Abri os braços para mostrar o ambiente, certa de que a explicação era óbvia. — É dez vezes maior que o da minha casa, tem *banheira* e uma iluminação incrível.

Hudson sorriu.

— Acho que você vai gostar da minha casa.

— Está dizendo que tem um banheiro grande com banheira?

Ele assentiu com um movimento de cabeça.

— Definitivamente, você é meu melhor amigo.

★ ★ ★

Adepto de andar de mãos dadas.

Eu nunca teria imaginado.

Sorri para Hudson, que me olhou desconfiado.

— O que foi?

— Nada. Você me deu a mão.

— Não devia?

— Não, eu adoro. Só não imaginava que você fosse esse tipo de pessoa.

Hudson balançou a cabeça.

— Não sei se é um elogio ou se devo me sentir ofendido.

Andávamos pela Hollywood Boulevard lendo os nomes nas estrelas da rua havia meia hora. Tínhamos ido à Muscle Beach em Venice (eu esperava que fosse mais chique; os pesos eram todos enferrujados), ao luminoso de Hollywood (ele me enganou e me fez subir a pé... credo) e ao píer Santa Monica (nota: o machão prefere dar umas voltas em uma roda-gigante enferrujada a admitir que tem um pouco de medo de altura. Hudson ficou até verde).

— Isso é coisa de casal.

— E daí?

— Não sei. Somos um casal?

Hudson parou de andar de repente.

— Está falando sério?

— Por quê? Não quis tirar conclusões por causa da noite passada.

Ele ficou sério.

— Nesse caso, vamos esclarecer tudo agora. Sim, nós somos.

Não consegui esconder o sorriso que tomou meu rosto.

— Tudo bem... *meu namorado*.

Ele balançou a cabeça, assentindo, e voltou a andar.

Depois de mais uma hora e uns dez ou doze quarteirões, entramos no Hotel Roosevelt para comer hambúrgueres e batatas fritas em azeite trufado.

— Qual é seu prato favorito? — perguntei, antes de enfiar uma batata na boca.

— Fácil. Macarrão com queijo.

— Sério?

— Sim. Charlie e eu já experimentamos... acho que umas quarenta e duas marcas diferentes.

Dei risada.

— Eu nem sabia que existiam quarenta e duas variedades industrializadas de macarrão com queijo.

— É o que preparamos na maioria dos fins de semana que ela passa comigo. Esgotamos as ofertas do supermercado, e agora compro on-line. Ela mantém um gráfico com nossas avaliações.

— Que divertido.

Hudson tomou um gole de cerveja.

— E você?

— Essas batatas em azeite trufado estão em segundo lugar. Mas amo tortellini à carbonara, aquele tipo com ervilhas e pedacinhos de presunto.

— Você faz?

— Não, minha mãe fazia para mim. Ela também fazia um macarrão com queijo gratinado maravilhoso. Não tenho as receitas.

Baixei a cabeça e mergulhei a batata no catchup. Pensar em quanto tempo fazia que eu não falava com minha mãe me deixava triste.

Hudson deve ter percebido a mudança de tom.

— Você comentou que não fala com seu pai. Você e sua mãe não são próximas?

Suspirei.

— Não conversamos há mais de um ano. Antes éramos muito próximas.

Hudson ficou quieto por um momento.

— Quer falar sobre isso?

— Na verdade, não.

Ele assentiu.

Tentei continuar comendo e não estragar o dia. Eu odiava pensar no que tinha acontecido, e era ainda pior falar sobre isso. Mas, já que o assunto tinha surgido, eu sabia que não devia deixar passar a oportunidade. Contar a Hudson pelo menos uma parte do que tinha acontecido entre mim, Aiden e minha família poderia ajudá-lo a entender um pouco minhas questões de confiança.

Respirei fundo.

— Já contei que meu ex me traiu, mas não mencionei que meus pais também me traíram.

Hudson deixou o hambúrguer no prato e me deu toda sua atenção.

— Ok...

Baixei a cabeça.

— Eles sabiam que Aiden tinha outro relacionamento.

— E não contaram para você?

Continuei cabisbaixa, constrangida.

— Não, nem uma palavra. Foi uma confusão. — Não consegui contar o resto daquela história sórdida.

Hudson balançou a cabeça.

— Que merda. Sinto muito.

— Obrigada. Pensando bem, não foi o término com Aiden que eu tive dificuldade de superar. Foi ter perdido minha família ao mesmo tempo. Sinto falta de conversar com minha mãe.

Hudson passou a mão na cabeça.

— Acha que algum dia vai perdoar sua mãe e superar tudo isso?

No último ano, em nenhum momento achei que isso seria possível. Estive tão amarga e triste com tudo o que aconteceu que, em algum nível, culpei meus pais na mesma medida em que culpei Aiden. Talvez tenha sido por estar feliz pela primeira vez em muito tempo, mas naquele dia não me sentia tão amarga e não tinha certeza de que esse ressentimento por minha família duraria para sempre.

Balancei a cabeça.

— Não sei se consigo perdoar. Mas talvez eu possa tentar. Se estivesse em meu lugar, você conseguiria fingir que isso nunca aconteceu?

— Nunca estive em situação parecida para ter certeza, mas perdi meus pais, e é a partir dessa experiência que digo que não gostaria de ter arrependimentos quando eles partiram. Acho que perdoar os pais não significa desculpar o comportamento deles. Perdão tem mais a ver com não deixar que isso destrua seu coração.

O que ele disse me tocou profundamente.

— Uau. Você não existe, Hudson Rothschild. Isso foi muito profundo e maduro. Os homens que normalmente me atraem são superficiais e imaturos.

Ele riu.

— Eu lembro que você me conheceu em um casamento em que entrou de penetra.

— É... Acho que foi isso. Bom, pelo menos um de nós é maduro.

Durante as horas seguintes, assistimos ao pôr do sol em Malibu, comemos boa comida, bebemos bom vinho e desfrutamos da companhia um do outro. Agora que eu tinha reconhecido meus sentimentos, era como se alguém os regasse com um poderoso adubo. Meu coração estava pleno, satisfeito. E esse sentimento me acompanhou de volta à suíte do hotel.

Deitada na cama, vi Hudson se despir e apreciei a vista. Quando ele desabotoou a camisa e a jogou na cadeira, eu não sabia o que olhar primeiro, o peitoral esculpido, o tanquinho ou a parte de baixo abdominal terminando em "V" que fazia minha boca encher de água. Hudson abriu o cinto e desceu o zíper, e meus olhos se fartaram com mais uma parte de seu corpo que estava entre as minhas favoritas, aquele sexy caminho da felicidade. Havia tanta coisa para admirar nesse homem que ele precisaria ficar ali parado por um tempo, completamente nu.

Ele se abaixou para terminar de tirar a calça, e notei um desenho na lateral do tronco. Tinha visto a tatuagem na noite passada, mas estávamos ocupados demais um com o outro para eu me perguntar sobre ela.

Apontei para o desenho.

— São os batimentos cardíacos de alguém?

Hudson assentiu, se virou e levantou o braço para eu enxergar melhor.

— Meu pai tinha um senso de humor incrível e uma risada muito diferente. Era uma risada profunda, daquelas que vêm do âmago. Qualquer um que o conhecesse a reconhecia, e essa risada sempre fazia as pessoas em volta dele sorrirem, mesmo desconhecidos. Ele passou a última semana de vida no hospital. Um dia, eu estava lá quando fizeram um ecocardiograma. Ele me contou uma piada muito ruim e começou a rir. A piada nem era tão engraçada, mas o som daquela risada fez nós três – a técnica, meu pai e eu – gargalharmos. Por alguma razão, não conseguíamos parar de rir. Ele teve que refazer o exame, porque a leitura ficou cheia de picos. Os eletrodos captaram o coração do meu pai rindo. Pedi para a enfermeira me dar o gráfico que ela ia jogar fora e fiz a tatuagem alguns dias depois de ele morrer.

— Que coisa mais linda.

Hudson sorriu com tristeza.

— Ele era um homem muito bom.

— E a cicatriz?

— Cicatriz?

— Na semana passada, eu disse que nunca tinha saído com ninguém que tivesse tatuagem ou cicatriz, e você disse que tinha as duas coisas.

— Ah... — Ele virou o corpo para o outro lado e levantou o braço, exibindo uma linha irregular de uns sete ou oito centímetros. — Tenho algumas, mas essa é a pior.

— O que aconteceu?

— Festa da fraternidade. Bebi, fui escorregar na lona molhada, e havia um galho sob ela.

— Ai.

— Não foi meu melhor momento. No começo não parecia sério, então Jack me ajudou a fazer um curativo, e eu voltei para a festa. Continuei escorregando na lona, e o corte abriu.

— Por que não parou depois que se machucou?

— Tínhamos feito uma aposta.

Balancei a cabeça.

— Você ganhou, pelo menos?

O sorriso dele era lindo.

— Ganhei.

Ele terminou de se despir, e eu continuei admirando seu físico maravilhoso.

Quando me pegou olhando, Hudson me encarou, desconfiado.

— O que está passando nessa cabeça?

Falei sem desviar os olhos daquele corpo.

— Desperdicei meses indo para a cama sozinha quando podia ter aproveitado esse tempo para tocar tudo isso. O que acha de ficar aí parado um tempinho para eu dar uma boa olhada? Umas duas ou três horas? Acho que é o suficiente.

Ele riu, veio para a cama e se debruçou sobre mim. Toquei sua boca e tracei o contorno com os dedos. Hudson segurou minha mão e a beijou.

— Por que me evitou por tanto tempo? Não me insulte dizendo que foi porque investi em sua empresa. Nós dois sabemos que isso é bobagem.

— Você só me convidou para sair uma vez.

Hudson fez uma careta demonstrando que sabia que eu estava mentindo.

— Semântica. Você sabia que eu estava interessado desde o primeiro dia. Deixei a iniciativa por sua conta, mas ainda assim demonstrei interesse várias vezes.

— Eu sei. — Suspirei. — Acho que... estava com medo.

— De quê?

— Meu último relacionamento e o período depois dele foram muito difíceis. Medo de me machucar de novo... medo de *você*...

— De mim?

— Sim. Você me deixa nervosa de muitas maneiras. Inclusive agora, Hudson. Muitas coisas em minha vida pareciam muito boas vistas de fora. O casamento dos meus pais, meu relacionamento. Sou o tipo de mulher que acredita em felizes para sempre, em contos de fadas. Às vezes isso me cega e me impede de ver o que não quero enxergar. Eu me achava idealista, mas, depois do fim do namoro, comecei a questionar se não era só uma tonta. Além do mais, você é praticamente um príncipe encantado, um rosto bonito, esse corpo, bem-sucedido, gentil quando quer, maduro, independente... É quase bom demais para ser verdade, e acho que tenho medo de acreditar em contos de fadas de novo. Fisher e eu nos referíamos a você desse jeito.

— De que jeito?

— Príncipe Encantado.

Ele desviou o olhar por um momento, antes de me encarar de novo.

— Não sou nenhum príncipe encantado, meu bem. Mas gosto muito de você.

— Por quê?

— Por que gosto de você?

Balancei a cabeça fazendo que sim.

— Por muitos motivos. No casamento de Olivia, quando lhe entreguei o microfone, você aceitou o desafio, depois me chamou de babaca com fogo nos olhos. Você não recua. Não tem medo, embora se considere medrosa. Adoro que, mesmo tendo enfrentado situações horríveis, você não cede. Em vez de se deixar engolir por tudo que é negativo, você criou um sistema de felicidade. Adoro que, ao ver uma pessoa em situação de rua, você entrega um chocolate, porque sabe que isso pode alterar a química do cérebro e ajudá-la a se sentir um pouco melhor, mesmo que só por alguns minutos. Adoro o fato de que é criativa e inventou um produto, além de ser inteligente o bastante para criar um algoritmo que eu não teria a menor ideia de como formular. E amo que seja teimosa e não desista.

Ele olhou meu corpo, depois novamente meu rosto, e balançou a cabeça.

— Tudo isso, mais sua aparência. A melhor pergunta é que motivo eu teria para não gostar de você.

Meus olhos marejaram. Hudson se inclinou e beijou minha boca.

— Está com medo agora? — cochichou.

Meu coração disparou.

— Mais que nunca.

Ele sorriu.

— Que bom.

— Bom? Quer que eu sinta medo?

— Não, mas pelo menos não sou o único. Só temos medo quando as coisas significam muito para nós.

Segurei o rosto dele.

— Que bom que você me esperou.

— Eu sabia que valia a pena esperar.

Hudson colou a boca à minha para um beijo apaixonado. Tínhamos passado boa parte das últimas vinte e quatro horas na cama com as bocas grudadas, mas esse beijo era diferente, mais carregado de emoção que todos os outros. Ele segurava meu rosto entre as mãos, e eu enlaçava seu pescoço com os braços. Mas o que começou suave logo pegou fogo. O beijo se tornou ardente e descontrolado, e tiramos as roupas que restavam.

Havia um frenesi no ar. Mesmo assim, alguma coisa em como Hudson olhava em meus olhos revelava que ele sabia que eu ainda era frágil em muitos aspectos. Continuamos nos encarando quando ele me penetrou. Hudson era enorme, e, até a noite anterior, fazia mais de um ano que eu não transava. Por isso ele era cuidadoso, ia devagar e penetrava mais fundo a cada movimento. Quando me penetrou completamente, ele girou o quadril, e eu senti a pélvis pressionando meu clitóris. Era muito bom, encaixava perfeitamente. Meu coração estava tão preenchido quanto meu corpo, e ficou quase impossível segurar a emoção. Lágrimas faziam meus olhos arderem, e eu os fechei tentando contê-las.

— Abre, linda. — A voz de Hudson soava rouca.

Abri os olhos e encontrei os dele. O que vi tornou impossível conter as lágrimas. Os olhos de Hudson transbordavam tanta emoção quanto os meus. Ficamos daquele jeito, conectados de todas as maneiras possíveis, enquanto o orgasmo se aproximava. Não queria que o momento acabasse, por isso tentei me segurar enquanto os movimentos dele ganhavam força e velocidade. Mas os sons que ecoavam pelo quarto acabaram comigo. Os corpos molhados se encontravam com um barulho alto enquanto ele me comia com o corpo e a alma.

— Hudson...

Ele continuou se movendo, e notei que sua mandíbula estava tensa.

— Deixa acontecer... deixa acontecer.

E eu deixei. Com um grito voraz, deixei o corpo dominar a mente, e ondas e ondas de êxtase me percorreram. Quando os tremores começaram a perder intensidade, Hudson também explodiu, e o calor dele se derramando em meu corpo reviveu as ondas.

Depois disso, não entendi como ele ainda mantinha a cabeça erguida, muito menos como se mantinha meio ereto e ainda entrava e saía do meu corpo.

— Uau... isso foi...

Hudson sorriu e me beijou com suavidade.

— Bom demais para ser verdade — sussurrou ele.

Também sorri, e uma fagulha de esperança se acendeu em mim. Talvez ele fosse o homem que não me decepcionaria.

24

Stella

Seis meses antes

— Sabe o que é Rede Drummond? — perguntei.

Aiden estava na sala do apartamento dele, corrigindo provas enquanto eu lia meus e-mails na cozinha.

— Hum?

— Está na fatura do seu cartão de crédito, cento e noventa e dois dólares. Todos os outros gastos eu reconheço.

Aiden olhou para mim.

— Por que está vendo a fatura do meu cartão?

— Porque eles mandam para o meu e-mail. Lembra que há alguns meses eu recebi um comunicado do Bank of America informando que as faturas não seriam mais impressas, que você teria que solicitar o envio pelo correio se não selecionasse opção eletrônica? Você pediu para usar meu e-mail, porque o seu é do trabalho e tudo acaba indo para o lixo eletrônico.

— Pensei que estivesse falando da fatura da nossa conta conjunta.

— Não, é do seu cartão de crédito.

— Há quanto tempo você recebe por e-mail?

— Há uns dois meses, acho. Em geral nem tem movimentação. Você quase não usa o cartão. No mês passado, a fatura veio zerada.

A expressão de Aiden me incomodou.

— Algum problema? — perguntei. — Não quer que eu veja seus gastos?

Ele jogou a caneta em cima da pilha de provas e desviou o olhar.

— É claro que não. Só não sabia que não receberia mais a fatura impressa.

— Entendi... E você sabe que cobrança é essa, da Rede Drummond?

— Nem imagino. Só usei o cartão para pagar o jantar no Alfredo's quando estivemos lá há algumas semanas. Deve ser algum engano. Vou acessar a conta on-line mais tarde e contestar.

— Quer que eu faça isso? Já estou on-line.

— Não, tudo bem. Eu resolvo.

Alguma coisa não encaixava. Mas deixei passar; afinal, Aiden e eu já tínhamos brigado algumas vezes nos últimos meses por desconfianças. Teve a vez em que vi uma mensagem estranha no celular dele e outra vez quando ele disse que ia para o escritório dele na faculdade corrigir provas, coisa que em geral fazia de casa. Decidi surpreendê-lo com o almoço, porque ele estava trabalhando demais, e não o encontrei lá. E recentemente ele começou a chegar em casa cheirando a perfume e ficou na defensiva quando perguntei o motivo, gritando que, se eu não deixasse o apartamento inteiro sempre cheirando a perfume das amostras de uma empresa que nem existia, as roupas dele não teriam aquele cheiro de puteiro barato.

Como eu sempre contava para ele o resumo dos diários que lia, ele sabia que a mulher do diário atual traía o marido e me convenceu de que eu estava vendo coisa onde não havia porque sempre ficava ridiculamente envolvida com as histórias. Mesmo hoje eu me pergunto se ele não estava certo. Na semana passada, li uma parte do diário na qual Alexandria escreveu sobre o marido ter questionado uma cobrança na fatura de seu cartão de crédito. Ela havia reservado um quarto de hotel para um encontro com Jasper, e ele pagou em dinheiro quando entraram. Mas o hotel cometeu um erro e cobrou duas vezes.

Então, atribuí minha paranoia ao alerta de Aiden. Não era diferente de assistir a um filme de terror e depois conferir embaixo da cama antes de me deitar. O estresse do que ocupa seus pensamentos faz o cérebro acessar cantos que normalmente não acessaria.

— Tudo bem — falei. — Acho que você pode só pagar o valor da conta do restaurante, então. É mais que o pagamento mínimo, de qualquer maneira.

— Certo. — Aiden voltou a corrigir provas. Mas, um minuto depois, disse: — Acho que vou cancelar a fatura eletrônica e pedir o envio pelo correio. Gosto de ter as cópias para declarar o imposto, porque às vezes compro coisas para trabalhar.

Por que isso me incomodava? O argumento fazia sentido. Eu estava procurando monstros embaixo da cama e precisava parar.

— Ok.

Um mês depois, a história do cartão de crédito estava esquecida. Aiden e eu tínhamos voltado para casa depois de encontrarmos um colega dele do trabalho em um bar, e eu ia dormir no apartamento dele. Quando entramos no prédio, peguei a correspondência. A fatura do Bank of America estava no meio da pilha.

Deixei a correspondência em cima da mesa, mas segurei esse envelope.

— Como ficou a história com o Bank of America?

Aiden viu a fatura e a pegou.

— Tudo certo. Eles cancelaram a cobrança. — E guardou o envelope no bolso interno do paletó.

Mais uma vez, não entendi por que me incomodava com o modo como ele pegou o envelope. Mas me incomodei.

Aiden foi para o quarto dele.

— Vou tomar um banho rápido.

— Tudo bem.

Enquanto ele estava no banheiro, peguei uma taça de merlot e tentei não pensar mais no assunto. Apesar de naquela semana ter lido um trecho inteiro sobre como o marido de Alexandria era burro e crédulo. Ela parecia se divertir quando quase era pega e conseguia escapar...

Eu sabia que, provavelmente, não tinha nada a ver. Mas, no mês passado, fiquei metade da noite acordada depois que aquela bobagem do cartão de crédito me importunou. Aiden não precisaria saber se eu acessasse a conta dele para espiar a fatura on-line. E, depois disso, finalmente eu encerraria esse assunto de uma vez por todas.

Mas... eu estaria violando sua confiança se espiasse, mesmo que ele não soubesse. Então, enquanto tentava me convencer a não fazer o que eu tanto queria fazer, fui para o quarto trocar de roupa. Abri a gaveta de Aiden para pegar uma camiseta velha e joguei o jeans e a blusa em uma cadeira no canto. Quando me virei para voltar à sala, o paletó de Aiden chamou minha atenção no *closet*, cuja porta estava aberta. Ouvi o chuveiro ligado na suíte e fui pegar o paletó. Mas, em vez de procurar a fatura do cartão, aproximei o paletó do nariz e cheirei. Meu olfato foi invadido pelo aroma inconfundível de jasmim. Jasmim *não* fazia parte das amostras que eu mantinha em casa para a Signature Scent. Ultimamente eu nem trabalhava com essa fragrância.

De repente, tudo ficou muito quieto, e levei um minuto para me dar conta de que o chuveiro tinha sido desligado. *Merda.* Pendurei o paletó depressa no *closet* e saí do quarto. O pânico me invadiu. Eu não conseguiria dormir com essa sensação, de jeito nenhum, nem seria capaz de ficar deitada ao lado de Aiden e fingir que estava tudo bem. A questão não era mais se eu violaria sua confiança acessando a fatura digital. Era que eu precisava disso para preservar minha sanidade.

Meus dedos tremiam quando abri o navegador do celular. A porcaria levou uma eternidade para carregar, e a cada dois segundos eu encarava a porta entreaberta do quarto. Quando finalmente abriu, desci a tela até a fatura atual. O alívio me invadiu quando vi que não havia nenhuma cobrança. Cheia de culpa, estava levantando o dedo para fechar o navegador quando vi que na seção de pagamentos o valor de duzentos e sessenta e um dólares. Imaginei que fosse só um crédito concedido para ressarcir aquela cobrança incorreta, mas, como a sensação incômoda estava de volta, cliquei para verificar.

E congelei quando vi que era um pagamento comum feito semanas antes, de uma conta bancária cujo número terminava em 588. Senti minha pressão baixar. Era a conta corrente de Aiden.

Devia haver algum engano. Cliquei na aba de contestações. Nenhuma nos últimos noventa dias. Apavorada e perdida, fechei a página e fiz o que devia ter feito um mês antes. Joguei no Google o nome Rede Drummond.

O resultado fez meu coração pular para a garganta.

A Drummond é uma rede de quatro hotéis-butique em Nova York.

25

Stella

— Eu certamente poderia me acostumar a viver assim... — Acordei em casa e vi Hudson parado na frente do fogão, vestindo apenas um short e um boné de beisebol com a aba para trás. Suas costas esculpidas eram musculosas e bronzeadas. Eu o abracei e afaguei, beijando seu ombro.

— Acabei de voltar da corrida e ainda não tomei banho. Provavelmente, você beijou suor seco.

— Tenho certeza de que minha pele não está muito diferente depois da noite passada.

Hudson virou e abraçou minha cintura. O sorriso malicioso em seu rosto me contou que ele lembrava *o tanto* que ficamos suados.

— Você quebrou a cama — disse ele, rindo.

Eu recuei.

— Eu, não. *Você* quebrou a cama.

— Tenho certeza de que você estava em cima de mim quando o estrado cedeu.

— Talvez, mas você não estava parado. Você tem controle embaixo, sabia?

Hudson deu risada.

— Como assim?

— Pode dar a impressão de que me deixa assumir o controle, mas você nunca abre mão dele.

Sua expressão mudou e, de repente, ele parecia preocupado.

— E você não gosta disso?

— Gosto muito. Só quis dizer que você contribuiu para quebrar a cama.

Ele sorriu e me deu um tapa na bunda.

— As panquecas estão quase prontas, pode ir para a mesa.

— Ok.

A semana depois da viagem à Califórnia tinha sido incrível. Hudson e eu éramos inseparáveis. Trabalhávamos até tarde todas as noites preparando as coisas da Signature Scent e alternávamos entre a casa dele no Brooklyn e meu apartamento em Manhattan. Eu provavelmente devia me preocupar por passarmos tanto tempo juntos, mas minha felicidade era demais para deixar alguma coisa estragar tudo isso.

Hudson pôs um prato na minha frente.

Eu ri.

— Que bonitinho.

Ele havia feito uma panqueca grande e decorado como um sol sorridente, com tiras de morangos formando raios pontudos e bananas e morangos criando uma carinha.

— É assim que a Charlie gosta. Mas não crie expectativas. É a única coisa que sei fazer, além de macarrão com queijo.

— Pode deixar.

Hudson podia ser ruim em quase tudo que eu ainda estaria suspirando por ele ser tão atencioso e por ser incrível na cama. Dizer que estava me apaixonando por esse homem era pouco. Durante a semana, várias vezes me peguei sentada no escritório, sorrindo sozinha. Eu nem precisava pensar em nada específico. Só me sentia... plena.

— Caso ainda sinta fome... — Hudson deixou uma banana ao lado do prato.

Eu ia dizer que nunca conseguiria comer panquecas *e* uma banana, mas vi a tinta na casca da fruta: "Por você sou um banana".

Quando levantei a cabeça, Hudson piscou e voltou para perto do fogão como se não tivesse me derretido por dentro.

Ele olhou para trás e apontou para meu prato com a espátula.

— Come. Não precisa me esperar, vai esfriar.

Quando pus o primeiro pedaço na boca, a porta da frente se abriu.

— Querida, cheguei!

Merda. Fisher. Eu estava solteira desde que ele se mudara para o apartamento vizinho.

Hudson se virou, Fisher o viu e parou onde estava.

— Caramba. Desculpa, gente.

— Tudo bem. Entra.

Fisher olhou para mim e eu assenti, então ele seguiu para a cozinha.

Hudson lhe estendeu a mão.

— Hudson Rothschild. Acho que não fomos oficialmente apresentados.

Fisher apertou minha mão.

— Acho que no casamento não conta. Fisher Underwood.

Hudson apontou para a mesa com a espátula.

— Puxa uma cadeira. Stella já me contou que te alimentar é parte do pacote, se eu quiser ficar com ela.

Fisher sorriu. Pegou um punhado de mirtilos da embalagem aberta ao lado do fogão e pôs alguns na boca.

— Tem minha bênção para se casar com ela.

Hudson e eu rimos.

Ele preparou panquecas com uma porção de frutas para Fisher, mas sem o sol sorridente. Surpreendentemente, o café da manhã não foi uma ocasião estranha quando nos sentamos os três à mesa.

Fisher enfiou quase meia panqueca na boca.

— E aí, o que vão fazer no fim de semana?

— Hudson vai estar com a filha. Eu tenho algumas coisas para resolver, mas não planejei nada além disso. Você vai estar por aqui?

— Queria ir ao mercado de pulgas. É aniversário da minha assistente na semana que vem, e ela adora aquelas canecas de cerâmica que você escolheu no ano passado. Pensei em voltar lá e ver o que mais tem de interessante.

— Ah, legal. Talvez eu vá junto.

Hudson ficou sério.

— Não íamos levar Charlie ao parque? Você falou algo sobre um playground antigo.

Pensei na conversa que tivemos mais cedo.

— Você disse que queria levar Charlie ao Central Park, e eu perguntei se ela já conhecia o Ancient Playground. Não sabia que era para eu ir junto.

— Achei que estava implícito…

— Ah, vou adorar sair com você e Charlie… se você não achar que é cedo demais.

Hudson balançou a cabeça.

— Não acho que ela está preparada para ver você na minha cama, por enquanto, mas é bom ela começar a conviver com nós dois para um dia chegarmos a isso, não?

Uau. Senti um calor no peito por saber que não era a única a imaginar um futuro para nós. Segurei a mão dele sobre a mesa.

— Vai ser ótimo.

— Já sei. Tenho que passar em casa antes de buscá-la às duas. Por que vocês dois não vão ao mercado de pulgas e a gente se encontra depois, no parque?

Olhei para Fisher, e ele deu de ombros.

— Acho ótimo.

Depois que terminamos de comer, Fisher foi para o apartamento dele, e Hudson tomou uma ducha antes de vestir as roupas com que tinha ido trabalhar no dia anterior. Fiquei olhando da porta do quarto enquanto ele calçava a meia. Deve ter sentido minha presença ali, porque falou, sem sequer levantar a cabeça:

— Será que a gente pode deixar algumas coisas na casa um do outro? Assim não preciso usar meias sujas e terno no sábado de manhã.

Sorri e fui invadida novamente por aquela sensação aconchegante.

— Eu vou adorar.

Alguns minutos depois, Hudson se despediu de mim com um beijo.

— Tem planos para o jantar hoje com Charlie? — perguntei.

— Normalmente, se passamos o dia fora, pedimos alguma coisinha em casa.

— Acha que seria demais eu preparar um jantar para vocês? Posso providenciar os ingredientes.

— Eu adoraria. Mas posso comprar tudo de que precisar, é só me mandar uma lista por mensagem.

— Não. Vai ser surpresa.

Hudson sorriu e beijou minha testa.

— Mal posso esperar.

★ ★ ★

— Você e Hudson parecem firmes.

Fisher e eu andávamos pelos corredores da feirinha.

Eu suspirei.

— Ele é incrível.

Meu amigo moveu as sobrancelhas.

— Eu sei. Vi bem aquele peitoral hoje, enquanto tomava café.

Dei risada.

— Não era disso que eu estava falando. Mas, sim, o corpo também é incrível.

— Eu não devia dizer isso, acho, mas ele não disse que não era para falar, e você sabe que não consigo guardar segredo, especialmente de você...

— Fala logo.

— Hoje ele bateu em meu apartamento quando saiu.

— Para quê?

— Perguntou se eu estaria em casa amanhã de manhã. Pelo jeito, ele quer mandar entregar alguma coisa para você.

— Ele disse o quê?

— Não, mas passei meu celular. Espero não mandar nenhuma sacanagem para ele depois de beber. O número dele ficou logo acima do de Hughes.

— O cara que você pega de vez em quando?

— É, a gente não fica de papinho. Acho que a última vez que bebi mandei um "quer transar?", e ele respondeu com a localização.

Dei risada.

— Bom, espero que não se engane. Mas você nem imagina o que ele quer mandar?

— Não. Tomara que seja espuma.

— Espuma?

— É, para pôr na cabeceira da sua cama. Ouvi vocês transando ontem à noite.

— Ai, meu Deus, por favor, fala que é mentira.

— Sua cama e minha sala de estar dividem parede. Do meu lado tem a televisão e aquela estante com o decodificador da TV a cabo e os livros. Vocês derrubaram um Stephen King.

Cobri o rosto com as mãos.

— Meu Deus, eu não ia gostar de ouvir você fazendo sexo. Mas sabe que quebramos o estrado da cama ontem à noite? Vou tirá-la de perto da parede.

— Legal. Uma vez quebrei uma cadeira de dentista quando saía com aquele ortodontista. Mas a cama, não, nunca.

Torci o nariz.

— Obrigada por compartilhar. Agora, a cada vez que eu for ao dentista, vou ficar pensando se a bunda pelada de alguém encostou onde estou sentada.

— Disponha. — Fisher piscou. — Mas, sério, seria excessivo se eu dissesse que você está radiante? Alguma coisa mudou, ainda que eu não consiga identificar o que foi.

— Provavelmente o fato de que encerrei a seca de um ano. Aí você notou meus músculos do rosto relaxados pela primeira vez em um bom tempo.

— Hum... — Ele me analisou. — Não, *isso* foi hoje de manhã. Aquele cabelo despenteado de quem acabou de transar fica muito bom em você, aliás. Mas é mais que isso... Você parece mais leve, sei lá.

Não tinha ninguém no mundo capaz de me ler como Fisher, o que dizia muito sobre meu relacionamento anterior. Aiden não prestava atenção suficiente para saber se alguma coisa me incomodava.

Segurei a mão de Fisher. Entrelacei os dedos nos dele e afaguei.

— Você é um ótimo amigo. Eu não ia dizer nada, porque não quero tornar isso maior do que é, mas liguei para minha mãe hoje, logo antes de sairmos.

Ele me encarou surpreso.

— O que te fez tomar essa decisão?

— Tenho pensado muito em perdão... e tentado seguir a vida. Quero preparar para Hudson um prato que ela sempre fazia para mim e eu amava, então pensei que entrar em contato seria um bom começo.

— Ela deve ter ficado feliz ao ouvir sua voz.

— Ficou. Mas fazia muito tempo que não conversávamos. Eu pedi a receita, perguntei se eles estavam bem. Ela hesitou. Tive a sensação de que estava com medo de dizer alguma coisa errada. Acho que falamos por uns cinco minutos. Quando nos despedimos, ela perguntou se eu voltaria a ligar em breve, e eu disse que tentaria.

Desta vez, foi Fisher quem afagou minha mão.

— Que bom para você. Acho que já era hora, minha bela Stella.

Depois que fizemos compras, Fisher e eu pegamos o metrô de volta. Íamos em direções diferentes, por isso nos despedimos na Grand Central.

Ele me deu um beijo e me abraçou com força.

— Estou feliz por você — disse. — Tenho um bom pressentimento em relação a você e o Adônis. Vejo um futuro brilhante.

Sempre com medo de esperar demais das coisas, eu disse "obrigada" em vez de contar que concordava com ele. Mas, no fundo, eu também via algo brilhante no futuro.

Só não esperava que todo esse brilho fosse resultado de uma gigantesca explosão.

26

Hudson

— O que vocês duas estão aprontando?

Charlie estendeu a mão.

— Você não pode entrar, pai.

— Por que não?

— Porque estamos preparando uma surpresa!

— Mas só eu vou ser surpreendido? Vocês duas estão aí!

Minha filha riu e comentou:

— Uma surpresa pode ser para uma pessoa só.

Olhei para Stella e pisquei.

— E se a gente ouvir um pouco de música enquanto vocês estão na cozinha? Pode ser Katy Perry ou Taylor Swift...

Como esperado, Charlie pulou de alegria. Uniu as mãos como se precisasse rezar para eu atender a um de seus pedidos... Como se eu não me jogasse de qualquer penhasco para fazê-la feliz.

— Pode ser Dolly?

Eu ri.

— É claro.

Liguei a música, me acomodei na sala de estar e apoiei os pés na mesinha de centro. Peguei o controle remoto, liguei na ESPN deixando no mudo e li a legenda na base da tela. Estavam entrevistando um novo jogador contratado pelo Giants para a temporada que ia começar. Eu torcia para o Big Blue, por isso me interessei, mas não conseguia me concentrar. Meus olhos constantemente buscavam a cozinha. Eu conseguia ver Stella e Charlie cozinhando. Stella estava em pé, enquanto minha filha misturava alguma coisa na bancada. Eu não conseguia ouvir o que elas diziam, mas vi minha filha cobrir a boca e rir. O sorriso de Stella também era lindo.

Não queria parecer sentimental, mas tinha no peito aquela plenitude que me aquecia por dentro. Ah... porra, quem eu queria enganar? Eu nem ligava se parecia um bobo. Eu estava feliz – feliz pra caralho. Fazia anos que não tinha uma família de verdade, e, apesar de conhecer Stella há poucos meses e essa ser a primeira vez de nós três juntos, hoje minha casa parecia um lar.

Eu estava olhando para a cozinha, mas devo ter me desligado, porque, quando recuperei o foco, vi que Stella me encarava com curiosidade. Ela fez careta, como se perguntasse "o que está passando nessa cabeça?".

Provavelmente, ela deduziu que eu a imaginava nua na cozinha ou retomava todos os lugares da casa onde havíamos transado na última semana, não que sonhava passar noites com minhas duas mulheres, em meio a jogos de tabuleiro e acendendo para elas a lareira que eu nunca usava.

Meia hora mais tarde, a mesa estava arrumada, e finalmente vi o que as duas tinham preparado.

Stella pôs sobre a mesa um recipiente coberto, e Charlie se debruçou sobre a mesa, olhando para Stella até ver o movimento afirmativo de cabeça.

— Tcharam! — Minha filha tirou o pano que cobria o recipiente.

— Macarrão com queijo? Vocês duas encontraram outra marca para experimentar?

Charlie balançou a cabeça.

— A gente fez do berro!

Stella sorriu.

— É do zero, querida. Fizemos do *zero*.

— Parece delicioso. — Olhei para a mesa fingindo espanto. — Mas e o de vocês? Esse é só para mim, não é?

Charlie riu.

— A gente tem que *dividir*, papai. Tem muito aí, vai dar para todo mundo.

Salivando, vi Stella servir para cada um de nós uma generosa porção da minha comida favorita. Mal podia esperar.

— Ficou muito bom — falei, momentos depois.

— Obrigada. Eu... liguei para minha mãe hoje para pedir a receita.

Não esperava que ela dissesse *isso* e não queria tocar no assunto na frente da Charlie, então apenas perguntei:

— Como foi?

— Foi bom, acho.

Assenti.

— Obrigado. Está delicioso.

Ela sorriu.

— Já era hora.

Sem se interessar pela conversa que eu mantinha com Stella, minha filha falou, com a boca cheia:

— Pai, depois do jantar a gente pode tomar sorvete e jogar segredos?

Apontei para o prato dela com meu garfo.

— Você não comeu nem metade do que tem aí e está pensando em sobremesa? Talvez fique com a barriga cheia demais para o sorvete.

Charlie riu como se eu tivesse contado uma piada.

— Sempre sobra espaço para sorvete, pai. Ele derrete quando chega à barriga, nem ocupa espaço.

— Que jogo é esse? — perguntou Stella. — Acho que nunca joguei segredos.

— Não é um jogo de verdade. A gente só toma sorvete e conta segredos um para o outro. — Eu não queria explicar na frente da Charlie que meu pai fazia isso comigo e com a minha irmã depois que minha mãe recebeu o diagnóstico de câncer. Foi o jeito de ele nos ensinar que podíamos sempre confiar nele, que ele sempre guardaria nossos segredos e contaria os dele.

— Pode ser qualquer segredo? — perguntou Stella.

— O que você quiser — respondi.

Ela sorriu.

— Eu topo.

O macarrão com queijo deixou todo mundo satisfeito, e depois do jantar fomos para o sofá ver um filme. Charlie se deitou com a cabeça no meu colo e o corpo para meu lado esquerdo, e Stella sentou à minha direita. Na metade de *Divertida mente*, Charlie já tinha adormecido. E eu não a criticava por isso. Um cochilo seria ótimo depois dessa refeição, e tínhamos visto esse mesmo filme umas cinquenta vezes, no mínimo.

Quando Stella se levantou para ir ao banheiro, levantei com cuidado a cabeça de minha filha e a apoiei de volta no sofá. Depois, esperei no corredor. Quando Stella abriu a porta, agarrei seu braço e a puxei para o quarto de hóspedes ao lado do banheiro.

Ela riu, e eu cobri sua boca com a mão.

— Shhh... Ela escuta tudo.

Stella balançou a cabeça para dizer que tinha entendido, e eu removi a mão.

Ela cochichou:

— O que está fazendo?

— Queria agradecer pelo jantar.

— Já agradeceu.

— Não como deveria.

Segurei sua nuca e colei os meus lábios aos dela.

— Você sempre tem um cheiro muito bom — murmurei.

Ela chupou minha língua.

— E você sempre tem um *gosto* muito bom.

Cacete. Essa ideia foi idiota. Eu já me sentia agitado. Ao mesmo tempo, não tinha tido um minuto a sós com ela desde que nos encontramos aqui. E precisava disso. Empurrei Stella contra a porta e beijei sua boca. Quando encerrei o beijo, estávamos ofegantes.

Limpei seu lábio inferior enquanto falava.

— Você ligou para sua mãe.

Seu rosto suavizou.

— Sim. Acho que não vou jantar lá tão cedo, mas o que você disse me tocou fundo. A vida é curta, e nunca se sabe o dia seguinte. Não quero ter arrependimentos e estou preparada para seguir em frente.

Olhei fundo nos olhos dela e segurei seu rosto.

— Que bom.

Ela virou a cabeça e beijou a palma da minha mão.

— Acha que Charlie vai dormir até amanhã? Talvez eu deva ir para casa.

— De jeito nenhum. Ela vai acordar a qualquer momento e pedir sorvete.

Stella sorriu.

— E aí vou ouvir um de seus segredos. Já estou até ansiosa.

— Ah, é?

Ela fez que sim com um movimento de cabeça.

— Então vou contar um agora. — E a chamei para mais perto flexionando o dedo. Quando ela se aproximou, cochichei em seu ouvido. — Sou louco por você, meu bem.

Ela olhou para mim e sorriu.

— Eu também sou louca por você.

★ ★ ★

Charlie acordou dez minutos antes do fim do filme. Ela se espreguiçou e perguntou:

— A gente vai tomar sorvete?

Dei risada.

— Você nem acordou direito.

— Acordei o suficiente para tomar sorvete.

— Sei. Vai para a mesa, enquanto eu preparo as taças. Quer acompanhamento?

Charlie assentiu depressa com um sorriso largo.

— E você? — perguntei a Stella.

— O que seria o acompanhamento?

— Chantili, confeitos, castanhas, fatias de banana e calda de chocolate.

Ela lambeu os lábios.

— Quero tudo.

Na cozinha, preparei três taças de sorvete e as levei para a mesa.

— E aí, quem começa? — perguntei.

Charlie apontou para Stella.

— Stella! Quero saber o segredo dela.

— Ai, ai, ai. Está bem, só me dá um minuto que preciso pensar em um.

Enchemos a boca de sorvete, e depois de uma pausa Stella levantou a mão.

— Já sei! — Ela se inclinou sobre a mesa na direção de Charlie e baixou a voz. — Ninguém sabe disso. Tem certeza de que consegue guardar segredo?

Minha filha abriu bem os olhos e assentiu.

— Legal. Quando eu tinha oito ou nove anos, não muito mais que você agora, encontrei uma tartaruga no parque. Ela era desse tamanho. — Stella formou com as mãos um círculo do tamanho de uma bola de golfe. — Eu a levei para casa e perguntei para meus pais se podia ficar com ela, mas eles não deixaram, porque era um animal que vivia livre. No dia seguinte, voltei ao parque e tentei libertar a tartaruga no gramado onde a tinha encontrado, mas ela ficava tão camuflada que umas cinco ou seis crianças quase pisaram nela quando passaram correndo. Eu sabia que, se a deixasse ali, ela acabaria machucada. Então, naquela noite, eu a levei de volta para casa e escondi em uma gaveta no meu quarto. Uma semana depois, minha mãe a encontrou quando foi guardar a roupa lavada. Ela me fez levá-la de volta novamente. Levei, mas ia espiá-la sempre que tinha uma chance. Tentei deixá-la em um canto mais seguro do parque, mas ela sempre voltava às áreas onde as crianças brincavam e corriam. Algumas semanas mais tarde, minha família ia viajar de férias para a Flórida, para a Disney e o SeaWorld. Enfiei a tartaruga na mochila e a levei ao SeaWorld para soltá-la na área das tartarugas. Imaginei que ali ela estaria segura.

— Você contrabandeou um animal para dentro do SeaWorld? — perguntei, perplexo.

Stella confirmou balançando a cabeça.

— Prefiro pensar que ajudei a criaturinha a encontrar asilo, mas foi isso.

— Papai, a gente pode ir ao SeaWorld? Talvez dê para ver a tartaruga que Stella salvou.

Não tive coragem de explicar para ela que a coitada devia ter morrido um bom tempo atrás.

— Um dia, pode ser.

Charlie encheu a boca com sorvete de creme.

— Sua vez, papai.

Admiti que nunca tinha ido ao SeaWorld e passei a vez para minha filha.

Ela bateu com o indicador na boca enquanto pensava.

— O meu pode ser um segredo que Stella não sabe? Não consigo pensar em nenhum que você não saiba, pai.

— É claro.

Charlie se inclinou para Stella, imitando o que ela havia feito antes. Juntou as mãos em torno da boca e cochichou:

— Meu nome não é Charlie.

— Uau. Esse é um segredo e tanto. Eu nem imaginava. — Stella olhou para mim, e movi a cabeça discretamente para confirmar a informação. Ela olhou para minha filha. — Charlie é abreviação?

Minha filha fez que sim.

— Tenho o nome das minhas avós. Meu segundo nome é Charlotte, como a mãe do meu pai.

— Então, Charlie é uma abreviação de Charlotte, que é seu segundo nome? E o primeiro?

— É o nome da mãe da minha mãe. Laken.

— Laken? — estranhou Stella. — Então, seu nome é Laken Charlotte?

— Isso. Pai, pode pôr mais chantili para mim? Já acabou.

— Acabou porque você comeu tudo. Mas busca no freezer, então.

Charlie pulou da cadeira, já cansada da brincadeira de segredos, mas Stella continuava confusa.

— O nome dela é *Laken Charlotte*? Que combinação incomum!

— Tem razão. A mãe da minha ex-mulher morreu poucos meses antes de Charlie nascer. Ela quis fazer a homenagem à mãe, e combinamos de dar esse nome composto. Depois que Charlie nasceu, Lexi teve uma leve depressão pós-parto e, toda vez que eu chamava a bebê de Laken, ela ficava emocionada e abalada. Começamos a chamá-la pelo segundo nome, Charlotte, aí acabamos encurtando para Charlie. Pegou. Quando tinha um ou dois meses, Charlie já era Charlie, e chamá-la de qualquer outra forma soava estranho.

— Laken Charlotte — repetiu Stella.

Era como se, por algum motivo, o nome a incomodasse.

— Não penso muito nisso, porque, para mim, é só Charlie. Ficou brava de eu não ter contado?

— Não, não é isso. É que...

Esperei que continuasse, mas ela ficou olhando para o nada, distante.

— Lexi também é abreviação?

— Lexi, minha ex-esposa?

— Sim.

— O nome dela é Alexandria, mas todo mundo a chama de Lexi. Por quê?

Stella ficou pálida e arregalou os olhos. Parecia apavorada.

— O que foi?

Ela balançou a cabeça.

— Nada. Nada, eu... eu estou com dor de cabeça.

— Dor de cabeça? Desde quando?

— Hum... começou agora.

Senti que era mentira, mas Charlie voltou à mesa com o chantili e empurrou a tigela de sorvete em minha direção. Servi uma porção maior do que deveria e devolvi a tigela, antes de olhar novamente para Stella.

— Quer um remédio?

— Não. Na verdade, acho que já vou embora.

Tinha alguma coisa errada.

— Você nem terminou o sorvete.

— Eu sei. Desculpa. — Ela se levantou e levou a tigela para a cozinha. Fui atrás dela, falando baixo para Charlie não ouvir:

— Algum problema? Tenho a sensação de que alguma coisa a incomodou.

Stella deu um sorriso forçado.

— De jeito nenhum. Só preciso... me deitar um pouco, acho.

Olhei nos olhos dela, depois assenti.

— Vou chamar um Uber para você.

— Não, posso ir de metrô.

— Não, vou chamar um Uber. Você não está bem. — Tirei o celular do bolso e abri o aplicativo. Digitei o endereço de Stella e vi que o motorista chegaria rápido. Virei a tela para ela. — Quatro minutos.

— Obrigada.

Stella passou um minuto pegando as coisas dela, depois se despediu de Charlie, que a abraçou.

— Já volto — falei para minha filha. — Termina o sorvete enquanto acompanho Stella até lá fora.

— Sim, papai.

Quando saímos, puxei a porta para deixá-la entreaberta.

— Tem certeza de que está tudo bem?

— Sim, certeza absoluta. — Ela baixou a cabeça. — Às vezes dor de cabeça me deixa enjoada, por isso acho melhor ir para casa.

Continuei não acreditando, mas aceitei.

— Certo.

O Uber parou na frente de casa, e eu segurei o rosto de Stella e beijei seus lábios.

— Confere a placa antes de entrar. Tem que acabar com 6, F e E. E me avisa quando chegar em casa.

— Combinado. Boa noite.

Vi Stella dar a volta no carro para ver a placa, depois se sentar no banco de trás. Ela falou com o motorista, e esperei ela olhar para mim e acenar. Mas não aconteceu. O carro simplesmente a levou embora.

Alguma coisa tinha acontecido, e eu sabia que não tinha nada a ver com dor de cabeça.

27

Hudson

Stella não estava quando cheguei ao escritório na segunda-feira de manhã. Passei pela sala dela três vezes antes da reunião que tinha às nove. Depois, mandei uma mensagem.

Hudson: Tudo bem?

O silêncio do celular me distraía mais que se tivesse tocado alto durante a apresentação a que eu devia assistir. Não conseguia me concentrar. Na outra noite, depois que Stella foi embora, eu me convenci de que estava imaginando coisas, de que ela estava mesmo com dor de cabeça e de que tudo voltaria ao normal no domingo de manhã. Mas não foi o que aconteceu, é claro.

Quando a reunião terminou, eram quase onze horas, e eu ainda não tinha notícias de Stella. A porta da sala dela estava trancada, e a recepcionista disse que não a tinha visto ainda, então fui falar com minha irmã.

— Oi. Falou com Stella hoje? Ela não chegou.

Minha irmã parou de escrever e levantou a cabeça.

— Oi, Hudson. Que bom ver você nesta linda manhã. Estou muito bem, obrigada.

— Não estou com paciência...

— Que bicho te mordeu?

— Dá para dizer se falou com Stella hoje?

Olivia suspirou.

— Sim, duas vezes. Está trabalhando de casa. Ela não te avisou?

— Não. Ela está bem?

Vi a preocupação no rosto de minha irmã.

— Ela disse que passou as últimas duas noites em claro com dor de cabeça, mas que está melhor. Tudo bem entre vocês dois?

Passei a mão na cabeça.

— É, acho que sim.

Minha irmã me analisou por um instante, e seus lábios formaram uma linha fina.

— Você *acha*? Não tem certeza? O que foi que você fez?

— Eu? Por que acha que fiz alguma coisa?

— Normalmente, quando um homem não tem certeza se fez ou não alguma coisa errada, ele fez.

— Deixa pra lá.

Quando voltei para minha sala, o celular finalmente vibrou, depois de uma espera de mais de duas horas.

Stella: Tudo bem. Vou trabalhar de casa hoje.

Senti um alívio moderado por ela não me ignorar completamente, mas não o suficiente para afastar o desconforto que revirava meu estômago.

Hudson: A dor de cabeça passou?

Era uma pergunta simples, mas os pontinhos começaram a se mover, pararam, começaram de novo e cessaram de vez. Dez minutos mais tarde, a resposta chegou.

Stella: Sim, passou. Obrigada por perguntar.

"Obrigada por perguntar" era quase "agora me deixa em paz".
Tudo bem. Eu precisava trabalhar. Em vez de perder mais tempo do que já tinha perdido analisando coisas que talvez nem existissem, deixei o celular na mesa. Talvez eu não entendesse as mulheres.

★ ★ ★

No dia seguinte, fiquei muito feliz ao ver a luz da sala de Stella acesa quando cheguei, às sete da manhã.
— Oi. Já chegou...
Stella estava com o nariz enfiado na tela do computador. Ela levantou a cabeça e sorriu, mas sem ânimo.
— Sim. Me desculpe por não ter vindo ontem.
— Não precisa se desculpar. Você não trabalha para mim. O espaço aqui é seu, você o aproveita como quiser. Só me preocupei por achar que podia ser mais que uma dor de cabeça...
Stella ajeitou uns papéis em cima da mesa e evitou contato visual.
— Não, não é nada. Só dor de cabeça. Às vezes acontece.
Há alguns dias eu teria entrado na sala dela, fechado a porta e beijado sua boca até meu pau ficar duro. Mas, no momento, sentia uma energia que me mantinha na porta. Em outras palavras, não era

só uma dor de cabeça. Mas ela estava trabalhando, e eu precisava me preparar para uma reunião, por isso não insistiria agora.

— Tenho uma reunião que vai tomar boa parte da manhã. Quer conversar hoje à tarde sobre as entregas que ainda não chegaram? Podemos discutir o que for urgente e precisar de minha interferência.

— Na verdade, cuidei dessas entregas ontem. Estamos com tudo em dia e acho que tudo sob controle. Vou encontrar Olivia daqui a pouco para discutir o que falta da campanha.

— Ah... tudo bem. Almoçamos mais tarde, então?

— Vou trabalhar com Olivia na hora do almoço. E tenho uma reunião à tarde no escritório do Fisher.

— No escritório do Fisher?

— Não tem a ver com a Signature Scent.

Ela estava me dispensando, era óbvio, mas eu não desistia com facilidade.

— Jantar, então?

— Acho que vou comer com Fisher depois da reunião.

Não consegui fingir que estava tudo bem, por mais que tentasse. O melhor que pude fazer foi balançar a cabeça fingindo que entendia.

— Se precisar de mim para alguma coisa, é só avisar.

— Obrigada, Hudson.

28

Stella

Três noites antes

Tinha que ser coincidência.

Eu sabia que não era, mas continuei repetindo isso a mim mesma quando o Uber deu a partida. Se não me convencesse, ia acabar vomitando no banco do pobre do motorista. Estava completamente surtada.

No minuto em que ele parou na frente do prédio, saí do carro e corri para o elevador. Depois de dois segundos, decidi que era melhor subir os oito andares correndo a ficar ali esperando, enquanto meu peito parecia uma bomba-relógio em contagem regressiva.

No apartamento, corri para o quarto e me joguei no chão para pegar as caixas plásticas que mantinha embaixo da cama. Em pânico, não conseguia lembrar como era a capa do diário que procurava nem em que caixa estavam os volumes mais recentes. Peguei a primeira caixa e conferi os diários, um a um.

Eram uns trinta, pelo menos, colecionados ao longo de anos, mas nenhum deles era recente. Não me dei ao trabalho de guardar nada antes de pegar a caixa seguinte. Nessa havia poucos, e eu peguei um de capa vermelha de couro que fez meu corpo estremecer como se fosse percorrido por uma corrente elétrica. Dez segundos atrás, eu não o teria identificado em uma fila, mas, no minuto em que o segurei, eu soube. Eu *simplesmente soube* que era aquele.

Diferente de todos os outros diários que peguei antes, não o abri imediatamente para ler. Respirei fundo e me controlei, enquanto a seriedade da situação se impunha outra vez. Se minha desconfiança se confirmasse... *Meu Deus, eu sabia que estava certa.*

Senti náusea, e minhas mãos tremiam quando abri o diário e comecei a ler.

Querido diário,
esta é a primeira página de um novo registro, o que parece muito adequado hoje. Sei que faz tempo que não escrevo, mas todas as páginas do diário antigo foram preenchidas, e eu não tinha nada de bom para escrever em outro.
Felizmente, as coisas mudaram. O verão não foi chato, longe disso. Na verdade, acho que foi daqueles períodos sobre os quais os músicos escrevem canções. Eu conheci o amor da minha vida. Ele é doce e gentil, mas também sério e durão. Em maio, quando voltei para casa depois da faculdade, meus pais me arrastaram para uma festa chata de uns amigos deles. Eu não queria ir, mas que bom que fui, porque lá conheci o homem com quem vou me casar um dia!
Mais em breve!
A.

Parei para analisar cada palavra. Hudson não tinha me contado como conheceu a ex-esposa, mas disse que as famílias eram amigas, frequentavam o mesmo círculo social. Eu tinha achado que o H era de *husband*, "marido" em inglês, mas também podia ser Hudson.

Quando fui encaixando as peças, o quebra-cabeças se montou.

Evelyn, que dividia o apartamento comigo, me deu o diário de presente de aniversário. Evelyn era amiga da ex-mulher de Hudson. Talvez Alexandria tivesse pedido para ela guardar o diário ou sei lá... Evelyn poderia tê-lo roubado. Deus sabe que ela tinha essa tendência a pegar coisas de amigas.

Alexandria se casou na Biblioteca Pública de Nova York, disso eu estava certa. Li cada detalhe do planejamento da cerimônia. Hudson *também* se casou lá, e seus pais antes dele.

Eu também tinha quase certeza de que a criança sobre quem Alexandria escrevera se chamava *Laken Charlotte*. Lembrei porque foi a única vez que ela usou o nome de alguém além do dela. Todas as outras pessoas apareciam como iniciais, mas, no dia em que a filha nasceu, ela escreveu seu nome inteiro. *Laken Charlotte*.

Não era um nome comum, mas eu precisava dessa gota a mais de certeza – e precisava disso agora. Não podia continuar lendo desde o início e esperar até chegar a esse trecho. Fui virando as páginas com desespero, até encontrar a parte de que me lembrava.

Querido diário,
hoje me tornei mãe.
Mãe.
Tive que escrever de novo, porque ainda não acredito. O parto foi aquela história terrível de dor de que ouvi falar e mais um pouco. Mas, no momento em que puseram minha garotinha em meus braços, esqueci o sofrimento. Ela é perfeita em todos os sentidos.
Às 2h42 de hoje, minha vida mudou. Olhei nos olhos de minha bebê e soube que tinha que ser uma pessoa melhor. Mais forte. Menos egoísta. Uma pessoa honesta. Estou muito orgulhosa de ser mãe dessa menina doce e hoje prometo me tornar alguém de quem um dia ela também possa se orgulhar.
Bem-vinda ao mundo, Laken Charlotte.
A.

Derrubei o volume no colo e fechei os olhos.

A ex-esposa de Hudson era mãe de Laken Charlotte, mãe da *Charlie*. Mas, infelizmente, isso era tudo que eu podia afirmar com certeza. Porque, de acordo com os outros registros no diário, era tudo que Alexandria podia afirmar com certeza. Ela escondia um segredo do marido... um grande segredo.

Desta vez, não consegui controlar a náusea. Corri para o banheiro e vomitei.

29

Stella

Quinze meses antes

— Você está com cheiro de perfume, Aiden. — Eu recuei um passo depois do nosso abraço.

Ele suspirou.

— De novo isso, não. Você tem amostras por todos os lados no seu apartamento e no meu... É claro que o cheiro fica nas roupas.

Ele se virou e foi para o quarto. Eu o segui.

— É cheiro de jasmim. Não tem essa essência aqui nem na sua casa.

— Deve ser uma combinação das coisas que ficam por aí. Você sabe melhor que ninguém que misturar vários cheiros resulta em um novo. Meu casaco de lã deve ter ficado com alguma mistura.

— Onde você esteve nessa noite?

— No escritório, corrigindo provas. Quer que eu traga uma confirmação do vigia, daqui por diante? A melhor pergunta é: onde *você* estava? Ainda está de sapato, e suas bochechas estão coradas do frio. Também trabalhou até tarde, imagino.

— Estava no laboratório, trabalhando no algoritmo.

Aiden revirou os olhos.

— O algoritmo... sei. Pensei que tivéssemos desistido disso. Vamos comprar uma casa com o dinheiro.

— Concordei com a sugestão de usarmos nossas economias para comprar uma casa, mas isso não quer dizer que tenho que parar de trabalhar em meu produto.

— Não, mas como vou saber que estava lá mesmo?

— Não vai. E não sou eu que chego em casa com cheiro de perfume e pago hotel no cartão de crédito.

— Não vou ter essa discussão de novo, Stella. — Aiden pôs as mãos na cintura. — O hotel era para meus pais. Fiz a reserva com muita antecedência e esqueci de cancelar quando eles desistiram de vir a Nova York. Quando você perguntou, eu nem lembrava mais. Uma semana depois, lembrei e paguei a fatura. Não pensei que tivesse que mandar um relatório para você.

A história fazia sentido, só que ele não chegou nem a comentar que os pais pretendiam vir, e sempre que eles vieram ficaram em um hotel perto do apartamento dele, não do outro lado da cidade.

Ultimamente, era sempre a mesma coisa. Ele tinha uma explicação para tudo: a cobrança do hotel, o cheiro de perfume, quando minha colega de trabalho o viu em um restaurante com uma morena de quem ele parecia muito íntimo, uma mensagem suspeita. Não era uma coisa, mas muitas coisinhas que se somavam.

— Escuta — disse Aiden, aproximando-se para pôr as mãos nos meus ombros —, esses diários idiotas estão mexendo muito com você.

Eu queria muito acreditar nele. Mas não conseguia ignorar todas as semelhanças entre o jeito como Alexandria tratava o marido e a situação entre mim e Aiden nos últimos tempos. Alexandria chegava em casa e ia direto para o banho lavar o cheiro do amante, exatamente como Aiden passou a fazer quando chegava em casa e eu estava lá. Alexandria era muito cuidadosa com o celular. Aiden agora levava o dele até para o banheiro quando ia tomar banho, exceto naquela vez em que cheguei e ele já estava no banho. Encontrei o celular dele carregando em cima da mesinha de cabeceira e tentei ler as mensagens enquanto ouvia o chuveiro ligado, mas descobri que ele havia mudado a senha.

Olhei nos olhos de Aiden.

— Você jura? Jura que não está acontecendo nada com outra pessoa? Não consigo me livrar dessa sensação, Aiden.

Ele se aproximou e falou, olhando em meus olhos.

— Você precisa confiar em mim.

Assenti, mas a situação não estava resolvida.

Naquela noite, fomos dormir como na maioria das noites ultimamente, com um selinho rápido e sem sexo. Essa era outra coisa que havia mudado nos últimos seis meses e que só aumentava minha desconfiança.

★ ★ ★

Na semana seguinte, quase tudo tinha voltado ao normal, até Fisher ligar enquanto eu preparava torradas de manhã.

— Oi. Você disse que Aiden ia viajar hoje à noite, não é? Por isso mudou nossa sessão mensal de cinema de domingo para sexta-feira.

— Isso. Ele vai para uma conferência sobre novas tecnologias em aulas do ensino superior, e o evento é no norte do estado. Por quê?

— Encontrei Simon, aquele cara esquisito que trabalha com ele, o que divide o cabelo no meio e penteia para baixo dos dois lados. Eu o conheci na festa de Natal que você deu há alguns anos, e ele passou meia hora explicando como os balões hélio são prejudiciais para o ambiente marinho.

— Eu me lembro do Simon. E daí?

— Então, frequentamos a mesma academia. De vez em quando, vejo ele por lá e tento fugir. Hoje de manhã, porém, a única esteira disponível era vizinha à dele. Tive que correr ao lado do cara. Ele viu minha garrafa de água e começou a me dar um sermão sobre os efeitos do plástico na Mãe Natureza. Tentei mudar de assunto e perguntei se ele iria à conferência.

— Sei...

— Ele disse que foi no fim de semana passado.

— Como assim? — Parei com a faca de manteiga no ar e esqueci a torrada. — Será que são alguns fins de semana seguidos?

— Foi o que pensei. Sei que tem desconfiado de Aiden e nem ia falar nada, mas isso ficou me incomodando. Procurei a tal conferência no Google e, realmente, aconteceu no fim de semana passado. E num único fim de semana, Stell.

Fiquei em silêncio e, quando o silêncio se prolongou, notei a preocupação na voz de Fisher.

— Tudo bem aí?

Era estranho, mas eu me sentia meio entorpecida, não agitada e surtada como quando comecei a desconfiar de algo. No fundo, talvez soubesse a verdade desde sempre. Mas tinha certeza de que Aiden nunca admitiria nada.

— Tudo bem.

— O que vai fazer?

— Acha que consegue pegar o carro do seu amigo emprestado de novo?

— Provavelmente. Por quê?

— Pode chegar aqui às quatro com o carro?

— Não combinamos sessão das seis?

— Sim, mas os planos mudaram. Aiden sai às quatro, e quero ir atrás dele.

★ ★ ★

— Lá. — Apontei para Aiden quando ele saiu do prédio puxando a mala. Fisher estava estacionado a quatro carros da porta, esperando.

Escorreguei para baixo no assento, embora Aiden tivesse virado à esquerda, na direção contrária à nossa. Ele deixava o Prius em um estacionamento a dois quarteirões dali.

— Vou atrás dele? — perguntou Fisher.

— Não. Ele demora alguns minutos para chegar ao estacionamento e mais uns dez até o manobrista levar o carro até a saída. É melhor esperarmos.

— Ok.

Seguir alguém não era tão fácil quanto parecia na televisão, ainda mais em Nova York. Como só alguns automóveis passavam a cada semáforo, eu ficava nervosa a cada vez que piscava. Nós ficávamos. Mas conseguimos não perder o carro de vista. Ficamos alguns carros para trás na FDR Drive e o seguimos para a I-87.

— Parece que ele vai no sentido norte — disse Fisher. — Mas liguei para o lugar em que ele disse que aconteceria a conferência. Foi no último fim de semana mesmo.

— Não sei o que pensar. Será que ele vai encontrar uma mulher onde disse que a conferência aconteceria? Assim a cobrança faria sentido?

— Talvez. Você já questionou tanta coisa que ele sabe que está desconfiada.

Seguimos na estrada por tempo suficiente para parecer que era exatamente isso que Aiden estava fazendo. Mas, quando nos aproximamos da saída perto da região onde eu e Fisher crescemos, Aiden ligou a seta e passou para a faixa da direita.

— Ele conhece a área, deve estar pensando em ir ao banheiro ou abastecer.

Fisher ficou um pouco para trás, deixando mais alguns carros se colocarem entre nós e ele, para que Aiden não nos visse quando parasse no semáforo da rampa de saída.

— Você é bom nisso, Fisher.

Ele sorriu.

— Não é a primeira vez que sigo alguém, amorzinho. Homens gays não conseguem ficar com a calça fechada por muito tempo. Infelizmente, já fiz isso antes.

— Sem mim?

— Achei que me daria um sermão por seguir alguém.

Ele estava certo. Há um ano, eu provavelmente teria dito que, se ele achava necessário seguir alguém, era porque essa pessoa não tinha sua confiança e o relacionamento estava condenado. Mas ali estava eu... Belo lembrete para não julgar ninguém sem ter passado pela mesma situação.

— Aonde ele vai? — estranhou Fisher.

Aiden passou direto por todas as lojinhas e pelo posto. Seguia na direção do bairro onde Fisher e eu crescemos, onde meus pais e os de Fisher ainda moravam.

Quando Aiden virou à direita na área onde meus pais moravam, tivemos que ficar mais para trás, porque não havia mais carro entre nós. Abaixei no banco.

— Ele vai ver meus pais? Como assim?!

Fisher fez uma cara debochada.

— Talvez ele seja um dos hóspedes do primeiro andar.

— Credo... que coisa nojenta.

Estávamos brincando, mas Aiden realmente virou à esquerda e passou pelo quarteirão onde meus pais moravam.

— Não vira — eu disse. — Se ele entrar, vamos ver daqui. Só chega um pouco mais perto da esquina para não perdermos nada.

Fisher parou na direção da placa de parada obrigatória, e nos inclinamos para a frente para espiar o que acontecia na outra rua. O Prius reduziu a velocidade e estacionou nos meus pais.

— Que merda é essa? Por que ele não me contou que vinha para cá? Falei com minha mãe há poucos dias, ela não comentou nada.

— Talvez eles estejam planejando uma festa surpresa para você ou algo do tipo.

— Faltam nove meses para meu aniversário.

Assim que Aiden desceu do carro e entrou na casa, Fisher e eu decidimos chegar mais perto. Entramos na rua, paramos algumas casas antes e abaixamos no banco.

Passei uma hora revendo muitas vezes todas as coisas que me deixaram desconfiada. Finalmente, suspirei:

— Talvez Aiden esteja certo, o diário que estou lendo me deixou paranoica e me fez ver coisas que não existem.

— Você já desconfiava antes de começar esse diário — lembrou-me Fisher.

— Sim, mas... — Balancei a cabeça. — Sei lá. Fiquei realmente obcecada pela ideia de Aiden me trair e acho que boa parte disso pode ser por causa do que estou lendo. Sério, é a terceira vez que leio esse maldito diário. Fico sentada na escada da biblioteca pensando se alguém no meio daquelas pessoas pode ser Alexandria ou o marido dela. Não entendo como ela consegue trair esse homem e ainda esconder que o bebê que ela teve pode nem ser dele.

— E o amante é amigo do marido dela, não é?

— Sim. Terrível. É a pior traição, a esposa e o melhor amigo.

— Pois é, que merda. Não tem muita coisa pior que isso.

A porta da casa dos meus pais se abriu, e meu coração deu um pulo.

— Tem alguém saindo.

Fisher e eu escorregamos para baixo até o limite, até onde ainda conseguíamos enxergar pela janela. Meus pais e minha irmã saíram e pararam no alto da escada, onde ficaram conversando com Aiden por alguns minutos. Depois, meus pais se despediram e entraram, e minha irmã acompanhou Aiden até o carro dele. Quando se aproximaram do Prius, os dois se dirigiram ao lado do passageiro, e Aiden abriu a porta para Cecelia. Quando ela ia entrar, ele segurou a mão dela. O resto aconteceu em câmera lenta.

Aiden a puxou contra o peito e a encostou no carro. A brisa soprou seu cabelo comprido e escuro para a frente do rosto, e ele o afastou antes de se inclinar... para beijá-la. Perplexa e ainda em uma espécie insana de negação, fiquei esperando minha irmã empurrá-lo, como se fosse a primeira vez que aquilo acontecia. Ela o esbofetearia e empurraria.

Mas minha irmã passou os braços em torno do pescoço do meu noivo e o beijou... dois participantes voluntários no beijo ardente... na entrada da casa dos meus pais.

Não consegui falar nada. Estava de queixo caído, completamente chocada. Esqueci que Fisher estava ao lado, até que ele falou:

— Bom... Aí está uma coisa pior que a esposa transar com o melhor amigo do marido, como no diário que você está lendo. — Ele balançou a cabeça incrédulo e olhou para mim. — *Essa* é a pior traição.

30

Stella

— Você está brincando? — Fisher balançou a cabeça. — Não é possível!

Eu não tinha planejado contar nada a ele, muito menos a história inteira, mas foi exatamente o que fiz. Contei ao Fisher que Hudson talvez não fosse pai de Charlie antes de contar ao próprio Hudson e me sentia culpada por ter invadido a privacidade dele. Mas Fisher sabia que tinha alguma coisa errada comigo a semana inteira. E hoje, quando entrou e me viu de pijama amassado, cabelo desgrenhado e olhos inchados... não tive escolha.

Suspirei.

— Tenho certeza do que estou dizendo. Todos os fatos se alinham e... Foi Evelyn quem me deu aquele diário.

— Como Evelyn conseguiu o diário?

— Nem imagino. Olivia uma vez mencionou que Evelyn e a ex-mulher do Hudson brigaram porque Evelyn pegou alguma coisa dela. Talvez ela tenha roubado o diário.

— Certo. — Ele pôs as mãos na cintura e pensou por um momento. — Já sei o que vamos fazer. Vai pentear o cabelo e lavar o rosto, e eu vou lá em casa buscar um bloco de papel e duas garrafas de vinho. Quando eu voltar, você vai me contar tudo, e vamos ver se eu chego à mesma conclusão. Se chegar, aí pensamos no que fazer.

Afundei ainda mais no sofá.

— Não quero fazer nada.

Fisher segurou minhas mãos e me obrigou a ficar em pé.

— Não quero saber. Quando você começou a desconfiar de Aiden, não dei muita importância. Devia ter me sentado com você, ouvido tudo e traçado um plano de ação para chegar ao cerne daquela história. Mas não fiz nada disso, e você passou meses estressada e sofrendo. Não vamos repetir o erro. Precisamos achar uma saída. — Fisher olhou para minha cabeça. — Além do mais, acho que pode ter um ou dois ratos morando nesse ninho. Vai se pentear. Eu volto em cinco minutos.

Continuei parada, e Fisher me empurrou até a porta do quarto. Lá ele beijou minha testa e apontou a porta do banheiro.

— Vai.

Dez minutos depois, nós nos sentamos no sofá. Fisher apontou uma caixa vazia.

— Comeu todo aquele chocolate que foi entregue aqui?

Franzi a testa. Na manhã seguinte à noite em que saí correndo da casa de Hudson, um entregador trouxe um imenso buquê de flores exóticas e uma caixa de três quilos de Hershey's. Hudson também mandou um bilhete: "Você me faz sentir melhor que qualquer porção de chocolate". Comi tudo ao longo dos últimos dias enquanto me perguntava se essa declaração algum dia voltaria a corresponder à verdade. Nem toda a anandamida conseguiu me tirar daquele estado depressivo.

— Nem me lembra — respondi. — Estou me sentindo péssima. Hudson deve estar surtando com meu sumiço, com as ligações e as mensagens ignoradas. Mas não consigo olhar nos olhos dele sabendo o que sei. Não consigo, Fisher. Sou maluca por ele. Agora ele está sofrendo, mas vai ser muito pior quando eu contar.

Fisher afagou minha mão.

— Calma, amorzinho. Você fez a coisa certa. Não se pode contar esse tipo de coisa para alguém sem ter certeza absoluta. E, mesmo que tenha certeza, vai ter que pensar em um jeito delicado de dar a notícia.

— Fisher... não tem *jeito delicado*. Estamos falando da filha dele.

— Sim. Você precisa relaxar um pouco para podermos analisar todos os detalhes. Vamos beber um pouco de vinho. Você ficou menos nervosa contando para quatrocentos convidados como conheceu uma noiva que nunca tinha visto antes. — Fisher serviu duas taças de merlot e sentou-se com as costas eretas, a caneta posicionada. Parecia assumir seu lado advogado. — Vamos lá. Quando Evelyn te deu o diário?

— Foi presente de aniversário... Há um ano e meio, mais ou menos. Lembro que fiquei surpresa por ela ter me dado alguma coisa, porque não esperava nem que ela soubesse que era meu aniversário. — Parei para pensar. — Você me mandou flores. Quando Evelyn as viu, perguntou o motivo. Eu disse que era meu aniversário, e ela foi até o quarto e voltou com o diário. Não estava embrulhado nem nada.

— Tem datas no diário? Programas de televisão ou informações desse tipo?

— Não. Li umas cinco vezes de ponta a ponta nos últimos dias. Não achei nada.

— Certo. — Fisher escreveu "dezoito meses" na folha e sublinhou duas vezes. — E quando Hudson e a ex se divorciaram?

— Ele disse que Charlie tinha uns dois anos. Deve ter sido há quatro anos.

— Então o diário pode ter sido escrito há um ano e meio ou há um século, em qualquer momento entre um e outro?

— Acho que sim. Mas as páginas não estão amareladas, então acho que não é tão antigo.

— Ok... A linha do tempo funciona, mas também funcionaria para um milhão de outros cenários, provavelmente. Vamos aos nomes. O da mulher era Alexandria. Temos certeza do nome da ex-mulher de Hudson?

— Temos. Ele só se referia a ela como Lexi, mas outra noite, quando Charlie revelou seu nome inteiro, perguntei o nome completo dela. É Alexandria, e ela também escreveu diários. Hudson contou de passagem uma vez.

— Sei. São dois nomes que batem. E Hudson? O diário indica o nome dele?

Balancei a cabeça.

— Ela só o chama de H, e, enquanto estava lendo, presumi que fosse de *husband*. Mas é claro que pode ser Hudson. E o cara com quem ela tinha um caso era o melhor amigo do marido dela, e ela o chama de J. O nome do melhor amigo de Hudson é Jack.

Fisher fez mais algumas anotações.

— Há milhares de Jacks. É um nome comum. Aposto que Alexandria também é. Tudo dentro do esperado.

— Mas ela escreveu o nome da filha no dia em que a bebê nasceu: Laken Charlotte.

— E o nome da filha de Hudson é realmente Laken Charlotte?

— Sim.

— Bem, não é uma combinação usual, obviamente. Nunca conheci nenhuma Laken, mas deve haver várias em Nova York. São mais de oito milhões de habitantes.

— Tem mil seiscentas e sessenta e duas pessoas com menos de treze anos chamadas Laken nos Estados Unidos, de acordo com o Censo. Eu conferi.

— Caramba. Bem, isso ainda é mais de mil e seiscentas pessoas.

— Mas, quando pesquiso o primeiro com o último nome, Laken Rothschild, eles estimam que só tem uma.

— Estimam? O Censo não tem certeza?

— As respostas se baseiam em dados antigos. É mais uma estatística que uma contagem exata. Mas, basicamente, não é uma combinação popular.

— Certo. O que mais?

— Alexandria se casou na Biblioteca Pública de Nova York. Hudson e Lexi também.

— Hum. Está ficando complicado.

— Alexandria e H moravam no Upper West Side, como Lexi e Hudson.

Fisher respirou fundo.

— Muitas coincidências, com certeza. Mas uma vez li sobre uma dupla de gêmeos separada no nascimento. Os dois foram chamados de James pelos pais adotivos, e os dois se tornaram policiais e se casaram com mulheres que tinham o mesmo nome. Eles também tiveram filhos com o mesmo nome, se divorciaram e se casaram com mulheres de nomes iguais pela segunda vez. Não sabiam de nada, até que se encontraram um dia, já mais velhos. Resumindo, coincidências bizarras podem acontecer.

— É, acho que sim. Mas o que eu faço? Devo dizer: "Ei, olha só, existe uma possibilidade de sua filha não ser sua. Ela pode ser filha do seu melhor amigo, Jack, porque ele comia sua esposa escondido"?

Fisher balançou a cabeça.

— Meu Deus! — Ele virou o vinho da taça. — Acho que não tem saída.

— Posso queimar o diário e fingir que nunca o vi.

— E depois? Nunca vai contar para o cara que a filha pode não ser dele? Conheço você, Stella. Isso abriria um buraco em seu estômago.

Olhei para Fisher.

— Ela é a luz da vida dele. Acho que prefiro abrir um buraco em meu estômago a partir o coração de Hudson.

— Mas você não consegue nem seguir com as tarefas cotidianas. Não teve uma conversa de verdade com ele desde que concluiu isso tudo. Não vai conseguir guardar segredo, a menos que saia da vida dele de uma vez. — Fisher pensou um pouco. — Se isso for verdade... Pense em quantas vidas esse diário arruinou. Você podia nunca ter descoberto o que Aiden estava fazendo, se não estivesse lendo o diário. E agora isso. É muito maluco. — Ele fez uma pausa, balançou a cabeça. — Mas você precisa contar para ele, amor. Ele tem o direito de saber.

Eu me sentia com uma bola de golfe entalada na garganta. Engoli em seco.

— Eu sei.

Depois dessa conversa, Fisher e eu bebemos duas garrafas de vinho. Eu tentava afogar o cérebro, torcia para, por alguns minutos, conseguir parar de pensar no que precisava fazer. Mas o álcool só me deixou mais triste.

Senti as lágrimas brotando.

— Não quero perder o Hudson, Fisher. Já estou morrendo saudade, e faz menos de uma semana desde a última vez em que nos vimos.

Fisher me fez um cafuné.

— Eu vi como Hudson a olha. Aquele homem adora você. Não vai perdê-lo, mas precisa conversar com ele. Não dá mais para evitar.

— Eu sei. É que... me senti paralisada nos últimos dias.

Acompanhei Fisher até a porta por volta das dez.

— Eu trago café amanhã quando você estiver sóbria, assim podemos pensar em como vai contar para ele.

Suspirei.

— Ok, obrigada.

Ele levantou meu queixo.

— Vai ficar bem?

— Vou, sim. Até amanhã.

Fechei a porta, recolhi as taças de vinho e joguei as garrafas vazias no lixo. Quando fui apagar a luz da cozinha, vi que Fisher tinha deixado a chave do meu apartamento em cima da bancada. Deduzi que ele perceberia de volta de manhã, quando chegasse com o café, e apaguei a luz. Precisava muito de um banho.

No banheiro, tirei a roupa enquanto deixava o chuveiro ligado para a água esquentar. Quando pisei no box, o interfone tocou.

Fisher percebeu que tinha esquecido a chave, pensei.

Enrolada na toalha, peguei a chave a caminho da porta. Talvez o álcool me fizesse mais descuidada, mas em nenhum momento me ocorreu que poderia ser outra pessoa. Então, sem conferir pelo olho-mágico, abri a porta.

— Eu sei, eu sei. Esqueceu a ch... — Parei ao ver o homem do outro lado da porta. Definitivamente, não era Fisher.

Hudson enrugou a testa.

— Estava esperando outra pessoa?

★ ★ ★

— Ah, eu... Fisher esqueceu a chave, pensei que fosse ele.

Hudson e eu ficamos ali, nos olhando. Eu me sentia tão abalada depois de ter passado horas falando sobre ele que não sabia o que fazer nem o que dizer. Inferno, fazia uma semana que eu não sabia o que fazer nem o que dizer.

No fim, ele suspirou.

— Posso entrar?

— Ah... É claro. Desculpa.

Fechei a porta e tentei me controlar, mas estava tão nervosa que não conseguia raciocinar direito. Mais uma vez, nós nos encaramos de um jeito perturbador.

Hudson teve que romper o silêncio.

— Eu devia ter ligado antes.

Ajeitei a toalha.

— Tudo bem.

— É mesmo? Não liguei porque achei que você ia falar não, e no momento sinto que minha presença a incomoda.

Odiei saber que o fazia sentir indesejado.

— Desculpa. Só não estava esperando. Fisher esteve aqui e tomamos vinho, e eu ia tomar uma ducha antes de me deitar.

— Eu posso ir emb...

— Não, não. Não precisa.

Hudson me encarou.

— Queria conversar com você.

Assenti e apontei a porta do quarto.

— É claro. Só vou... desligar o chuveiro e me vestir.

— Pode tomar banho. Eu espero.

Eu precisava de alguns minutos para organizar os pensamentos. Planejava refletir por alguns dias sobre como contar a ele o que eu sabia. Agora tinha só o tempo de uma ducha.

— Se não se incomoda, seria ótimo. Obrigada. — Apontei o sofá.

— Fica à vontade.

No banho, minha cabeça era uma tremenda confusão, e eu me sentia meio tonta. Só que não tinha tempo para desabar, então fiquei embaixo d'água, fechei os olhos e respirei fundo algumas vezes, até sentir que o mundo parava de girar tão depressa.

Não havia jeito fácil de começar a conversa necessária, e eu não podia mais me esconder atrás das dúvidas que criei sobre a informação. Tudo se encaixava. Até Fisher estava convencido. Então, deduzi que teria de começar do princípio. Hudson já sabia que eu lia diários, e eu estava certa de que tinha falado com ele sobre esse cuja autora se casou na Biblioteca Pública de Nova York. Decidi que começaria com alguma coisa como "li um diário há algum tempo...". Mas e depois? Diria: "ei, me conta, alguma vez desconfiou de que sua mulher tinha um caso?". Isso me fez hiperventilar.

E se eu estiver errada?

E se estiver certa?

E se contar isso afastar dele a coisa mais sagrada de sua vida?

Vou arruinar a vida de uma garotinha?

Eu ia querer saber se meu pai não fosse realmente meu pai?

Meu Deus. Pensar em tudo isso fazia minha cabeça girar ainda mais. Considerando que meus pais dormiam com todo mundo, era perfeitamente possível que meu pai *não fosse* meu pai.

Ai, Deus. *Quem liga para minha família?* Queria que isso estivesse acontecendo comigo, não com Hudson e sua filha linda.

Durante o resto do banho, pensamentos aleatórios invadiram minha cabeça, e eu alternei entre tentar acompanhá-los e tentar me acalmar respirando lentamente. *Eu ia morrer se pulasse a janela para tentar fugir?* Quando minhas mãos começaram a enrugar, eu soube que tinha que encarar essa merda toda.

Desliguei o chuveiro, me enxuguei, escovei o cabelo e vesti uma calça de moletom e uma camiseta, antes de limpar o vapor do espelho e falar comigo mesma.

Vai ficar tudo bem. Não importa como, isso vai acabar e, no fim, tudo vai ser como tem que ser. Pode ser complicado, mas, se um diário sobre um homem por quem sou maluca veio parar em minhas mãos antes de eu conhecê-lo, deve ter alguma razão para isso. De algum jeito, Deus pôs isso em minhas mãos, e no fim tudo vai dar certo.

Respirei fundo mais uma vez e cochichei para mim mesma:

— Agora tudo está nas mãos do destino.

Abri a porta do meu quarto.

E descobri que não estava na mão do destino.

Estava nas mãos de Hudson.

Porque eu tinha deixado o diário na mesinha de centro, e ele o estava lendo.

Hudson levantou a cabeça.

— Por que diabo você tem o diário da minha ex-mulher?

31

Hudson

— Não entendo. Por que Lexi venderia o diário dela no eBay? E como ele veio parar na sua mão?

Stella balançou a cabeça.

— Eu não comprei no eBay. Ganhei da Evelyn, foi presente de aniversário.

— Evelyn? Evelyn Whitley?

— Sim.

— E como ele foi parar na mão da Evelyn?

— Não faço a menor ideia.

— Quando ela te deu o diário?

— No meu aniversário do ano passado, há um ano e meio, mais ou menos.

Eu não sabia o que estava acontecendo, mas sabia que Evelyn e Lexi não se falavam mais. Lembrava de um dia há uns dois anos, quando fui buscar Charlie e minha ex estava de péssimo humor. Ela me perguntou se eu ainda tinha contato com Evelyn. É claro que não tinha. Evelyn era amiga da minha irmã, e eu nunca gostei muito dela.

— Acabei de ler a primeira página. Começa no dia em que a gente se conheceu.

Stella estava pálida.

— Eu sei.

Apertei a nuca, me sentindo entre enganado e furioso, mas tentei manter a calma.

— Você *por acaso* ganhou o diário da minha ex-mulher? Ganhou da mulher que fingia ser na noite em que nos conhecemos?

— Parece absurdo, eu sei. Mas, sim, foi isso que aconteceu. Eu não sabia que o diário era da sua ex-mulher até algumas noites atrás.

— Algumas noites atrás? Na minha casa, quando disse que estava com dor de cabeça e saiu correndo?

— Sim. Foi quando tudo se encaixou.

Eu tinha revisto aquela noite mentalmente umas dez vezes, tentando compreender o que havia acontecido. Estávamos bem, dando risada, e de repente ela foi embora. Balancei a cabeça.

— Não estou entendendo, Stella.

Ela suspirou.

— Será que podemos nos sentar e conversar sobre isso?

Passei a mão na cabeça.

— Você pode. Eu preciso ficar em pé.

Hesitante, ela se sentou na poltrona. Comecei a andar pela sala.

— O que aconteceu naquela noite na minha casa?

Stella baixou a cabeça e falou, olhando para as mãos:

— Charlie disse o nome dela, e eu me lembrei de ter visto o mesmo nome em um diário. Lembra que contei que li o diário de uma mulher que tinha se casado na biblioteca? E que eu ficava sentada na escada procurando as pessoas sobre as quais tinha lido?

Eu estava muito confuso.

— Estava procurando Lexi e eu?

Stella assentiu.

— Naquela época, eu não sabia, mas... acho que sim.

Era difícil acreditar que o diário de minha ex-esposa tinha ido parar nas mãos da minha nova namorada *por coincidência*. Mas, mesmo que tivesse acontecido exatamente isso, eu ainda não conseguia entender por que Stella surtou naquele dia.

Mostrei o diário.

— Então foi por isso que começou a me evitar? Porque percebeu que tinha lido o diário da minha ex-esposa?

Ela ainda não me encarava.

— Sim.

Dei mais alguns passos, tentando visualizar o quebra-cabeças completo, mas faltavam algumas peças.

— Por quê? Se tudo foi uma grande coincidência, por que não me contar?

Stella ficou em silêncio durante um tempo. Isso estava me apavorando.

— Responde, Stella.

Ela levantou a cabeça pela primeira vez. Seus olhos estavam cheios de lágrimas, e ela parecia completamente perturbada. Eu me sentia dividido entre a vontade de abraçá-la e o impulso de gritar com ela, exigir que explicasse toda essa loucura.

Infelizmente, o impulso de gritar foi mais forte:

— Porra, Stella. Responde!

Ela se sobressaltou, e as lágrimas começaram a cair.

— Porque… tem coisas… péssimas nesse diário.

— Que coisas?

Lexi e eu não tínhamos um bom relacionamento, ainda mais no fim. Mas nunca fui cruel com ela. Não tinha dado motivo para ela escrever nada que pudesse deixar Stella desse jeito, assustada.

Ela começou a chorar de verdade.

— Não quero machucar você.

Eu não suportava vê-la naquele estado, por isso me aproximei e ajoelhei na frente dela. Afastei os cabelos úmidos de seu rosto e falei, em voz baixa:

— Relaxa. Para de chorar. Nada que Lexi tenha escrito em um diário vai me machucar. O que me machuca é ver você tão abalada. Qual é o problema, meu bem?

O esforço para acalmá-la a deixou ainda mais nervosa. Ela soluçava, seus ombros tremiam. Eu a abracei e a segurei até que se acalmasse um pouco. Depois levantei seu queixo para fitá-la nos olhos.

— Conversa comigo. O que a deixou desse jeito?

Ela olhava fundo em meus olhos, e tive a sensação de ver seu coração se partir.

— Lexi... Ela fala sobre ter tido um caso.

Demorei alguns segundos para superar o espanto.

— Sei... Bom, não sabia disso, mas não posso dizer que esteja chocado. Peguei várias mentiras dela ao longo dos anos sobre coisas bobas, e houve um tempo em que suspeitei de que ela podia estar com alguém, apesar de ela sempre ter negado. Lexi é bem egoísta e fez umas coisas baixas, inclusive esconder dinheiro e sumir até tarde da noite. É isso que a está consumindo? Pensou que eu ficaria aborrecido com essa descoberta? Não é agradável, mas essa fase da minha vida acabou.

Stella fechou os olhos e balançou a cabeça.

— Tem mais.

— Ok... o quê? O que é?

— O homem com quem estava dormindo... ela escreveu que era seu melhor amigo.

Meu rosto se contraiu.

— Jack?

— Ela nunca escreve o nome dele, mas o chama de J... E... — Stella engoliu em seco mais uma vez e respirou fundo. — Lexi não sabe quem é o pai.

Eu devia estar em negação, porque não compreendi do que ela estava falando.

— Pai de quem? Como assim?

Os lábios dela tremeram.

— Charlie. Ela não sabe quem é o pai de Charlie. Estava transando com vocês dois quando engravidou.

* * *

Até uma semana atrás, eu sentia que tinha o mundo nas mãos. Lembro-me de ter visto minha menininha ajudando a mulher por quem estava apaixonado a preparar meu jantar, as duas rindo, e de ter pensado como tudo parecia certo. E agora... era como se meu mundo tivesse desabado.

No começo, não acreditei. Não que Lexi fosse incapaz de fazer esse tipo de merda, mas não acreditei que meu melhor amigo fizesse algo assim. No mínimo, essa parte tinha que ser engano. J podia ser de mil nomes; e Jack nunca me trairia.

Contudo, quando estava na terceira dose de uísque, sentado no bar onde havia encontrado meu amigo inúmeras vezes, eu me lembrei de um Dia dos Namorados de anos atrás. Eu tinha passado algum tempo em Boston trabalhando. Voltaria para casa em um voo no início da noite. Disse a Lexi que sairíamos para jantar quando eu chegasse, mas terminei antes tudo o que tinha para fazer e decidi pegar um voo na hora do almoço, para voltar mais cedo e fazer uma surpresa. Quando entrei, Jack estava com ela. Tive uma sensação incômoda, mas Jack explicou que pedira para a Lexi ir com ele comprar um presente para a nova namorada, hoje sua esposa, um presente de Dia dos Namorados. Ele contou que ela adorava esmeraldas e que ele havia lembrado que Lexi tinha um colar com pedras assim, então, imaginou que ela poderia ajudá-lo a escolher algo de boa qualidade. Honestamente, não pensei mais nisso... Porra, minha esposa e meu melhor amigo.

Alguns anos depois, eu estava sentado na frente de Lexi no escritório de meu advogado. Ela mantinha as mãos unidas sobre a mesa de reuniões, e notei em seu dedo um anel com uma esmeralda enorme. As negociações para o divórcio estavam conturbadas até então, e eu fiz um comentário sobre seus gastos absurdos e apontei o anel. Ela sorriu de um jeito maldoso e disse que o tinha havia anos, que fora presente de um homem que realmente reconhecia seu valor. Eu nunca tinha visto aquele anel, mas Lexi tinha uma tonelada de joias, e mais uma vez não notei nada no comentário além de uma tentativa de me irritar, sinal de ressentimento.

Sacudindo os cubos de gelo que nem tiveram tempo de derreter no copo, decidi fazer uma ligação. Não dava a mínima se eram duas e meia da manhã.

No terceiro toque, uma voz feminina grogue atendeu.

— Alô?

— Você tem um anel de esmeralda?

— Hudson? É você?

— Sim, sou eu, Alana.

— Está de madrugada.

Ouvi uma voz masculina resmungar ao fundo, mas não distingui o que dizia.

— Dá para me dizer se você tem um anel de esmeralda?

— Não estou entendendo...

Minha voz explodiu:

— Só responde a porra da pergunta. Você *tem ou não tem* um anel de esmeralda que ganhou do seu marido?

— Não, não tenho. O que houve, Hudson? Está tudo bem?

Alana deve ter coberto o fone, porque ouvi vozes abafadas e, segundos depois, meu suposto melhor amigo falou do outro lado:

— Hudson? O que aconteceu?

— Sua esposa não tem uma porra de anel de esmeralda.

— Você está bêbado?

Ignorei a pergunta. Estar ou não bêbado não mudava os fatos.

— Sabe quem *tem* uma porra de anel de esmeralda?

— Do que está falando?

— Minha ex-mulher. Ela tem essa merda de anel de esmeralda. Aquele que você me disse que ia comprar para sua nova namorada quando voltei antes de Boston.

Silêncio por um momento. Depois de alguns instantes, Jack pigarreou do outro lado.

— Onde você está?

— No bar da esquina da sua casa. É bom você vir para cá, ou eu vou bater aí em dez minutos. — Sem esperar resposta, desliguei e joguei o celular no balcão. Depois levantei o copo vazio para o *bartender*.

— Mais um.

★ ★ ★

Jack não falou nada quando se sentou na banqueta ao lado.

Eu não conseguia nem olhar para ele. Minha voz era assustadoramente calma, e eu olhava para o copo.

— Como pôde?

Ele não respondeu de imediato. Por um momento, pensei que tentaria se fazer de bobo ou, pior, negar tudo, mas pelo menos ele teve esse respeito por mim.

— Queria ter uma resposta a essa pergunta em vez de dizer que sou um merda.

Deixei escapar uma risadinha abafada e levei o copo à boca.

— Provavelmente, essa é a primeira coisa honesta que ouço de você em anos.

Jack levantou a mão para chamar o *bartender* e pediu um uísque duplo. Esperamos a bebida ser servida para continuar.

— Quanto tempo? — perguntei.

Ele esvaziou metade do copo e o deixou sobre o balcão.

— Mais ou menos um ano.

— Estava apaixonado por ela, pelo menos?

— Não. Era só sexo.

— Que beleza. Vinte e cinco anos de amizade por sexo. Lexi não sabia nem chupar direito. Era só dentes.

Pelo canto do olho, vi Jack baixar a cabeça. Ele a sacudiu por alguns instantes.

— Acho que queria ganhar em alguma coisa — disse ele. — Você sempre foi o mais esperto, o mais forte, o mais alto, o mais popular, e sempre conseguiu todas as garotas que quis. Eu estava saindo com Alana fazia poucas semanas quando ela admitiu que, naquela noite em que a conhecemos no bar, ela e a amiga se aproximaram para falar com a gente porque ela queria você. Até minha esposa teria preferido você, se tivesse chance. — Ele balançou a cabeça de novo. — Estávamos bêbados na primeira vez que aconteceu, se serve de consolo.

— Não serve.

Passamos uns dez minutos sentados lado a lado sem dizer nada. Terminei a quarta dose de uísque, enquanto meu leal amigo bebia seu duplo. Eu não era de beber muito, e o álcool já tinha me dominado. Enxergava tudo borrado, e o ambiente começava a girar.

Respirei fundo e virei para encarar Jack pela primeira vez. Ele também olhou para mim e inspirou de modo entrecortado enquanto me encarava.

— É sua? — Fazer a pergunta era suficiente para causar uma dor real em meu peito, e a voz tremeu quando repeti: — Minha filha é sua?

Jack engoliu em seco.

— Lexi nunca teve certeza. Até onde eu sei, ainda não tem.

Tirei a carteira do bolso. Joguei duas notas de cem no balcão e chamei o *bartender*.

— Cem pelas bebidas. Os outros cem para não ajudar ele a se levantar.

O cara olhou para mim com ar confuso, por isso me levantei e, depois de me equilibrar, apontei para aquela merda de homem que tinha chamado de melhor amigo por mais de duas décadas.

— Ele fodeu minha mulher enquanto eu era casado com ela.

O homem levantou as sobrancelhas e olhou para nós dois.

— Olha aqui — falei para meu amigo mais antigo.

Jack virou na cadeira e olhou para mim. Tive que fechar um olho para enxergar só um Jack, que nem levantou as mãos quando levei o braço para trás e enfiei um soco bem no meio da cara dele. Era o mínimo que podia ter feito… apanhar como homem.

— Não conta para aquela merda da minha ex-mulher que eu sei — avisei, antes de me virar para sair. Não me preocupei em olhar para trás para conferir se o *bartender* o ajudou a se levantar do chão.

32

Stella

Quase uma semana depois, eu ainda não encontrara Hudson. E ele tinha mais direito de desaparecer que eu quando o evitei.

Desconfiava de que tinha contado alguma coisa à irmã, porque Olivia nem mencionava o nome dele. As últimas amostras da Signature Scent chegaram, a arte que fotografamos na Califórnia para as embalagens foi aprovada, e naquele dia, quinta-feira, o depósito começou a despachar os pedidos feitos pelo Home Shopping. Era um dia incrível. Meu sonho de anos se realizava. Mas eu só queria ir para casa e me jogar na cama.

Fisher se negou a deixar a ocasião passar em branco, por mais que eu dissesse que não tinha disposição para comemorar. Assim, acabei indo encontrá-lo para jantar quando saí do depósito. Ele já estava sentado quando cheguei, e havia um balde de gelo ao lado da mesa.

Sentei-me de frente para ele.

— Agora sei que a situação é grave. Vi você chegar. Tem um vaso enorme de flores em cima da mesinha da *hostess* e você nem cheirou.

Tentei sorrir.

— Não me sinto disposta a cheirar flores hoje.

— Mas isso não está certo. Hoje é justamente o dia em que você devia parar e cheirar as flores, minha bela Stella. Pôs seu coração nessa empreitada, e hoje seus primeiros pedidos começam a ser entregues. — Ele tirou a garrafa do balde de gelo e encheu minha taça antes de encher a dele. — Até escolhi um dos bons.

A intenção dele era ótima, mas ver o rótulo dourado na garrafa de champanhe, o mesmo que roubamos do casamento de Olivia meses atrás, me dava a sensação de encerrar um ciclo. Hudson e eu começando e terminando com essas garrafas. Senti um peso no peito.

Fisher levantou a taça para um brinde.

— A essa mulher esperta. Você passou anos trabalhando duro e enfrentando tempestades, até que encontrou seu arco-íris.

Sorri.

— Obrigada, Fisher.

O garçom se aproximou e fizemos o pedido. Eu não sentia disposição para comer, mas precisava me esforçar, porque Fisher estava fazendo tudo por mim.

— E aí, nenhuma notícia de Hudson?

Suspirei e meus ombros caíram.

— Ele não tem ido ao escritório. Às vezes recebo e-mails profissionais, mas sempre bem cedo, tipo... quatro da manhã. Ele continua trabalhando, mas de casa, e não fala comigo sobre assuntos particulares.

Fisher deu um gole no champanhe.

— Quer dizer que não sabe nem se ele desmascarou a ex-mulher? Se falou para ela que sabe sobre o diário e tudo que há escrito lá?

Balancei a cabeça.

— Ele levou o diário quando foi embora, mas nem imagino o que fez ou com quem falou.

— Ele não pode se ressentir contra você para sempre. Nada disso é culpa sua.

— Não sei nem se ele acredita que o diário chegou a minhas mãos por coincidência.

— E como não teria sido coincidência?

— Pensa um pouco. Eu apareci no casamento da irmã dele, uma mulher que nunca tinha visto, depois de ler o diário da ex-esposa dele?

— Mas você não sabia que era ex-esposa dele.

— Sim, mas tudo parece terrivelmente conveniente.

— E o que ele acha, então? Que você o perseguia ou alguma coisa assim? Leu o diário da ex-mulher dele, deduziu quem ele era e armou para que ele se apaixonasse? Isso é coisa de filme com Glenn Close.

— Não sei o que ele acha.

— E quer saber o que *eu* acho?

— Tenho escolha?

— É claro que não, bobinha. — Fisher segurou minha mão sobre a mesa e faz carinho. — Na minha opinião, nenhuma dessas coisas foi coincidência. Acredito que a vida é uma série de degraus que se sucedem em direções diferentes. Não temos ideia de que caminho seguir, por isso andamos em linha reta e vamos pelas pedras maiores, porque é mais fácil. Coincidências são as pedras menores que nos levam por um rumo que desvia do principal. Se você tem coragem suficiente, segue essas pedras e acaba exatamente onde tinha que estar.

Sorri de um jeito triste.

— Que bonito. Quando se tornou tão sábio?

— Há uns dez minutos, quando estava sentado aqui e o garçom se aproximou da mesa. A *hostess* perguntou se eu queria de centro ou de canto. Escolhi no centro, mas ela me trouxe para cá, no canto. Eu podia ter dito que não foi o que pedi, mas segui uma pedrinha pequena para um novo caminho, e veja só o resultado.

— Não entendo. Que resultado?

O garçom se aproximou com o couvert. Deixou os pratos na mesa e olhou para Fisher com um sorriso radiante.

— Mais alguma coisa?

— No momento, não. Talvez mais tarde?

Os olhos do garçom brilharam.

— Sem dúvida nenhuma.

Ele se afastou, Fisher pegou um palito de muçarela e piscou para mim.

— Ele. O caminho me trouxe ele, e acho que esse é o lugar exato para eu estar em algumas horas.

★ ★ ★

Na noite de sexta-feira, saí do escritório por volta das sete horas. A Signature Scent despachava os pedidos sem nenhum problema, e na semana seguinte o site iria ao ar e começaria a vender para o público geral. Olivia conseguira me encaixar em vários programas matinais de TV que entrevistavam mulheres empreendedoras, e algumas revistas fariam entrevistas comigo. Tudo com que sonhei por tanto tempo estava se tornando realidade, e eu não conseguia apreciar nada.

Naquele dia de manhã não aguentei e mandei uma mensagem para o Hudson: "Saudade". Vi que ele tinha lido, mas não recebi resposta. Estava arrasada. Uma vez, ainda criança, eu estava pulando ondas na praia e uma me acertou em cheio. Ela me derrubou e me arrastou como se eu fosse uma boneca de pano; fiquei desorientada, sem saber onde estava a superfície. Era exatamente *assim* que me sentia nesse tempo sem falar com Hudson. Tinha que me arrastar para fora da cama para trabalhar.

Agora era fim de semana, e eu não queria ir para casa. No metrô, simplesmente desliguei de tudo enquanto viajava no sentido norte. A certa altura, levantei a cabeça quando paramos em uma estação, e a placa chamou minha atenção: "Bryant Park – 42nd Street".

Eu me levantei. O metrô estava lotado, e tive que abrir caminho empurrando umas dez pessoas para chegar à porta e sair. A Biblioteca Pública de Nova York ficava naquela esquina. A última coisa que eu devia era fazer era ficar naquela escada e lembrar a noite em que Hudson e eu dançamos pela primeira vez, mas não conseguiria evitar.

Era outono, os dias ficavam mais curtos, e, pouco depois de eu me acomodar no mesmo lugar onde havia estado centenas de vezes, o sol começou a se pôr. O céu se tingiu de laranja e roxo, e eu respirei fundo e fechei os olhos por um minuto, tentando deixar aquele espetáculo natural me animar. Quando os abri de novo, olhei para baixo e vi um homem parado me encarando.

Pisquei algumas vezes, certa de que estava imaginando coisas.

Mas não.

Meu coração disparou quando Hudson subiu a escada e se aproximou.

— Posso me sentar com você? — O rosto dele era indecifrável.

— É claro que pode.

Ele se acomodou no degrau de mármore. Com as pernas afastadas, uniu as mãos entre os joelhos e olhou para elas por longos instantes. Isso me deu a chance de observá-lo. Fazia só uma semana que havíamos nos visto pela última vez, mas dava para notar que ele emagrecera. Estava abatido, com olheiras fundas e pálido.

Muitas perguntas passavam por minha cabeça. Ele tinha ido me procurar? Fora até lá só para pensar? Estava bem? O que havia acontecido na semana passada? Considerando o que eu via, as coisas tinham piorado. Mas também parecia que ele gostaria de dizer algo que, fosse o que fosse, não era fácil. Por isso, abri a bolsa, peguei uma barra de Hershey's e dei para ele.

Hudson sorriu triste.

— Você parece precisar tanto quanto eu. Vamos dividir?

Durante os dez minutos seguintes, dividimos uma barra de chocolate e assistimos ao pôr do sol sentados lado a lado, em silêncio, na escada da Biblioteca Pública de Nova York, o lugar onde ele havia se casado, o lugar onde os pais, cujo relacionamento ele tanto admirava, tinham trocado alianças.

Depois de um tempo, ele perguntou:

— Você está bem?

— Já estive melhor. E você?

Outro sorriso triste.

— Também.

Mais alguns momentos de silêncio.

— Desculpa, precisei sumir por um tempo e tentar entender tudo isso — disse ele, enfim.

Mudei de posição e me virei de frente para ele, embora Hudson continuasse olhando adiante quando falei:

— E conseguiu? Entendeu alguma coisa?

— Na medida do possível, acho.

Assenti.

Hudson admirava o pôr do sol quando as lágrimas começaram a inundar seus olhos. Ele engoliu antes de falar:

— Jack admitiu.

Meu coração doía. Eu não sabia mais o que éramos um para o outro, mas isso não me impedia de ter compaixão. Segurei a mão dele.

— Sinto muito, Hudson. De verdade.

— Decidi não falar sobre isso com a Lexi.

Uau. Imaginava que essa seria a primeira coisa que ele faria.

— Sei...

— Só serviria para me dar a satisfação de gritar com ela. Não faria nenhum bem para mim nem para Charlie. Minha cabeça não está pronta para lidar com as coisas. Do meu ponto de vista, Lexi é o inimigo e nunca é uma boa ideia deixar o inimigo conhecer seus planos. Preciso saber exatamente quais são meus direitos antes de falar com ela. — Hudson engoliu em seco. Quando continuou, sua voz era rouca: — Charlie é minha filha. Isso não vai mudar se... se... — Ele não conseguia nem completar a frase.

Meus olhos se encheram de lágrimas.

— Tem razão. Você é um pai fantástico, um homem incrível por colocar os sentimentos de Charlie acima de tudo em um momento em que seria fácil ser irracional.

— Mas providenciei o teste de DNA. Recolhi a saliva enquanto ela dormia e mandei para o laboratório ontem, junto com uma amostra da minha. Não quero saber o resultado, na verdade, mas sinto que seria irresponsável deixar por isso mesmo. Se acontecer alguma coisa e ela precisar de sangue... — Dessa vez ele não conseguiu conter a emoção. Sua voz tremeu. — O resultado sai em uma semana.

Ele não dava indícios de que as coisas ficariam bem entre nós. Mas não importava. Hudson estava arrasado, e eu não podia ficar ali sentada enquanto ele desmoronava. Eu o abracei.

— Sinto muito. Lamento que esteja passando por isso, Hudson.

Os ombros dele tremiam enquanto eu o abraçava. Ele não fazia barulho, nenhum som, mas eu sabia que estava chorando, porque sentia as lágrimas em meu rosto, onde o dele se escondia. Achei que poderia se sentir melhor se desabafasse, e chorar é um alívio físico para a dor. Mas também sabia que tipo de homem era Hudson. Ele guardaria alguma coisa para se torturar, porque, no fundo, se sentia parcialmente culpado. Ele se culparia por trabalhar demais, por não dar atenção suficiente à esposa, por não ter levado flores para casa sem motivo especial. Era uma culpa indevida, é claro, mas ele era assim, um homem honrado, e eu tinha certeza de que essa seria sua visão dos fatos.

Depois de um tempo, Hudson levantou a cabeça. Pela primeira vez durante a conversa, me encarou.

— Desculpa, eu precisava desse tempo.

Balancei a cabeça.

— Não precisa pedir desculpas. Eu entendo. Também me escondi de você por uns dias. E quero que saiba que nunca tive a intenção de esconder isso de você. Não liguei os pontos até aquela noite na sua casa. E aí... não soube como contar. Não queria contar.

— Agora eu sei. É que foi muita coisa para digerir. Eu precisava de um tempo para absorver tudo e, depois, para perceber que nada disso foi coincidência.

— Como assim?

Ele afastou o cabelo do meu rosto.

— Por que você está aqui agora?

— Na biblioteca?

Ele balançou a cabeça para confirmar.

— Não sei. Estava indo para casa de metrô depois do trabalho, olhei ao redor e vi a placa dessa estação. Alguma coisa me fez descer.

— Sabe por que estou aqui?

— Por quê?

— Eu também estava no metrô, a caminho do seu apartamento. Levantei a cabeça por um segundo e, no meio daquele mar de gente espremida no metrô, vi você descendo na parada do Bryant Park. Meu trem tinha parado do outro lado, paralelo ao seu. Tentei desembarcar, mas o metrô entrou em movimento antes. Desci na estação seguinte e corri até aqui.

Arregalei os olhos.

— Você levantou a cabeça e me viu descendo do metrô em uma estação *aleatória* que nem era a minha?

— Se eu não tinha certeza antes, agora tenho. — Ele segurou meu rosto e fitou meus olhos. — Nada disso é coincidência, meu bem. É o universo conspirando para nos unir. Desde o começo, antes mesmo de nos conhecermos...

Lágrimas inundaram meus olhos novamente. O vazio que senti no peito durante a última semana começou a se encher de esperança. Pensei em quanto nós dois fomos machucados, ele muito mais que eu. Aquele maldito diário tinha sido a raiz de tudo. Mas Hudson estava certo: era mais que só uma série de coincidências. Havia uma força superior trabalhando por nós o tempo todo.

Sorri e me inclinei para encostar o nariz no dele.

— Sabe, acho melhor a gente desistir. Se o mundo está conspirando a nosso favor, não temos a menor chance.

— Meu bem, eu não tive a menor chance de resistir desde o momento em que olhei para você.

33

Hudson

A semana passada foi devastadora.

Mas ontem de manhã foi pior ainda. Eu deveria receber o resultado do exame de DNA às nove horas, mas o laboratório atrasou. Stella estava comigo para me dar apoio no momento em que eu recebesse o resultado, mas tinha uma reunião na hora do almoço com um representante e não podia deixar de ir. O que foi melhor, porque chorei como criança quando eles ligaram por volta de meio-dia e confirmaram que minha garotinha... não era minha.

Quando Stella voltou, no fim da tarde, eu estava atordoado... e bêbado. Apaguei por volta das nove da noite, e talvez por isso agora estivesse acordado desde as três da manhã, olhando para o teto.

Como olhar nos olhos de Charlie sabendo que ela não era minha filha? Mentir para ela me faria sentir uma fraude. Ela só tinha seis anos, e sempre fui honesto com ela. Queria que Charlie confiasse em mim, como sempre confiei em meu pai. E agora tudo isso estava arruinado. Eu não parava de pensar em uma conversa que tivemos meses atrás. Ela me disse que não tinha quebrado o puxador da porta de um armário da cozinha, o mesmo que muitas vezes a vi usar como apoio para alcançar a bancada.

Pelo jeito como o puxador quebrou, eu sabia que ela estava mentindo para mim. Por isso expliquei que, por pior que fosse uma situação, mentir era sempre pior que aquilo que se tentava esconder. Naquela noite, ela me contou a verdade e disse que estava com dor de estômago. Tive certeza de que a dor era resultado da contração muscular provocada pela culpa. Eu acabaria com uma úlcera por essa mentira que ia sustentar.

Por volta das seis da manhã, o sol começou a entrar pela janela do quarto. Um raio de luz iluminou o belo rosto de Stella, e eu me virei de lado para observá-la dormir. Ela parecia tranquila, o que me deu algum conforto, porque sabia que as últimas semanas tinham sido tão estressantes para ela quanto foram para mim. Não conseguia imaginar o que ela sentiu no momento em que montou esse quebra-cabeças maluco. Devia ter sido bem parecido com o que sinto agora, como se o chão tivesse se aberto embaixo de mim e eu não tivesse mais onde pisar.

Como se notasse minha atenção, ela abriu os olhos, devagar.

— O que está fazendo? — perguntou, sonolenta.

— Apreciando a paisagem. Pode voltar a dormir.

Ela sorriu.

— Há quanto tempo está acordado?

— Não muito.

— Algumas horas?

Dei risada. O problema dessa coisa de alma gêmea é que, quando você tem uma ligação diferente de todas as outras que já criou com outras pessoas, é fácil notar quando você tenta esconder a tristeza.

Afastei o cabelo do rosto dela.

— Não sei o que teria feito sem você nessa semana.

— Sem mim, você não teria vivido a pior semana de sua vida.

— Um dia isso teria vindo à tona. A gente até pode fugir das mentiras, mas nunca da verdade.

— Tem razão.

— Acho que decidi como resolver as coisas com minha ex-mulher.

— Ah, é?

— Sim. Acho melhor continuar quieto, não vou falar nada para a Lexi.

— Ah... uau. Ok. Como chegou a essa decisão?

— O mais importante é que Charlie não sofra. Sou o pai que ela teve, e no momento ela é pequena demais para descobrir que sua vida inteira teve como base uma mentira. Ela precisa de estabilidade, rotina e previsibilidade, e não vou destruir esse equilíbrio só para destruir minha ex-mulher. Lexi quer a pensão e uma mesada. Jack ganha bem, mas não o bastante para bancar a vida confortável que eu sustento. Então, acho melhor deixar que ela pense que ainda guarda um grande segredo. Se souber que eu sei, ela vai se sentir financeiramente ameaçada, e não duvido que seja ressentida o suficiente para contar a uma criança de seis anos que o pai dela não é seu pai de verdade. — Acariciei o braço de Stella. — Mandei uma mensagem para Jack ontem contando sobre essa decisão, porque senti que era a atitude correta. Ele disse que biologia não constrói família e que ela é minha. Não pareceu interessado em entrar na vida da Charlie. Desprezo esse cara, mas ele está certo. Charlie é minha filha, apesar dos genes. Não ter meu DNA não muda isso. Um dia, quando ela for mais velha e estiver preparada... — Quase engasguei. — Conto que ela não é minha filha.

O sorriso de Stella era triste.

— Acho que faz muito sentido. Mas sei que não vai ser fácil lidar com sua ex-mulher sabendo o que sabe.

— Não vai, mas tudo bem. Vou fazer o que for preciso pela minha filha... *pela Charlie*.

Stella tocou meu rosto.

— Não se corrija quando disser "minha filha". Você é pai da Charlie. Porque pai é quem põe as necessidades do filho acima das dele, e tenho certeza de que você é o único dos três adultos nessa situação que já fez isso.

Concordei movendo a cabeça.

Em silêncio, Stella fez carinho em meu braço por alguns minutos. Estávamos deitados de frente um para o outro, e minha mão descansava na cama entre nós. Mas, quando ela tentou entrelaçar os dedos nos meus, percebi que minha mão estava fechada.

— Você está tenso — comentou ela, abrindo meus dedos.

— Estou. Devia correr para aliviar um pouco essa tensão.

— Tem algum compromisso hoje?

— Não. Normalmente passo metade do sábado no escritório, mas hoje não vou.

Ela levou minha mão aos lábios.

— Sabe, conheço um jeito muito mais agradável de liberar a tensão, melhor que correr na calçada.

Mesmo depois de uma noite em claro e da conversa que acabávamos de ter, minha disposição mudou ao sentir os lábios de Stella em minha mão e ouvir sua *insinuação*.

— Ah, é? Em que está pensando?

Ela me empurrou com delicadeza, me virou de barriga para cima e subiu em mim. Montada sobre meu corpo, tirou a camiseta. Seus seios fartos recebiam a luz natural. Quando tentei alcançá-los, Stella ergueu o dedo e o balançou de um lado para o outro.

— Não. É você quem vai aliviar a tensão. Deita que eu faço todo o trabalho.

Cruzei os braços atrás da cabeça, imaginando que ela ficaria por cima. Mas ela escorregou para trás e se sentou em minhas coxas. Aquela mão pequena tirou meu membro da calça de moletom, e seus dedos o envolveram com firmeza. Ela o afagou uma vez e lambeu os lábios, depois se inclinou e deslizou a língua pela cabeça do meu pau.

Seus olhos brilhavam maliciosos quando ela lambeu uma gotinha luminosa e me encarou.

— Me mostra como você quer que eu chupe.

Gemi e segurei seus cabelos. Stella fechou os olhos. Baixou a cabeça e me pôs quase inteiro na boca, com um movimento suave.

Porra.

Muito melhor que correr.

Seria rápido demais, mas muito necessário. Como se sentisse exatamente o que fazer, Stella mergulhou. Logo meu pau estava todo molhado de saliva, o tipo de umidade que fazia um barulho muito sexy a cada vez que ela levantava e baixava a cabeça. Ela me engolia até eu sentir o fundo de sua garganta, depois recuava. Foi assim muitas, muitas vezes. Era uma sensação gloriosa e torturante ao mesmo tempo. Eu queria muito levantar o quadril e penetrar sua boca, mas não queria machucá-la. Depois de alguns minutos, ela me soltou e levantou a cabeça. Minha mão ainda segurava o cabelo dela, e ela a tocou.

— Me mostra. *Vai!*

Porra.

Ela baixou a cabeça de novo e, desta vez, depois de mais duas subidas e descidas, não aguentei. Fiz exatamente o que ela pedia e, quando ela chegou ao limite, àquele ponto em que meu pau tocava o fundo de sua garganta e ela recuava, empurrei com delicadeza sua cabeça mais para baixo. Ela abriu a boca e me engoliu por completo.

— Pooorra.

Era isso que ela queria, e só esperou eu pedir.

Meu Deus.

Ela já era perfeita. Mas agora...

Stella recuou me chupando até a ponta. Fez um barulhinho de aprovação quando enrolei seu cabelo na mão e empurrei sua cabeça para baixo de novo. Só durei mais duas idas e vindas e senti que a explosão seria inevitável.

— Vou gozar... — gemi e soltei o cabelo dela.

Mas Stella não parou.

— Stella... meu bem... — Usei o cabelo para puxá-la um pouco para cima, sem saber se ela havia escutado. Mas isso só a fez me engolir mais profundamente.

Ela queria que eu gozasse em sua boca.

Stella não precisou esperar muito. Mais uma chupada, e deixei sair o jato pulsante que parecia interminável. Na verdade, comecei a ficar preocupado com quanto tempo aquilo duraria, mas minha garota engoliu cada gota.

Apesar de ela ter feito todo o trabalho duro, minha cabeça rolou para o lado sobre o travesseiro e fiquei completamente sem fôlego. Stella limpou a boca e escorregou para cima de meu corpo. Ela sorriu, satisfeita.

— Caramba... isso foi... tenho a sensação de que alguém vai ter que me ensinar a andar de novo.

Ela riu.

— Aliviou o estresse?

— Sim. A menos que eu pense em como você aprendeu isso.

— Na verdade, é engraçado, uma mulher de um dos diários se esforçava para conseguir fazer isso, e ela comprou um vídeo para se instruir. Também comprei, porque fiquei curiosa.

Fechei os olhos e ri.

— Esses diários... Eles vão ser meu fim, não vão?

Epílogo

Stella

Oito meses e meio depois

Querido diário,
nesta noite Stella dormiu antes de mim, e eu a observei por um tempo. De vez em quando havia um pequeno tremor no canto da boca, e os lábios se curvavam para cima. Não durava muito, um ou dois segundos, mas achei aquilo fascinante. Espero que ela tenha sonhado comigo, porque quero realizar todos os sonhos dela, exatamente como ela realizou os meus.
Hudson

Abracei o diário novo. Sério? Como tive tanta sorte? Hudson e eu fomos morar juntos alguns meses depois do lançamento da Signature Scent ao público geral, embora eu não precisasse mais dividir o aluguel. Pela primeira vez na vida, podia sustentar uma casa em Manhattan. Podia ter dado uma boa entrada em um imóvel só para mim, porque os negócios eram mais prósperos do que eu teria imaginado nos meus sonhos mais loucos. Oprah até colocou minha invenção em sua lista de presentes favoritos do ano. Agora tínhamos uma edição especial da caixa Signature Scent para o Dia dos Namorados, e logo a versão masculina estaria pronta para ser lançada. Trabalhei muito criando novos algoritmos, agora a equipe experiente da Rothschild Investments tinha assumido a tarefa, e eu finalmente sentia que havia encontrado tão almejado o equilíbrio entre trabalho e vida pessoal.

Hudson Rothschild realizou todos os meus sonhos e mais alguns. Até me surpreendeu com uma viagem à Grécia para comemorar a primeira remessa internacional do nosso produto. Ficamos em um hotel incrível em Mykonos. Quando chegamos lá, achei tudo meio familiar. Mas só entendi o porquê quando entramos na suíte. O hotel que ele escolheu era o mesmo que eu havia escolhido quase um ano antes, quando planejei minhas férias ideais na recepção do escritório, esperando para falar com ele. Hudson lembrou, mesmo tendo dado só uma olhada rápida na tela.

Quanto a meu hobby de ler diários... Bom, parei de comprá-los. Temia que manter diários pela casa fizesse Hudson se lembrar de coisas difíceis. Há alguns meses, ele percebeu e perguntou por que eu havia parado. Eu disse que não precisava mais ler sobre a vida de outras pessoas, porque minha história de amor era melhor que qualquer outra que alguém pudesse escrever. E não estava mentindo, é claro, mas Hudson me conhece muito bem. Ele sabia que eu sentia falta da leitura e provavelmente imaginava por que tinha desistido dela. E foi por isso que me surpreendeu com um diário na semana passada, um diário que ele mantinha em segredo havia meses. Foi a coisa mais doce, mais romântica, que alguém fez por mim. Bom, a maior parte dos registros era doce, alguns eram só safados.

Para ilustrar... virei umas dez ou doze páginas e reli um de meus trechos favoritos.

Querido diário,
hoje foi um dia especialmente duro, e o duplo sentido é proposital, mas nem por isso a declaração é menos verdadeira. Minha garota está na Costa Oeste há quase uma semana. Hoje de manhã, quando acordei, estava no travesseiro dela. Sentir seu cheiro acabou com qualquer possibilidade de desfazer aquela ereção matinal habitual. Em vez de combater a reação do meu corpo, fechei os olhos e cobri o rosto com o travesseiro dela. Respirando fundo, acariciei meu pau imaginando que minha mão era aquela vagina linda. Nada substitui a original, mas imaginei que ela estava sentada em mim, subindo e descendo para me acolher inteiro dentro de si. Ela jogou a cabeça para trás na hora do orgasmo, os seios bonitos balançando e implorando por minha boca. Eu a esperaria gozar,

então a penetraria tão fundo que parte do esperma ainda estaria dentro dela na próxima vez que tivesse que se ausentar.
Hudson

Outro de meus favoritos estava algumas páginas atrás. Era uma história que ele nunca tinha me contado, mas que aquecia meu coração.

Querido diário,
hoje levei Charlie para tomar café da manhã fora e contei para ela que eu e Stella moraríamos juntos. Depois, voltando para casa a pé, passamos por um parque onde havia duas garotinhas, talvez um ano mais novas que Charlie. Elas pulavam e sorriam animadas. Apontei para as meninas e falei: "Por que será que elas estão tão animadas?". Charlie respondeu: "Vai ver que a namorada do pai delas também vai morar com ele".
Hudson

O homem por quem eu era apaixonada apareceu no quintal. Eu estava sentada em uma cadeira de balanço no deque, ao lado da lareira, com Hendricks aos pés.

Hudson balançou a cabeça.

— Meu fiel amigo parece ter esquecido quem é o dono dele.

Sorri. O cão pastor que comprei para Hudson no Natal tinha se tornado minha sombra ultimamente. Eu não sabia por que, já que vivia gritando com ele por comer meus sapatos e roer os móveis. Demorou uma eternidade para adestrá-lo, e na sequência ele adquiriu o adorável hábito de roer as pernas da mesinha de centro que custara mil dólares. Para ser bem honesta, Hendricks, na maior parte do tempo, era um pé no saco. Mas ver a cara de Hudson na manhã de Natal quando percebeu que finalmente teria o cachorro que queria desde a infância fazia todo o caos valer a pena.

Eu agora tinha uma cópia da foto que Olivia mantinha sobre o console da lareira em cima da minha mesinha de cabeceira, aquele em que Hudson aparece soprando as velas do bolo de aniversário desejando um cachorro e cobrindo a boca da irmã. E, sim, ele deu a nosso cachorro o nome do gim que nos aproximou.

— É porque sou eu quem dá comida para ele — falei.

Hudson olhou o diário em minhas mãos.

— Não esquece nosso acordo. Você só pode ler um registro por dia.

— Eu sei. Só estava relendo alguns de meus favoritos. Ainda tenho o de hoje para ler.

— Ok. Vou sair para comprar um vinho para levarmos hoje à noite na Olivia. E levo o Hendricks para passear um pouco. Quer algo da rua?

Hoje Mason e Olivia faziam um ano de casados, e nós íamos jantar na casa deles. Eles tinham acabado de se mudar de Manhattan para uma casa a alguns quarteirões da nossa. Eu me perguntei se Hudson tinha percebido que não era só aniversário deles, mas nosso também. Há um ano, eu havia cheirado um copo de gim e conhecido o amor da minha vida. Mas não era *amor* que eu sentia naquela noite quando entrei correndo no táxi para fugir. Tinha comprado um presentinho para ele, uma celebração desse primeiro encontro, e pretendia entregar mais tarde quando voltássemos para casa.

— Não, acho que nada, só o vinho. Fiz um bolo para levar de sobremesa.

— Certo. Volto em vinte minutos.

— Tudo bem. Podemos ver o pôr do sol antes de sairmos para a casa da Olivia.

Hudson começou a se afastar, mas virou para mim e levantou o dedo.

— Não esquece: um registro. Não pode ler mais que isso.

— Não vou ler.

Quando ouvi os passos dele se afastando, suspirei e abri o diário ao contrário. Faltavam só umas vinte páginas para o fim. E o registro seguinte era muito curto. Eu poderia ler o diário inteiro antes de ele voltar, provavelmente, e ele nem saberia. Mas resolvi saborear as páginas como ele queria que eu fizesse.

Pelo menos era isso que eu planejara.

Até ler...

Querido diário,

hoje fui fazer compras. Não entendo de joias, por isso levei minha irmã. Ela foi um tremendo pé no saco.

Sorri imaginando Hudson e Olivia fazendo compras. A ideia dele era entrar em uma loja com o propósito de comprar três ternos e sair de lá em meia hora. Olivia, por sua vez, saboreava a *experiência*. Saía para comprar um par de sapatos para combinar com um vestido e, quando voltava para casa, tinha um novo jogo de jantar, um casaco para Mason, um brinquedo para Charlie e algum equipamento eletrônico para o escritório. Os sapatos que ela saiu para comprar não eram mais necessários, porque ela também tinha um vestido novo.

Uma vez saí com ela para comprar sapatos para combinar com um modelito, e voltamos para casa com uma roupa nova. Quando chegamos, Olivia descobriu que ainda precisava de sapatos para a roupa que havia comprado. Ela era aquela mulher que saía do shopping com catorze sacolas diferentes. Hudson era o tipo de homem que pedia para mandarem entregar seus ternos quando os ajustes ficassem prontos só para não ter que voltar à loja.

Mas voltei à leitura e me dei conta de que Hudson não havia me dito sobre ter ido às compras com a irmã. Ele também não voltou para casa com nenhuma joia recentemente. Curiosa, retomei a leitura.

Fomos a seis lojas. Tudo de que eu gostava Olivia odiava. Tudo de que ela gostava eu detestava. Depois de um dia inteiro, voltei para casa irritado e de mãos vazias. Minha linda garota voltou para casa dez minutos depois, cheirando a floresta. Ela havia passado o dia no laboratório, trabalhando no novo Signature Scent para homens. Ela me abraçou, colou os lábios carnudos nos meus, e meu dia de merda evaporou. Foi quando percebi que o problema de comprar joia para meu amor era que eu não encontrava nada tão especial quanto ela. Levei trinta e um anos até finalmente acertar e queria mostrar o que ela realmente significava para mim.
Hudson

Meu Deus. Agora eu não conseguiria parar de ler. Hudson queria comprar uma joia especial para mim? Será que... Olhei para trás, para a casa. Tudo quieto. Hudson levaria vinte minutos, no mínimo, para ir à adega e voltar com o cachorro. Eu precisava ler mais um pouquinho... mais um registro, pelo menos.

É claro que um registro virou dois, e dois viraram três, e de repente eu estava na última página. Hudson tinha saído umas seis vezes para fazer compras, escrito mais um trecho quente sobre as coisas que queria fazer comigo e redigido páginas emocionadas sobre a noite em que meus pais vieram jantar conosco. Demorou um bom tempo, mas enfim reencontrei meus pais. Tive que me esforçar e estava uma pilha de nervos, mas a noite até que foi agradável. Ainda não tinha retomado a relação com minha irmã, mas contei a Hudson a história completa e revelei *quem* era a mulher com quem Aiden teve um caso. Minha esperança era um dia conseguir perdoar Cecelia também.

Pelo que ouvi dizer, ela e meu noivo já tinham se separado. Ela descobriu que Aiden a traía com uma de suas amigas. Eu devia ter me sentido bem ao saber disso, mas não foi o que aconteceu. Fiquei triste por Cecelia, e era por isso que tinha esperança de ainda haver uma chance para nós.

Nenhum registro de Hudson revelava que tipo de joia ele estava procurando, mas dava para entender que era um anel. Que outra joia tinha que ser tão perfeita e exigia tantas idas a joalherias?

Meu coração disparou quando li as últimas páginas.

Meu Deus! Ele comprou alguma coisa.

E escondeu onde tinha escondido meus presentes de Natal no ano passado, no nosso quarto!

E não pretende me entregar até o aniversário dele.

Faltavam dois meses para o aniversário de Hudson! Eu não conseguiria esperar tanto. Sem chance.

Ele nem imaginava que eu tinha encontrado seu esconderijo no fundo do closet no ano passado. Eu podia... *Não, não faria isso.*

O sangue pulsava em meus ouvidos, e minhas mãos começaram a suar.

Talvez eu possa apenas ver se é uma caixa de anel.

Não precisava abrir nem nada disso.

Imagine a ansiedade crescendo nos próximos dois meses... Agora imagine o que aconteceria se o grande dia chegasse e ele me desse uma caixa quadrada com... brincos?

Eu não conseguiria disfarçar a decepção depois de meses esperando. Agora eu quase sentia *necessidade* de dar uma olhada. O que quer que fosse, ele precisou de muito tempo para escolher. Hudson se sentiria mal se eu começasse a chorar, se não conseguisse esconder o desapontamento. De certa forma, eu devia isso a ele.

É claro...

Olhei o relógio, depois virei para trás, para a casa. Talvez fosse melhor esperar outra ocasião, quando ele passasse mais tempo fora...

Não. Balancei a cabeça, embora respondesse apenas a meus pensamentos.

Definitivamente, não dava para esperar.

Corri para dentro de casa e fui até a porta da frente. Abri e olhei para os dois lados para conferir se Hudson não estava chegando. Nada. Corri para o quarto. A porta estava fechada, e eu fiquei tão nervosa que precisei respirar para me acalmar. Minha mão tremia quando girei a maçaneta.

Mas meu coração parou quando entrei.

— Procurando alguma coisa? — Hudson me olhou com a sobrancelha erguida. Ele estava sentado na beirada da cama, com Charlie no colo e Hendricks deitado a seus pés.

Pisquei algumas vezes.

— O que está fazendo aqui? Pensei que tivesse saído.

Ele pôs a filha no chão e ficou em pé.

— O que estou fazendo aqui? Eu poderia perguntar a mesma coisa. O que veio buscar no quarto, Stella?

— Eu, ahm...

Ele se aproximou de onde eu continuava parada, congelada. Sorrindo, segurou minha mão.

— Não leu *mais do que devia*. Leu?

Minha cabeça estava confusa. Quando ele voltou da adega? E de onde Charlie tinha saído? Que diabo estava acontecendo?

Não precisei esperar muito pela resposta. Hudson estendeu a mão para a filha. Charlie a segurou com um sorriso largo. Se estava nervosa antes, nem sei o que senti quando vi o homem que amava se ajoelhar diante de mim.

Ele levou minha mão trêmula aos lábios.

Ver certo nervosismo em seu rosto me ajudou a ficar mais calma.

— Hoje faz um ano que conheci uma mulher linda e inteligente — começou. — Quando conta a história de como nos conhecemos, você diz que invadiu o casamento da minha irmã. Mas a verdade é que você invadiu meu coração. Você é a pessoa mais generosa, afetuosa, estranha e incrível que já conheci.

Cobri a boca com as mãos, e lágrimas de felicidade inundaram meus olhos.

— A mais estranha? Você fala como se fosse uma coisa boa.

Hudson sorriu.

— E é. Eu te amo exatamente porque, às vezes, você é estranha, não *apesar* disso. Você passou anos lendo histórias de amor alheias e hoje leu o último capítulo da minha... embora não devesse ter lido. E meu último capítulo é só o começo, meu bem. — Ele olhou para Charlie, que tirou as mãos de trás das costas e exibiu uma caixinha preta que entregou ao pai. — Stella Rose Bardot, me deixa te dar um felizes para sempre? Seja minha esposa, e prometo fazer tudo para tornar sua vida melhor que qualquer narrativa que já tenha lido por aí.

Ele abriu a caixinha, e dentro tinha algo que nunca vi antes. A caixa forrada continha dois anéis. Do lado direito, um lindo diamante com lapidação de esmeralda incrustado em ouro branco com pequenos baguetes contornando toda a aliança. Do lado esquerdo, uma pequena réplica do anel de noivado. Ele pegou o primeiro e o aproximou de minha mão. — Não estou fazendo só um pedido de casamento. Estou pedindo para você formar uma família comigo e Charlie. Por isso mandei fazer seu anel e encomendei uma miniatura com uma zircônia cúbica para ela. As duas mulheres da minha vida. E então, meu bem? Você aceita a gente?

Olhei para Charlie. Com um sorriso enorme, ela tirou alguma coisa de trás das costas e me entregou.

Uma banana com uma mensagem.

"Diz que sim, para a gente nunca deixar de ser um cacho."

Por mais bobo que fosse, a banana acabou comigo. As lágrimas de felicidade agora lavavam meu rosto. Eu as enxuguei, murmurei "te amo" para Charlie e encostei a testa na de Hudson.

— Sim, sim! Meu coração já é de vocês dois, isso é só a cereja do bolo.

Hudson pôs o anel em meu dedo, e ajudamos Charlie a colocar o dela. Ficamos abraçados por um tempo, até meu "noivo" dizer para ela se arrumar para o jantar na casa da tia.

— Finalmente... um minuto a sós. — Hudson segurou meu rosto e beijou minha boca. — Agora me beija de verdade.

Como sempre, ele me deixou sem ar.

— Sabe de uma coisa? Considerando seu diário e esse pedido de casamento, acho que você é um belo romântico, sr. Rothschild.

— Ah, é? Se alguém perguntar, eu nego.

Dei risada.

— Tudo bem, eu sei que é verdade. Embaixo dessa casca dura tem um grande molengão.

Hudson segurou minha mão e a colocou sobre o zíper da calça. Apertou meus dedos contra uma ereção impressionante.

— Mais tarde vou mostrar que sou durão.

Sorri.

— Mal posso esperar.

Ele beijou meus lábios.

— Gostou do diário?

— Adorei. Foi a melhor história de amor que já li. E minha parte favorita é o fim.

— Não é o fim, meu bem. Foi só o nosso começo. Porque uma história de amor verdadeira como a nossa nunca acaba.

Agradecimentos

A vocês, leitores, agradeço o apoio e a empolgação. Ultimamente a vida propôs alguns desafios para nós, e sou muito grata por me deixarem oferecer uma via de escape, pelo menos momentânea. Espero que tenham gostado da história de amor de Hudson e Stella e que voltem para a sequência!

Penélope, os últimos anos têm sido uma loucura, e não tem ninguém com quem eu gostaria de estar que não você.

Cheri, obrigada pela amizade e pelo apoio. Amigos de livros são os melhores!

Julie, obrigada por sua amizade e sua sabedoria.

Luna, a vida é como um livro: nunca é tarde demais para escrever uma nova história, e adorei ver cada um dos empolgantes capítulos se desenvolvendo. Obrigada por sua amizade.

Meu fabuloso grupo de leitores do Facebook, Vi's Violets, vinte mil mulheres inteligentes que adoram falar livros? Eu sou uma mulher de sorte! Cada uma e todas vocês são um presente. Obrigada por fazerem parte dessa jornada maluca.

Sommer, obrigada por dar uma cara à história de Hudson e Stella com seu lindo design.

Minha agente e amiga Kimberly Brower, obrigada por estar sempre disponível. A cada ano tenho uma novidade sua. Mal posso esperar para ver qual vai ser o próximo sonho!

Jessica, Elaine e Julia, obrigada por apararem todas as arestas e me fazerem brilhar.

A todos os blogueiros, obrigada por inspirarem outras pessoas a me darem uma chance. Sem vocês, não haveria eles.

Muito amor,
Vi

Sobre a autora

Vi Keeland é autora best-seller do *The New York Times, Wall Street Journal* e *USA Today*. Suas obras foram traduzidas para vinte e seis idiomas e já venderam milhões de livros ao redor do mundo, chegando a aparecer nas listas de mais vendidos dos Estados Unidos, Alemanha, Brasil, Bulgária e Hungria. Ela mora em Nova York com o marido e os três filhos e vive seu "felizes para sempre" com o garoto que ela conheceu quando tinha seis anos de idade.

Leia também:

Disputa irresistível
O chefão
Cretino abusado
Metido de terno e gravata

**Acreditamos
nos livros**

Este livro foi composto em Dante MT Std
e impresso pela Gráfica Santa Marta para a
Editora Planeta do Brasil em novembro de 2021.